もう遠慮なんてしない
俺のものにするから
好きだ、未紘
両想いって
こんなに幸せなことなんだね
でも、どうしても気になってるあの言葉――
――俺が教室に行くとみんなを傷つけるから
明希ちゃん
あなたは何を隠しているの…？

…君が愛おしくてたまらない
私、君のことを全部知りたい
明希…ちゃん
もう大切な人を失わないように——

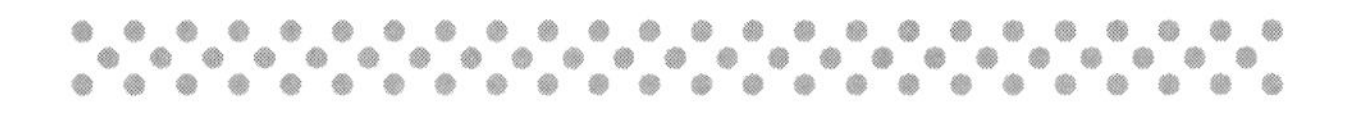

野いちご文庫

今日も明日も、俺はキミを好きになる。

SELEN

STARTS
スターツ出版株式会社

contents

今日も明日も、俺はキミを

高垣未紘（たかがきみひろ）

高1の美少女。感情が表に出ないため誤解されやすいが、本当はピュアな性格。大に片思いしていたけれど、そばで支えてくれる明希に気持ちを動かされていく。

桐ヶ谷大（きりがやだい）

未紘が片思いしている幼なじみ。小さい頃は仲がよかったのに、ある日突然、未紘を冷たく突き放すようになってしまった。

魔法使いくん（まほうつかいくん）

未紘が小学生だった時に河原で出会った、中学生男子。未紘の歌声を褒めてくれた。偶然にも、明希の双子の弟らしいけど…？

弘中明希（ひろなかあき）

未紘と同じ高校に通う高3。人当たりがよくイケメンで、女子からモテモテな校内の有名人。だけど、なぜか教室には現れず、別室登校している。

あなたが私を見つめる時、その瞳はいつも濡れていた。
あなたが几帳面に隠した本当の心を、私はどうしたら見つけられただろう。
――あなたが涙もろいなんて、私は考えたことすらなかったんだ。

第一章
終わりと始まり

アンドロイドちゃん

キラキラ、キラキラ……。

まるで笑っているかのように、水面が色を変えていく。

巨大な万華鏡のようなその景色は、水の膜の向こうに見える太陽のせいだ。

――ねぇ、大。私ね、君がいてくれたらそれ以外もう何もいらないの。

どうしてあのころみたいに笑ってくれないの？

君の一番近くにいさせて。

好きよ、大――。


「高垣さん、通学方法調査票の提出、遅れちゃってごめんなさい……」

背後から聞こえてきた怯えたような声はあまりに小さく、それが自分に向けられているのだと気づくのに、ほんの少しタイムラグができてしまった。

授業で使ったノートを片づけていた私は手を止め、そちらを振り返る。見れば、クラスメイトの女子が伏し目がちにプリントをこちらに差し出していた。

通学方法調査票は、日直である私が集めて担任の元に提出することになっているものだ。今は昼休み。遅れたといっても、今日中に集めてくれればいいと言われているプリントだから、なんの問題もない。

「別に」

そう言いながら、プリントを受け取る。

すると、その女子はまぶたに隠れるように視線を上げ、怖々尋ねてきた。

「お、怒ってる？」

「どうして？　私があなたに怒る理由なんてない」

質問の意図がわからず、まっすぐに目を見据えてそう答えれば、女子はぐしゃっと顔を歪(ゆが)めて踵(きびす)を返し、その場を立ち去っていった。

するとすぐさま、さっきの女子と、友達と思われる子の話し声が背後から聞こえてくる。

「ちょっと、大丈夫……っ？」

「怖かった～！　キレられたよ、私……」

「こっわ。せっかくきれいな顔してるんだから、ニコニコしていればいいのにね」

「ほんとほんと。愛想ないから友達だっていないんだよ、アンドロイドちゃんは」

教室の喧騒(けんそう)に紛れて聞こえないと思っているのだろうが、あいにく丸聞こえだ。

いつごろからか、私は「アンドロイド」と影でそう呼ばれるようになっていた。全然笑わず無表情だから、感情のないアンドロイド。どこの誰がつけたのかなんて知りもしないが、つまらないことを考える人もいるものだと思う。少しでも自分たちと違えば、人間扱いをもやめるのだから。

だけど、まわりにどう思われていようが私には関係ない。自分に向けられる中身のないひそひそ声なんて気にも留めず、私はお弁当を抱えて教室を出た。

廊下には、授業が始まるまでの暇な隙間(すきま)時間をだらだら埋めようとしている生徒が、わんさかといる。その誰にも興味を示さないまま廊下の真ん中を歩けば、こちらが受ける印象なんてお構いなしに奇異のこもった図々しい視線や、「アンドロイド」という温度のない単語を向けられる。そんな雑音を耳から一掃して、私は今日も彼に会いに行く。

つまらない世界の中で唯一色づいているもの、それは幼なじみの桐ヶ谷(きりがや)大だ。

「――いた」

開けた屋上の景色の中に、フェンスを背に片膝(ひざ)を立てて座り込む大の姿はあった。

額の真ん中でわけられた癖のない黒髪、すっと通った鼻筋と細い目。そしてすらりと伸びた長い手足に制服をまとっているその姿は、今日も相変わらず不健康そうだ。

ドアを開け放った音に気づいたようで、少し顎を上げ空を仰いでいた大が、気怠げに視線を下ろす。そして。

「また来たのか」

私を見つめる漆黒の瞳に、哀れみの色を滲ませた。その色は、表情は、いつだって私を息苦しく圧迫する。

その重い空気を断ち切るように、背中に隠していた三段の重箱を体の前に出した。

「今日も、大にお弁当作ってきた」

いつもより少し早起きして、今まで挑戦したことのないおかずを作ってみた。

「レパートリーが増えたの。結構自信作な……」

懸命に弾ませた声は、最後まで言葉にならなかった。静かな声が、やんわりと、でもきっぱりと私の声を阻んだのだ。

「いらねぇよ」

まるで拒絶された私を嗤うように、屋上を吹き抜ける風が、腰あたりまで伸ばした髪を容赦なく揺らした。

固い鎧に包まれた緩む余地のない意思に私は一瞬言葉を詰まらせ、けれども食い下がる。

「でも、大に――」

「弁当はもういらない」

「大……」

フェンスにもたれかかり地面に無機質な眼差しを向ける大は、つけいる隙さえ与えてくれない。見えない壁に阻まれているみたいに、大の心の近くに辿りつけない。

「俺はひとりで食べるから、未紘ももう戻ってひとりで食べろ」

大にそう促されては、引き下がるしかなかった。足掻いてはみたものの、これ以上どうしようもないことも理解していた。

「……わかった。食べたくなったらいつでも言って。明日もお弁当、作ってくるから」

「……」

語りかけても、返事は当然のようにない。

「じゃあね」

そう言い残し屋上を出て後ろ手にドアを閉めると、ふう、とため息をついて肺から重い空気を吐き出した。なんだか、まともに息していなかった気がする。

何度拒絶されても、明日も私はお弁当を作ってくるのだ。はたから見れば無意味なこの行為も、私にとっては意味のあることだから。

押し潰されそうな心を守るように行き場のない三段の重箱をぎゅっと抱え直し、私は教室に戻る道程を歩き出した。

私と大は、幼稚園時代からの幼なじみ。親同士の仲が特別にいいわけではない。近所に住んでいるというわけでもない。だけどなぜか、気づけば小さいころから大は隣にいた。

大は口は悪いけど、心根はずっと変わらず優しい、私にとって自慢の幼なじみ。

中学時代は、ふたりで軽音部に入部した。軽音部といっても、三年生が引退してからの部員は私たちだけだったから、活動という活動もできず、駅前や公園で路上ライブをした。ふたりでギターを弾いて、私がボーカルも兼ねて。日が暮れるのも忘れて、毎日ふたりでひたすら音を奏でていた。

そして大は私の歌声をよく褒めてくれた。『未紘の歌声は世界一だ』と。

私を褒める時、大は決まって細い目を猫のようにさらに細めて笑い、ギターをかき鳴らす節くれ立った手で頭を撫でてくれる。笑うのが苦手な大の少しぎこちない、けれど温かい笑顔が大好きだ。そして大に褒められるたび、歌声が自分の誇りになった。

……だけど大が褒めてくれた歌声は、もう音符を紡ぐことはない。

――中学二年生の秋のあの日、私は歌う意味を失った。心がパリンと悲痛な音を立てて砕け散った、あの瞬間のことは今もよく覚えている。

それから、私と大の何もかもが変わってしまったのだ。

重箱を抱え、過去に思いを馳せながら教室への道のりを歩いていた私はふと、足を止めた。……木造でさびれたまわりの景観が見慣れない。

ぐるりとあたりを見回してみて、そこでようやく、今自分がいるのが教室棟ではなく旧校舎だということに気づく。考え事をしていたせいだろうか、気づかぬうちに道を間違えてしまったらしい。どうりで、昼休みだというのに人気がなくやけに静かだと思った。

旧校舎は、数年前に新棟が建設されて以来、たまに部活で使われるだけの物置状態になっている。来年か再来年、取り壊されるというような風の噂を聞いたこともある。実際、私も旧校舎に足を踏み入れたのは初めてだ。

足を止めた場所は、美術室の前だった。私は腕の中の重箱に視線を落とす。すると待っていましたと言わんばかりに、ぐーと間の抜けた音を立てて、胃が空腹を主張をしてきた。どんなに気分が落ちていたって、お腹の調子だけは通常運転なのが、生理現象ながらなんとも恨めしい。

自分用のお弁当は別に教室に置いてあるけど、どうせ大に食べてもらえないなら、このお弁当をここで食べてしまおう。急な閃きが、私の足を動かした。

ドアに手をかけると、幸運にも鍵(かぎ)は開いていた。

視界に飛び込んできた美術室内は、物置と聞いて想像していたほど荒れ果てていない。それどころか部屋を満たす空気は澄んでいて、清潔ですらある。ものも片づけられ、あるものといえば部屋の中央に机とイスが一脚ずつだけ。

お腹が空きすぎた私は、私のために準備されたのかと思うほど都合よく置かれたそのイスに座って重箱の蓋(ふた)を開け、姿を現すのを待ちかねていたであろう中身を眺めた。

卵焼きに、タコ型ウインナーに、唐揚げに、爆弾おにぎり。中には、さまざまなおかずが詰め込まれている。朝五時からの入念な準備の賜物だ。

中学のころから、大の分もお弁当を作るのが私の習慣。そうなったきっかけはたしか、お昼ご飯を持ってくるのを忘れた大にお弁当を分けてあげたら、私の料理を気に入ってくれて、だった気がする。リクエストを聞くと大好物の卵焼きばかりになってしまうから、バランスよく食べてもらうために苦心もした。

でもこれから先、大が昔みたいに「んまい」と言いながら無心でお弁当を食べるその姿を見られることはない。

その現実に、まだ心が慣れないでいる。

「……いただきます」

やりきれなさを振り払うように発した自分の声が、無機質な空間の中でやけに大きく、そして孤独に響いた。

大のために準備したお弁当に、箸を取り出して一心に手をつけていく。

一度も箸を持つ手を止めることなくパクパクと口に放り込んでいき、三段の重箱は五分もたたずにほとんど空になった。

そして最後に残ったのは、大が一番好きな卵焼き。箸で口に運び、歯を噛み合わせた途端に、甘い卵焼きの味が広がる。

大が好きな、甘い卵焼き。私は小さいころから醤油味派だけど、大は甘い卵焼きじゃないと食べられないから。

「甘……」

意図せず、心の弱音が滲んだ声がぽつりとこぼれた。

……大に食べてもらいたい。もっと上達すればいい？　もっとたくさん作ればいい？　どうしたら、前みたいに笑ってもらえる？

胸を締めつける強さと同じくらいのそれで、机の上に置いた拳をぎゅっと握りしめた、その時。

「――うまそうな卵焼き」

不意に前方から聞こえてきた声に、私は反射的に顔を上げた。

……まず引き込まれたのは、ガラスがはめ込まれたようなきれいな瞳だった。

いつからそこにいたのか、ドアを背に立つ彼は、形のいい唇の端を上げてこちらへ歩いてくる。

ひどく華のある人だと思った。まるで、まとう空気が彼に魅了されているようだと。明るいアッシュベージュの髪に、洗練された端正な甘い顔立ちは、いかにも女子にキャーキャー言われそう。制服は適度に着崩され、耳には黒くて丸いピアスが光っている。学年ごとに色が違うネクタイが赤色だというところから察するに、ふたつ上の三年生だろう。

こういうキラキラしたタイプの人は、つねにまわりを見下していそうな気がして苦手で、いつもなら距離を置くのに、なぜか危険信号は発動せず今すぐ立ち去ろうと体が動くことはなかった。

「このサンドイッチと、君の卵焼き、交換してくれない？」

じっと無言で観察していると、彼がそう言いながら手に持っていたビニール袋から未開封のサンドイッチを取り出す。

「え？」

「物々交換ってやつ。俺、卵焼きが大好物なんだよね」

顔のいい人が突然何を言い出すかと思えば、いったいどういった了見だろう。クエスチョンマークは浮かんだものの、だからといって断る理由もとくになかった。

「別にいいですけど……」

言いかけて、私はそこで口をつぐんだ。重箱の中には、無心でかき込んでいたせいでもう卵焼き一切れしか残っていない。卵焼き一切れの対価にサンドイッチ一パックなんて、なんだかお返しが大きすぎて釣り合ってない気がする。お昼に卵焼きだけなんて、私だったら餓死レベル。

「卵焼きだけだと、お腹が空いちゃうんじゃ……」

「俺なら、他にも食べたから大丈夫。っていうか、君こそいい？　相当大きなお弁当食べたっぽいあとに、こんながっつりしたものあげちゃって」

「私は大丈夫です」

「それじゃ、ぜひ」

本人がそう言うのなら……いいか。

「卵焼き、どうぞ」

「お、やった。いただきまーす」

私が卵焼きを勧めると、彼の長い指が卵焼きを掴み、ひょいと口に放り込んだ。

「うわ、うまっ」

声のトーンを上げてそう言う彼を、私はぼーっと見つめる。大と好物が同じだなんて。せっかく作ったものだし、好きな人に食べてもらえてよかった。どうせならもっと作ってきたほうがよかっただろうか――なんて、そんなことを考えていると。

「料理、うまいんだね」

親指をぺろっと舐めながら、彼が私に向かって微笑む。その瞬間、それまでうんともすんとも言わなかったチャンネルのアンテナが突然合ったかのように、頭の中の光景と目の前の光景とが重なった。

「……あっ」

ビビッと頭に稲妻が走るようなその衝撃で、手の中の卵サンドイッチを握りしめてしまう。もしこれが開封済みだったら悲惨なことになっていた。けれど思考はかけ巡り、それどころではない。

「ん？」

「あなた……」

頭の中に渦巻く記憶――それは、小学六年生の時、若かりしころバンドマンだった父のお下がりのギターを持って、近所の河原に行ったあの日。青空の下、ギターの音に合わせて試しに一曲歌い終えた私の耳に、突然どこかから拍手の音が聞こえてきたのだ。

まわりに人がいたとは思ってもみず、ギターを抱きしめてびくっと肩を揺らすと、大きな木の幹の影から学ラン姿の男の子が姿を現した。

男子にしては長めの黒髪と甘い顔立ちが、中性的な印象を醸し出している。洗練された容姿に、幼い私は驚きも忘れて見惚れずにはいられなかった。

『ごめん。盗み聞きするつもりじゃなかったんだけど、あんまり素敵な歌声だったから、つい聴き入っちゃって』

『素敵……?』

『うん。素敵だった、すごく』

ベンチに座る私の前にしゃがみ込んで笑顔でそう言った彼は、私の反応を見て、幼い子どもに向けるみたいに眉を下げて笑みの柔らかさを深めた。

『そう言われるのは意外?』

意外だ。びっくりだ。誰かに自分の歌声を聞かれること自体初めてなのに、まさか褒めてもらえるなんて。

『そんなこと、初めて言われた……』

胸のあたりがそわそわする。少しだけ、鼓動が落ちつきをなくして速くなっている気がする。

すると、彼は膝に頬杖をつき、涼やかな声色で言った。

『じゃあ俺が、君のファン一号ってことだね』

『……っ』

ひとつひとつの言葉が、消えることなくまるで宝石みたいに胸の中で輝く。言葉だけでこんなにも誰かの心を温かくすることができるなんて、まるでそう、

『おにいさん、魔法使いみたい……』

それからもギターを弾きながら河原で歌っていると、〝魔法使いくん〟は決まって毎週水曜日に来てくれた。

特等席だと言って、歌う私の前にしゃがみ込んで。そして歌声が乗る風に黒髪をそよがせながら、すごく心地よさそうに聴いてくれた。

……どうして気づかなかったのだろう。たしかに髪色も違う。背丈だってまとう雰囲気だって、当然あのころとは違う。——だけど間違いない。目の前の彼は、

「〝魔法使いくん〟……!」

ふたりの時間を日常生活から切り離すみたいに、あのころ私たちはお互いの本名をあえて明かさなかった。だから、私が歌えなくなり、彼の姿を河原で見かけなくなって、住んでいる場所や連絡先はおろか本名も知らなかった私たちは、それきりになってしまっていた。

でもまさか、こんなところでもう一度会えるなんて。

二年越しの思いがけない再会に、思わず声を上ずらせながら当時のあだ名を呼ぶと、

彼は何か頭の中を探るように目を瞬かせたあと、申し訳なさそうに視線を外しながら言った。

「あー。悪いけどそれ、双子の兄かも」

「……え？」

予想外の展開に、興奮が、空気の抜けた風船のように急激にしぼんでいく。……そう、なのか。別人、ってことか。

ずっと会いたかった人にようやく会えたと思ったのに、やっぱりそううまくはいかないみたいだ。

「ごめん、俺、兄にすごく似てるんだよね」

「そうなんですね」

「でもどうして、〝魔法使いくん〟って呼んでたの？」

「私が河原で歌ってる時に出会った彼は、歌声を初めて褒めてくれました。魔法をかけるみたいに」

「へぇ。君が見た兄は、どんな感じだった？」

彼が机に手を置き、腰を曲げて視線の高さを近づけてくる。

静かに問いかける声が、心なしか穏やかさを増したような気がした。私は微かに目を細め、〝魔法使いくん〟との思い出を脳裏に鮮明な絵の具で描く。

「すごく素敵な人です。『また聴きにきちゃった』なんて言って、すごくうれしそうに笑ってくれて」

「君の歌声が大好きだったんだね」

「そう、だといいと思います」

〝魔法使いくん〟がいたから、私は歌うことを好きになった。大との間に、音楽という共通点が増えた。もしも恩人は誰かと問われれば、いの一番に彼の名前を挙げるだろう。

私の歌を聴く〝魔法使いくん〟の、優しいそよ風みたいな笑顔を思い出すと、胸の中でシュワッと炭酸が弾けるよう。〝魔法使いくん〟との穏やかな時間は、私にとって今もなお大切なものだ。

「また……会いたい」

ぽつりと口にしながら、自然にふっと頬が緩む。あの日のお礼を言いたい。きっと、もう二度と歌うことはできないけれど。

無意識のまま頬に笑みを乗せていると、目の前の彼が私の顔をじっと見つめていることに気づいた。美形が黙っていると、妙な威圧感がある。

「……どうかしました？」

小首をかしげ、そう尋ねると。

「〝魔法使いくん〟じゃなくて、俺じゃダメ？」

「え？」

思いがけなく真剣な彼の声音に、私は目を瞬かせ、今一度彼を見た。視線をそらせないほどまっすぐに私を見つめる彼の瞳は、どこまでも黒く一切の不純物を含まない大のそれとは対照的に、いくつもの色が透けて混ざり合っているように見えた。

「俺、毎日ここにいるから、また明日も来てよ」

……また。彼の言葉が、なぜか私の胸をむんずと握りしめてしまった。

「……変わってる」

思ったままに呟く。

「え？」

「みんな、私とは距離を置きたがるのに」

「そーなの？」

そうなの？って。そんな、どうしてって目で見られても。

「だって私、あんまり笑わないから」

すると、彼が眉を下げて破顔した。まるで私が冗談でも言ったかのように、おかしそうに。

「変だな。俺は、またその笑顔に会いたくなったのに」

――ああ、不意をつかれてしまった。

「……やっぱり変わってる」

この人といると、なんだかペースが掴めない。ぐいぐい手を引っ張られ、レールのない道を進んでいるような、そんな感覚になる。

「俺が？　お弁当を重箱で持ってくる君のほうが変わってるって」

「三段じゃ少なかったですか？」

「ふはっ。やばい、面白いなあ」

なぜか彼が噴き出す。どうして笑われているのかわからず、反応できずにいると。

「じゃあさ、明日会った時の合い言葉、決めようか」

彼が突然、何か楽しいことでも企(たくら)んでいるような調子で、そんな提案をしてきた。

「合い言葉？」

「俺の名前は、弘中明希(ひろなかあき)。君の名前は？」

弘中明希。聞いただけじゃ女の子だと勘違いしてしまいそうな名前だと感じながら頭の中にインプットし、私も答える。

「高垣、未紘」

「んー、じゃあ、ヒロ」

「え？」

「他の人にヒロって呼ばれてる？」

「いえ」

「それならヒロって呼ぶよ、これから」

——ヒロ。

初めて呼ばれたそれは、妙に耳に馴染んだ。

「ヒロも、俺にあだ名つけて」

「……じゃあ、明希ちゃん先輩」

私の案に、彼がくしゃっと端正な顔を歪めて笑う。

「明希ちゃん呼びはされたことないかもな。でも、『先輩』はいらないし、敬語もいらないよ」

「だけど」と遠慮の言葉を口にしようとした私を遮るように、たしかな響きでもって彼が私に告げる。

「これ、先輩命令。会った時、このあだ名で呼び合えば、ヒロを見つける目印になるから」

……明希ちゃん、のアッシュベージュの髪が、窓から差し込む光によって金に色を変える。

なんだか胸の奥がくすぐったいのは、なぜだろう。明希ちゃんの提案は幼心を思い出させるようなものばかりなのだ。

慣れない感情の変化に追いつきかけたそのタイミングで、午後の授業開始五分前を知らせる予鈴が鳴った。

「もう、こんな時間」

話し込んでいたせいで、まったく時間の経過を意識していなかった。

私は立ち上がり、手早く風呂敷に空っぽの重箱を包む。

「それじゃ」

そう言いながら美術室を出ようとした、その時。

「行ってらっしゃい、ヒロ。また明日」

そんな声が聞こえてきてドアの前で振り返れば、ガランとした部屋の中、机に軽く腰をかけた明希ちゃんが手を振っていた。

「……また明日。明希ちゃん」

遠慮がちにぎこちない口調で返し、私は重箱を抱え直して廊下へ駆け出た。誰かにまた明日を言うなんて、いつぶりだろう。そんなことを考えながら。

あんまりかわいいこと言っちゃダメだよ

『大くん、けっこんってしってる？』

公園の砂場で砂の城を作りながら私は、反対側に向き合ってしゃがみ込み、せっせと入り口用の穴を空けている大に話しかけた。

『おー、しってるよ』

手を止めて、大が顔を上げる。その頬には、私に意地悪ばかりするガキ大将とケンカした時の勲章が刻まれている。先生は、仲良くしなきゃダメってカンカンに怒っていたけれど、ひとまわり大きいガキ大将に怯(ひる)むことなく向かっていった幼なじみの背中は勇敢でとても大きく見えた。

『みひろ、けっこんしたいのか？』

『したい！　だって、けっこんしたら、ずっといっしょにいられるんだよ……！』

昨夜、寝る前にお母さんから聞いた〝けっこん〟のお話に、私は胸を高鳴らせていた。とびきりの秘密を教えてくれるみたいに語られた〝けっこん〟は、まるで大好きな人と一緒にいられる魔法みたいなものだと、そう思った。

『大くんはだれとけっこんするの？』

ひとつの答えをほのかに願ってそう尋ねると、大がにっと白い歯を見せて笑う。

『おれは、みひろといっしょにいたいから、みひろとけっこんする』

『大くん……っ』

『だから、みひろはおれの、およめさんな』

砂まみれの手で、同じく砂まみれの私の両手を包むように握り、屈託なく笑う大。

『ふたりで、こーんなおおきいいえにすもうぜ！』

大とずっと一緒にいられる、そのことがうれしくてワクワクで、ぱぁぁっと笑みが広がっていく。だって、お母さんから〝けっこん〟の話を聞いた時、他の誰でもない大の顔が浮かんだのだ。大以外考えられなかった。

ふたりで作った砂の城は、どんなプリンセスが住む城よりも、夢が詰まっているようで。

『うん！』

弾けるようにそう答えたその時、ぱちっと、まるでしゃぼん玉が割れるみたいに目の前の大から笑顔が消えた。代わりに視界に飛び込んできたのは、見慣れた自室の天井と、何かを追いかけるように天井に向かって伸ばされていた自分の手。

カーテンから透けて差し込む眩（まぶ）しい光を嫌悪するように、私は目を細めた。

「……夢……」

伸ばした手を引き戻し、目元に乗せる。

……もう何度見ただろう、同じ夢を。これは、幼稚園に通っていたころの実際の思い出だ。いつから好きだったかなんて覚えてないけど、このころはもう、大のことが好きだった。

「大の嘘つき……」

小さく非難交じりに呟けば、その声は誰に届くこともなく、部屋を満たす朝の眩しく澄んだ空気に溶けていった。


昼休み、美術室前。

私はほんの少しの緊張と、ほんの少しの躊躇を持って、そこに立っていた。

昨日、私はここで、〝魔法使いくん〟の双子の弟に出会った。そして『また明日も来てよ』なんて言われたけど、あれは本気だったのかと、今さら訝しんでしまう。あの時は優しそうな笑顔にほだされてしまったけど、今思えば、彼は私がもっとも敬遠しがちな派手な部類の人だった。いくら〝魔法使いくん〟と双子だったとしても、性格まで似ているとは限らない。

そこまで考えて、慎重すぎる自分に思わず待ったをかける。誰かと話すのが久しぶりだったからか警戒心が強くなっているらしい。

……まぁでも、教室にいたって、どうせやることもないのだし。からかわれているのだとしても、その時はその時だ。最初から人に期待なんてしていない。

冷静で客観的な答えが出て、私はそれ以上深く考えることをやめ、自分で出した答えに従うようにドアに手をかけた。そしてガラガラッと一気にドアを開く。

途端に、視界に眩しい奥行きができた。

殺風景な空間の中、ど真ん中に置いてある簡素な机とイスは昨日のまま。だけど今日は、こちらに背を向けるようにして、そこに人が座っていた。こちらを向いていなくてもわかる。アッシュベージュの柔らかそうな髪のその人物は、明希ちゃんだ。

背後でドアが開いたにもかかわらず、明希ちゃんはこちらに気づいていない。何をしているのかと、そっと足の爪先に力を入れて背後から覗き込めば、彼は熱心にノートにペンを走らせていた。勉強しているようだ。

「……明希、ちゃん」

ためらいがちにその名を口にすれば、なぜか声音が緊張していた。そんな力ない声が届いたのか、彼の背がピンと伸び、ペンを動かす手を止めるのと同時にこちらを振り返る。

導かれ合うようにパチンと目が合う。すると明希ちゃんは数度目を瞬かせ私の顔を瞳に滲ませたかと思うと、すぐに笑顔を浮かべた。

「あ、ヒロだ」

「来ちゃったんだけど……」

「待ってた」

涼やかに微笑みながら立ち上がると、入ってきた時には気づかなかった、側にあったもう一脚のイスを机の反対側に置く。

「君の特等席、先生に頼んで用意してもらったんだ。さ、どーぞどーぞ」

イスを軽く引いて座ることを促され、私はそっと浅めにそこに腰かけた。私が座るのを見届け、明希ちゃんも自分のイスに戻る。

気づけばすっかり明希ちゃんのペースに乗せられてしまっていた。さっきまでの猜疑心は、いつの間にか跡形もなく消えている。

ひとつの机を挟んで向かい合うと、それは思っていた以上の近さだった。たったふたりしかいないのに、広い教室の中でこんなに密着しているこの状況は、落ちつき難い不思議な心地だ。視線のやり場に迷い、沈黙を守るようにまつ毛を伏せていると。

「じゃーん。ヒロに聞きたいことリスト～」

唐突にかの有名な猫型ロボットみたいなセリフが聞こえてきて、私はつられるように顔を上げた。見れば、明希ちゃんが顔の横にノートを掲げている。

「聞きたいこと、リスト?」

「そ。今から質問攻めするから、覚悟してて?」

「へ?」

「じゃあまず、ヒロの誕生日は?」

余計な口を挟む隙も与えず、明希ちゃんが唐突に質問してきた。私は戸惑いながらも口を開く。

「……十二月、十二日」

「血液型は?」

「A型」

「好きな食べ物は?」

「食べられるものなら、なんでも」

「それ、ヒロの回答としては満点」

熱心にメモを取っていた明希ちゃんが、不意におかしそうに笑みをこぼす。明希ちゃんがひとたび笑えば、あたりの空気がぱっと華やぐのは、天性のオーラというものなのだろうか。

それから、自己紹介のテンプレートみたいな事項から変わり種までいくつも問われ、質問が終わる。

「よし、これでだいぶ君のこと知れた」

満足そうにペン先をしまう明希ちゃんを見つめながら、少し遅れて流れに乗るように口を切る。

「じゃあ、私からも質問していい？」

「ん、何？」

「〝魔法使いくん〟は、今どうしてる？」

緊張が伝わらないよう平静な響きでそう尋ねれば、明希ちゃんは穏やかに目元を緩めた。

「元気だよ。離れて暮らしてるから、会わせてあげることはできないけど」

「離れて暮らしてるの？」

「ん。まぁ、ひょっこり戻ってきたりするんだけど」

「そう」

離れて暮らしているとは意外だった。会えないことは残念だけど、元気だということがわかり、数年越しに胸のつかえが取れる。〝魔法使いくん〟の安否は、姿が見えなくなってからずっと気がかりだった。

「じゃあ〝魔法使いくん〟の名前は？」

「ナツ」

「ナツさん……」

数年越しに知ることのできたその名前を、口の中で小さく反芻する。

「ヒロの質問は、解決した？」

……解決した、のは、したけれど。

「あなたのことも、知りたい」

正直に思ったままを告げれば、目の前の彼がわずかに目を見開く。

だって、とても大きな氷が解けていないのだ。

「明希ちゃんはどうして、ここにずっといるの？」

昨日、明希ちゃんは「いつでもここにいる」と言った。それに、机の上にある教科書とノート。それは彼が日中、ここで勉強をしているということを暗に示している。

どうしてこんな人目に触れない場所をわざわざ選ぶのだろう。何か重大な理由があるのだろうか。

「もしかして、病気、とか？」

考えうる最悪な理由をためらいがちに口にすると、明希ちゃんが目を伏せ、硬くわずかな声量で呟いた。

「――俺が教室に行くとみんなを傷つけるから」

「え？」

「俺は薄情だから、相手を傷つけてることにも気づかないんだ」

思いがけない言葉と、すべてを諦めたみたいな自嘲気味な笑みに、私は思わず目をみはる。

そんな私の思いを察知したのか明希ちゃんがサッと取り繕うような笑みを浮かべた。脆く危うい空気が、一瞬にしてそれまでのものに戻る。

「なーんて。余命幾ばくの病気とかじゃないから、どうぞ安心してください。でもここじゃ話し相手もいないから、君が来てくれてうれしいんだよね、俺」

——宛先は私。私にだけ向けられる明希ちゃんの笑顔がやけに大人びて見えて、変な気持ちになる。ざわざわ。感情が動こうとしている音がする。

そんな微かな音にかぶさるように、窓の外からグラウンドで騒いでいる生徒の声が漏れ聞こえてくる。あたりの音を頭の隅で認知しながら、私は思考回路が機能する前に声をこぼしていた。

「それなら、毎日来てあげても、いい」

不意に目の前の明希ちゃんが、弾かれたように目を見開いた。その反応でハッと我に返る。何を、言っているのだろう、私は。

「どうせ暇だから」

つい、聞かれてもいないのに言い訳がましくつけ足す。変なことを口走ったのは、ただ、あんなふうに言われて来ないわけにはいかなかったから、それだけだ。ほだされて同情してしまっただけ。

「……ヒロ」

どんな顔をしたらいいかわからなくて目を伏せていると、不意に私の名を呼ぶ明希ちゃんの声が耳に届いた。つられるように顔を上げれば、明希ちゃんの長い指が伸びてきて、流れるような自然な動作で私の髪をすくい耳にかける。

「あんまりかわいいこと言っちゃダメだよ」

「え？」

「密室で男とふたりきりなんだから、もっと警戒しないと」

ささやくように言われ、感情や思考のすべてが明希ちゃんに捕らわれた。

──今さら実感した。目の前の彼が、ふたつ年上の男の人だってこと。まっすぐに、一瞬も揺らぐことなくこちらを見つめてくる双眸に、きゅっと変なふうに胸が締めつけられる。

「……でもあなたは、私が嫌がることはしない人だって、わかってるつもりだから」

できるだけいつもどおりの硬い声を意識してそう返すと。

「それは反則だなぁ」

ふっと、張りつめた糸が緩んで、明希ちゃんが破顔した。

……人のことなんて、信用していなかった。その、はずなのに。この人といるとなぜか、そんな自分を必死に片意地を張る幼い子どものように感じる時がある。そうして私の心を守るガードが効かなくなってしまうのだ。

明希ちゃんがここにいる理由は、結局わからなかった。だけど、明日も私はここに来るんだろうと、それだけはたしかな気がしていた。


私と大の家は、高校から見て人通りが少ない方面にある。高校の近くは駅もあって賑(にぎ)わっているけれど、一本道を外れれば閑静な住宅街。とくに下校の時間ともなると、ほとんど車も人も通らない。

私は今日もそんな帰り道を、数歩先を行く大の後ろ姿を見つめながら歩く。小学生のころまではずっと同じような背丈だったのに、中学生になったころから大のほうがグンと大きくなって、いつの間にか見上げるほどになっていた。

今はもう背の伸びが止まってしまった大の背中に向かって、冷たい静寂を破りぽつりと声をぶつける。

「ねぇ、大。私ね、男子の先輩と知り合ったの」

「そうか」

私の声は、まるでその空虚な背中に吸い込まれてしまったみたいに——大の心には、何も響かなかったらしい。大は短く答えて、こちらを振り向かずに歩みを進める。

……こっちを向いてよ、大。

「大は、なんとも思わない？」

「なんともって？　俺に何を思ってほしいんだよ、未紘は」

笑いを含みながら、あくまでも真剣な空気をいなす口調の大。だけどその返事は、頬に当たる冷たい風よりも痛く感じた。

私は足を止める。胸につかえた気持ちは、吐き出しぶつける場所を切実に求めていた。だから。

「大、好き。大のことが、好き」

溶かすことも消化することもできずに溜まりに溜まった気持ちを、藁にもすがる思いで声に出したのに。

「……悪い、風の音で聞こえなかった」

背中の向こうから返ってきたのは、それだけ。

私は、歩く方法を忘れてしまったかのように足を踏み出すことができず、歩道の端、ぐっと拳を握りしめてうつむいた。

……ねぇ、大。この想いは、どこにやったらいいの？

容赦なく吹きつける風が、じっと動かない私の心を芯から冷やした。

一番に聴かせて

「行ってきます」

聞こえるか聞こえないかのボリュームでリビングにいる親に声をかけて、家を出る。ドアを開ければすぐ、曇りがちょうどいいと考える私が一瞬たじろぐほどの眩しい快晴が出迎えた。

ここのところ寒い日が続いていたから、久々の小春日だ。日差しは強いけれど外出を中止するという選択肢はない。

目的地は、駅前にある行きつけのCDショップ。大衆的なものや流行ものが取りそろえられたチェーン店ではなく、音楽好きな夫婦が経営するいわゆるマニア向けの店だ。夫婦選りすぐりのCDばかりが並ぶため、レアなCDを手に入れられることも少なくなく、中学のころから学校帰りに立ち寄ったりしていた。

CDショップまでは、自宅から徒歩二十分ほど。日曜日だということもあり、駅前に近くなればなるほど人が多くなってきた。人混みが大嫌いな私は、つい喧騒に眉をひそめる。

それにしても今日は、いつもより明らかに混んでいる。その上やたらと女子が多いのは、なぜだろうか。

そんなことが頭をよぎりながらも、一刻も早く通り過ぎたくて足を速めかけた時、混んでいる原因がひとつの人だかりだということに気づいた。

「連絡先、教えてくださ〜い♡」

「近くで見ると、さらにイケメン……！　顔小さい！　お肌のきめ細かすぎ！」

「はは、ありがと」

ピンク色に染まった声に混ざって、聴いたことのある甘さを含んだ声が耳に届いた。

女子で構成される人だかりの中心、そちらに何気なく視線をやった私は目をみはった。

人だかりの中心になっていたのは――。

「明希ちゃん……」

思わずこぼれた私の微かな声を拾うように、明希ちゃんがこちらに視線を向けた。

人混みの中、声の糸に引っ張られるみたいにあまりに簡単に彼は私を見つけた。

「……ヒロ？」

なぜか問われて反射的に小さく頷（うなず）くと、明希ちゃんが笑みを唇に乗せ、人だかりをかき分けて私の元へ歩み寄ってきた。そしてごく自然な動きで私の手首をすくうように握る。

「ごめん、連れが来たから」

握った手を見せながら涼やかに女の子たちにそう言い、その手を引いて歩き出す明希ちゃん。

「え？」

当然、私の思考はついていけずに、手を引かれるままとりあえず足を動かす。

「うわ、連れってあの子……？　負けた……」

「何あれ、美男美女じゃん……」

「相手がいたなんてショック～」

私たちに向けられているのであろうひそひそ声が、背中を追ってくる。

曲がり角を曲がって細い路地裏に入り、さっきの人だかりから見えなくなったあたりで、明希ちゃんが足を止めてこちらを振り返った。

「ごめん、急に。知り合いとはぐれて困ってたから、助かった」

さっきのあれ、困っていたのか。笑顔で対応してたから、困っているとはまったく感じなかった。

とりあえず私は首を横に振る。人混みが苦手な私からしたら、あそこから逃げたいと思うのは当然だ。

「でもまさかヒロに会えるなんて」

ふわりと微笑む目の前の明希ちゃんを見上げながら、相変わらず整った顔だなとぼんやり思う。本人には悪いけれど、このルックスじゃ囲まれるのも仕方ない。キャップをかぶって、ダボッとしたトレーナーにスキニーパンツというシンプルな出で立ちだというのに、それらをたぶん模範解答以上に着こなしている。

「君は、何してたの？」

壁に腰をついてちょっと屈み、目を覗き込んでくる明希ちゃんの問いに、私は正直に答えた。

「CDショップに行くところ」

「CDショップ？　へー。それ、俺もついていっていい？」

「え？」

あっけらかんと放たれた言葉に、私は思わず目を見開く。

「知り合いとはぐれたんだけど、連絡取れないんだよね。連絡取れるまででいいから、どう？　せっかくこうやって会えたんだし」

また、彼のペースに巻き込まれかけているというのに。揺るぐことを知らない瞳にまっすぐ見据えられ、私は壁際に追いつめられたネズミよろしく断る理由を見失った。謎の引力を持つこの瞳に見つめられて、断れる人なんているんだろうか。いたとしたら、名乗り出てほしいくらいだ。

……ひとりで行くつもりだったけれど、今日くらいいいか。

「お好きに、どうぞ」


「へー、ここがCDショップかー」

この世の中に、CDショップに入ったことがない人が存在するなんて思ってもみなかった私は、隣で店内を物珍しそうに眺めている明希ちゃんをつい凝視する。

「もしかして明希ちゃん、CDショップ初めて？」

「うん」

当たり前というように頷く明希ちゃん。その瞬間、私の中の何かのスイッチがパチンと入った。

「明希ちゃん、来て……！」

「えっ？」

明希ちゃんの手を引っ張り連れてきたのは、とある女性ソロシンガーのCDが陳列された棚の前。

「この人、私が大好きな歌手で、初めて自分のお小遣いで買ったCDはこの人のものなの。すっごくきれいな歌声で、歌詞もよくて……」

機関銃さながらにまくしたて、それから試聴用のCDがセットしてあるプレーヤーのイヤホンを手に取る。

「これ！　とにかく聴いてみて！」

百聞は一見に如かずだ。

驚いたように目を丸くしている明希ちゃんに右耳用のイヤホンを差し出し、左耳用のイヤホンを自分の耳に挿す。途端に、もう何度も繰り返し聴いた心地よいメロディーが、耳を通して脳内へ溢れてきた。

女性にしては低めの歌声は、ストレートに胸に響いてくる。

ギターをかき鳴らすその姿がかっこよくて、私を一目で虜にした人。何度聴いても、そのたび新たな魅力を見つけてしまう。

目をつぶり、彼女が奏でる音楽に浸っていると。

「……うん、すごくいい声」

音楽をすり抜けるようにして、隣から明希ちゃんのじんわりと呟く声が、鮮明な輪郭を形作って聞こえてきた。

明希ちゃんの賛同の言葉が、あまりにうれしくて、

「でしょうっ？」

思わず興奮して、満面の笑みで明希ちゃんを仰ぎ見る。すると、目を見開く明希ちゃんの顔がそこにあった。

その途端、自分の昂りように気づき、ハッと笑顔を引っ込める。好きなアーティストや歌のことになると、柄にもなく興奮してしまう自分の悪い癖が、つい発動してしまった。

「……ごめんなさい。勝手なことして」

取り戻した冷静さを塗りたくった声で謝ると、うなだれた私の頭に大きな手が置かれた。そして甘く穏やかな声が降ってくる。

「ヒロの好きなものを知れたことに、今俺がめちゃくちゃテンション上がってるの、気づいてる？」

「え……？」

顔を上げれば途端に、視界を、小惑星のような揺らめく双眸が独占した。

……いいのだろうか、こんなにも誰かの心の中に入り込んでしまって。

私が他人との間に明確に引いた線を、明希ちゃんは軽々と越えようとしてくるから、どうしたらいいかわからなくなる。

「でもほんと、ヒロは音楽が好きだね。俺、何かにはまれることがないから、好きなものに夢中になれるのはうらやましい」

「こんなに音楽を好きになったのは、〝魔法使いくん〟のおかげ」

あの日何気なく奏でた、空気に溶けてしまうはずだった歌声を、〝魔法使いくん〟

が見つけてすくい上げてくれたから。だから私は、歌う楽しさを知ったのだ。

「そっかー。ナツが聴いた君の歌声、聴きたいな。俺も」

そっと唇に笑みを乗せた明希ちゃんが、小首をかしげて視線の高さを合わせてくる。

明希ちゃんが響かせた誠実なその声音に、ドクンと心臓が揺れて。――少しだけ、息苦しさを覚える。何も知らない期待のこもった視線から逃れるように、私はうつむき、ぽつりと声を発した。

「もう……歌えない」

「え？」

脳裏に浮かぶのは、隣でギターをかき鳴らす大の笑顔。

体の横で握っていた拳に、いつの間にかぎゅうっと力がこもっていた。

「歌う意味を見失ったから」

耳に入ってくる声は、自分のものとは思えないほど、熱も色も持っていない。

すると、数秒の沈黙のあと、隣で明希ちゃんが「そっか」と、すべてを受け止めた含みのある響きで呟いた。

「聴きたい気持ちはそりゃめっちゃあるっていうか、とてつもなく聴きたすぎるけど、君にとって音楽が楽しいものであってほしいと思う。俺は」

そこまで言った明希ちゃんが、瞬きをひとつして、こちらを向いた。

「だから、いつか歌えるようになったその時は、一番に聴かせて」

ふっと微笑みかけ、それから明希ちゃんは再びCDのパッケージに視線を落として、試聴に身を入れる。

私は思わず呆けたように、隣の明希ちゃんを見つめた。いつの間にか、あんなに大好きな歌が、耳に届かなくなっていたことにも気づかずに。

……この人はなんだか、昔お母さんに読んでもらった童話の中の王子様に似ている。

整いすぎた横顔が、少しさびれたCDショップからは浮いて見える。だけど音楽を真剣に聴いている、その眼差しが単純にうれしくて、私は明希ちゃんにならって音楽に耳を傾けた。


「ん〜、いい買い物ができた」

ショップを出たところで、明希ちゃんがすがすがしそうに伸びをした。

「気に入ってもらえてよかった」

視聴を終え、店内をぐるりと見終えたあと、明希ちゃんは私の好きな歌手のCDを買ってくれた。大以外の人と、自分の好きなものを共有するのは初めてで、珍しくそわそわしてしまう。

「ね、ヒロ」

「何？」

「写真撮らない？」

「写真？」

「ん。今日の記念に」

　そう言って、出口の横によけた明希ちゃんが、ズボンのポケットからスマホを取り出す。

「えーっと、カメラ、は……」

　慣れていない手つきでスマホを操作してカメラを起動し、自撮りするようにスマホを構えたかと思うと、私の肩に手を回してきた。

「ほら、ヒロも」

「え……」

　ぐっと肩を引き寄せられて体が近づく。その距離、0センチ。ふとした時に感じていた明希ちゃんの甘い匂い(にお)いが一気に押し寄せてきて溺(おぼ)れそうになる。

　肩に触れる手の熱が自分の熱と交わらず、その鮮明な温度はやけに浮いているように感じられた。

「はい、ちーず」

　明希ちゃんの声に続いてカメラがパシャリと音を立て、仕事をしたことを伝える。

すると肩が離れ、スマホを確認した明希ちゃんがおかしそうに破顔した。

「ヒロ、笑うの下手だなー」

さっき撮った写真を見せられると、たしかにそこに映る私は、隣の明希ちゃんとはすがすがしいほどに対照的な真顔だ。笑顔を作るのが苦手で、どう表情筋を動かしたらいいかとっさにわからないのだ。

「こんなじゃん、ヒロ」

そう言いながら、明希ちゃんがすっと真顔になる。もしかして、それは。

「私の真似？」

「うん」

なおも、頬を引きしめて無理やり笑顔を消している明希ちゃん。なんというかこれは、真顔じゃなくて笑うのをこらえている人の顔だ。

明希ちゃんの作り真顔を見ていたら、じわじわっと急激に何かが込み上げてくる。そして。

「そんな顔してない」

否定しながら、思わず噴き出した。

するとと、間を置かずパシャリとスマホのシャッターを押す音が聞こえてきてハッとすれば、スマホをかざした明希ちゃんがにっと笑っていた。

「隙あり」

「あっ、さっきのずるい。消して」

「やだ。かわいいから」

いたずらっぽく笑う明希ちゃんが不覚にも眩しくて、思わずぐっと声を詰まらせる。ぐうの音も出ないとは、まさにこのこと。

と、その時、ピロンと軽やかな音を立ててスマホの着信音が鳴った。私のものではない。反応したのは明希ちゃんのほうだった。ポケットから取り出したスマホに視線を落とし、「あ」と声を上げる。

「返信が来た」

「一緒にいた人？」

「そう。駅前にいるって」

そこで、明希ちゃんが知り合いとはぐれていたということを今さら思い出す。駅なら、さっき来た道をまっすぐ戻るだけだ。ここからも近い。

これにて、連絡がつくまで一緒にいるという私の役目は終わったということだ。

「連絡ついてよかった。じゃあ、私はここで」

長居しても仕方ないと踏み、立ち去ろうと踵を返すと、不意に後ろから腕を掴まれ体の動きが制止された。その力は存外強く、物理的にも本能的にも立ち止まらざるを得なかった。

「待って、送る」

振り返れば、日中だというのにキラキラ発光して見える明希ちゃんの瞳と、私のそれとがかち合う。

気にかけてくれてありがたいけれど、知り合いとの待ち合わせの邪魔をするつもりはない。

「ここから遠くないし、私のことは大丈夫だから気にしないで」

できるだけ気をつかわせないようにと平静を装って断ったその時、不意に何か影が落ちてきた。パサリと音を立てて私の頭に降ってきたその正体は、明希ちゃんのキャップだった。

「じゃあ、これかぶって帰ること」

「え？」

「ナンパ防止」

少し大きくてまぶたにまでかかるキャップの影から、明希ちゃんの涼やかな笑顔が覗いた。

「今日はありがとう。君のおかげで楽しかった。また明日、あの場所で待ってるから」

ぽんぽんと私の頭を優しく叩いて、明希ちゃんが歩いていく。

……明希ちゃんは、まるで台風の目だ。まわりの人の心を、すごい勢いで巻き込んで、自分の渦の中に引き込んでしまう。

嵐が過ぎ去ったあとみたいな、そんな騒がしさが心の中に残って、余韻を消化できないまま私は明希ちゃんの小さくなっていく後ろ姿を見つめていた。

俺を利用してよ

「国破れて山河在り。城春にして草木深し」

古典担当である年配の先生の声は、睡眠導入剤の効果を持ち合わせているらしい。疲れが溜まってきた午前最後の授業ということもあり、クラスの大半の頭が必死に重力に逆らおうとしながらも、こくりこくりと揺れている。

「はい、じゃあここ。松田、訳しなさい」

指名された松田、くん、は眠気に負けずにちゃんと授業を受けていたらしい。「はい」と通る声が教室に響いた。

「戦乱によって国は破壊されたが、山や川は元の姿のままであり……」

流暢な彼の現代語訳を耳に入れながら、私は頬杖をついて窓の外の景色に目をやった。花壇を挟んだ向こうにあるグラウンドでは、同じ学年の違うクラスが体育の授業中だ。

一階の窓際のこの席から、グラウンドでサッカーをしている彼らの顔はよく見える。だけどそこに大の姿はない。

……サボってるのだろうか、きっとそうだ。まったくしょうがないな、大は。

大は、小さいころからサッカーがうまい。サッカーに限らず、生まれ持っての運動神経が抜群で、どんな種目も軽々こなしてしまう。足に羽でも生えているのではないかと思ってしまうほど軽やかな身のこなしでグラウンドを駆け回る姿は、いつだって最高にかっこいい。

――ここにいたら、絶対大活躍なのに。

私はグラウンドに、サッカーボールを自由自在に操り駆ける大の姿を思い浮かべ、目を細めた。

気づけば松田くんの現代語訳の発表は終わり、再び先生の渋い声が教室に響きわたっていた。


「ヒロ、よく食べるね」

「そう?」

机の上に四段に積み重なった重箱を見つめ、明希ちゃんがまた驚いている。

昼休み、私はお弁当を持参で、この美術室に来ていた。

ふたりでひとつの机を使い、私はお弁当を、そして明希ちゃんはコンビニで買ったらしいコロッケパンを食べる。

よく食べる、と言うけど、むしろ明希ちゃんのほうが食べなすぎだ。その量で午後まで保つのだろうか。

もくもくと箸を止めることなく食べ進め、五分後、重箱は空っぽになった。

「ごちそうさまでした」

「……きれいに食べるなぁ」

手を合わせ食後の挨拶をしていると、頬杖をついて興味津々というように私を見つめていた明希ちゃんが、目元を緩めて何かを呟いた。うまく聞き取れなくて、箸を片づけながら聞き直す。

「何か言った？」

「え？」

「いや。あ、そうだ。ヒロ、連絡先教えて」

「聞いてなかったなーと思って」

「うん、わかった」

断る理由もなくて、私はスマホをスカートのポケットから取り出した。そして、ほとんどといっていいほど利用していないメッセージアプリを起動し、ＱＲコードを表示する。すると同じくメッセージアプリを起動させた明希ちゃんが、そのＱＲコードを読み取った。

「できた。いつでも連絡して。何かあったら飛んでいくから」

完成された笑みを口に乗せる明希ちゃん。この笑顔に、いったい何人の女の子が落とされたのだろうと、そんなことを考えてしまう。

「ありがとう」

そう言って、重ね合ったスマホを手元に引き戻そうとした、その時。スマホを斜めにした拍子に、パサリ、と一枚の紙が私のスマホカバーの隙間から落ちた。

「ん、何か落ちた」

床に落ちたその紙――写真を拾ったのは、明希ちゃんだった。「あ」と声を上げる間もなく、拾い上げられたことによって写真の表が露わになる。

「……これ、誰？」

明希ちゃんが写真に視線を落としたまま、問うてくる。

それは、中学に入学した時の、私と大のツーショット写真だった。新入生の証である赤いカーネーションを制服の胸ポケットに挿し、顔を寄せ合い笑顔でピースする私と大が写っている。

「それは……幼なじみの大」

あと戻りできなくなるであろうことを自覚してぽつりと呟き返すと、明希ちゃんが写真をこちらに返しながら、ちらりと視線だけ上げて詮索（せんさく）の眼差しを向けてきた。

「大くん？　仲よさそうに見えるけど——付き合ってるとか？」

「つ、付き合ってない」

　想定外の問いかけを慌てて否定する。付き合っているとか、それはありえない。

「……私の、片想いだから。幼稚園のころから一緒で、ずっと好きなの」

　言いながら、肺に重たい空気が侵入してきて、息苦しさを覚える。

「だけど」と続けた私はいつの間にか、膝の上に置いていた手を、何かに耐えるようにぎゅうっと握りしめていた。そして、重い口を再び開く。

「大は、私のことなんて想ってない」

　言ってしまえば一言なのに、それは教室を覆うほどひどく重い質量となる。

　と、その時。ふたりの時間に割り込むように、午後の授業開始五分前を知らせる予鈴が鳴った。

　チャイムがかぶったせいで、最後、明希ちゃんに言葉のどの辺まで聞こえたかわからない。でも聞こえていないのなら聞こえていないほうがいいと思った。

「もう戻るね」

　そう呟き、立ち上がって帰る準備に取りかかろうとする——と、それを阻むように明希ちゃんに両手首を掴まれた。

「ヒロ」

「ん？」

明希ちゃんは何か言おうとして、だけどそれを自分の中で取り消すように、すぐにいつもの笑顔を浮かべた。

「あー、いや、なんでもない。ヒロの充電だけ、させて」

「充電？」

「ん、ヒロが足りなくならないように」

そう言って、ぎゅっと手を握りしめてくる。私のより大きくて硬い手が、必死に私の温もりを覚えようとするみたいに。

「……よし、充電完了。これで午後も頑張れる」

こちらを見上げる明希ちゃんはいつもどおりのはずなのに、どことなく、なんとなく、名残惜しそうに見える。力がこもりきっていない眼差しも、私の手の甲を親指で撫でるその仕草も。

だけど、こんな時、どう反応したらいいか私にはわからない。他人の心の中に一歩踏み込むという、その思考回路を持ち合わせていない。だから。

「うん、また明日」

いつもどおりのトーンで、いつもどおりの挨拶で。私は美術室をあとにした。

――想像はしていた。だけどやっぱり。

「ねぇ、高垣さんって、弘中くんのなんなの？」

明希ちゃんの人気はすごい。

校庭の掃除が終わり、教室に戻ろうと一階の踊り場を通りかかったところで、待ち構えていたのか数人の女子が私を囲んだ。数えてはいないけど、ざっと見て十人近くはいる。リボンの色から察するに、三年生が過半数と、二年生が数人。

みんながみんな、私が犯罪を起こしたのではないかというくらい、こちらに敵意を剥き出しだ。

小さいころから、こうして女子に恨まれることは頻繁にあった。

私が男子とつるむタイプじゃないのは、ちょっと見ていればわかるはずなのに、やれ私の彼氏を横取りしただの、やれ◯◯くんをたぶらかすなだの、一方的に言いがかりばかりつけられる。

そして、こういう人たちのことは相手にしてはいけないということも、これまでの経験から学んでいる。少しでも相手にすれば、それがかえって神経を逆撫でする行為になり得ることが多いからだ。

掃除終わりの下校のタイミングということもあって、踊り場は多少の人通りがあるのに、みんな、私が絡まれている光景を見て見ぬふりして通りすぎていく。他の人たちから見ても私が悪く映るのだろう。それだけ、容姿と愛想のなさが印象悪いというわけだ。

……あぁ、そういえば、明希ちゃんは私がいくらつまらない返事しかできなくても、ちゃんと聞いてくれたな。

「昨日、あんたと弘中くんが街中で歩いてるのを見たの。どういう関係なわけ？　弘中くんには、抜け駆けしちゃいけないってルール知らないの？」

まくしたてるように言われても、そんなルールがあったなんて知らない。

だけど弁明しようとしたところで、この人たちの中では悪者像ができあがっていて、それを私自身が覆すことなんてできないのだ。答えるだけムダだと、だんまりを決め込む。この人たちが、私に罵詈雑言（ばりぞうごん）を吐き出しきって満足するまで待つしかない。

だけど、追及の手は止まることを知らない。

「弘中くんとどうやって知り合ったの？」

「私たちでさえ全然会えないのに、なんで一年のあんたなんかが仲良くなってんの？」

話を聞く限り、明希ちゃんが旧校舎にいることをみんな知らないようだ。この様子では、明希ちゃんの居場所が知られたら毎日人だかりができて大変だろうと、頭の隅でそんなことを考えていると、ずいっとリーダー格らしき先輩が詰め寄ってきた。

「どこで弘中くんと仲良くなったのよ」

問われて、不意に、目を伏せ自分を責めるような明希ちゃんの表情が頭をよぎった。

――『俺が教室に行くとみんなを傷つけるから』

どうしてあんなことを言ったのか、その真意を推し量ることはできない。明希ちゃんについて知らないことばかりだ。でも、彼にとって誰かを傷つけることが本意ではない、そのことだけはわかるから。

私は目の前の先輩をまっすぐに見据えて、口を開いた。

「言いたくありません」

こんなことを言えば火に油を注ぐことになるのは、目に見えている。だけど、拒否せずにはいられなかった。

すると案の定、こちらに向けられる視線に一層憎悪が込められ、突然ガッと胸ぐらを掴まれた。強く引き寄せられ首が絞まるけど、本能的に足だけは地につかせようと爪先に力がこもる。

「消えろよ、まじで」

鼻先がぶつかりそうなほど顔を近づけ、ドスの効いた声で脅してくる。

だけどその言葉は私を怯えさせるわけではなく、体にすっと染みて外側から浸食するみたいに心を冷やした。

──消えられるのなら、消えたい。

あなたに言われるまでもなく──。

私は襟元を掴みあげる手をぐっと掴み、自分より背の高い先輩の瞳をまっすぐに見返した。そして彼女にしか聞こえない低いトーンで放つ。

「じゃあ、あなたが消してよ」

「……は？」

捕らえて放してやらないというように、もう一度彼女にぶつける。

「私のこと、消してよ」

「あ……頭おかしいんじゃないの？」

声の揺らぎと外された視線から、先輩の腰が引けたのを感じた。

「は、話になんないんだよ」

まるで不気味なものを放り出すように、いきなり制服の襟元を離される。ようやく気道が解放されたかと思えば、投げ出された拍子に腰を思いきり床に打ちつけてしまった。身構えていなかったせいで、まともに衝撃を食らい、腰の痛みに思わず顔を歪める。

と、その時。

「その子のこと、いじめないでくれる？」

人垣の向こうから突然矢のように空気を切り裂いて聞こえてきた声に、私は床に座り込んだまま目をみはった。

聴き心地のよい、この声は——。

「明希ちゃん……」

何事かと振り返った女子たちの壁がモーセの十戒よろしくふたつに割れ、その向こうに立つ彼の姿が露わになる。アッシュベージュのその髪が、人だかりの中で一際煌めいて見えた。

「な、弘中くんっ……？」

「嘘！　弘中くん……っ」

騒然とした空気の中、私も例に漏れず驚きを隠せなかった。

「どうして明希ちゃんが……」

いつもはあの場所にいるはずなのに、あなたという人はどうして、こういう時こんなタイミングで私を見つけてしまうのだろう。まるで心の機微を見透かしているみたいに。

「ちっ、違うの、弘中くん。私たちはほら、この子が弘中くんのことをそのかそうとしてたから、弘中くんのために注意してあげようと思って……っ。この子、評判すごく悪いし！」

明希ちゃんの登場は想定外だったのだろう。さっきまで私の胸ぐらを掴んでいた先輩が、目を白黒させながら必死に嘘を並べたてて弁明している。

だけどそれに反して、降ってくる明希ちゃんの声は冷静だった。

「そんなことしなくていい。俺が一緒にいたい子は、自分で決めるから」

「でも……っ」

「あー。あと言い忘れてたけど、その子、俺の彼女なんだ」

さらりと、なんてないことを告げるかのように、明希ちゃんがそう言い放った。その場にいた全員が理解するのに数秒時間がかかるほど、あまりにナチュラルに。

「か、のじょ……？」

不意を突くような突然の告白に、目をみはるまわりの女子たち。だけど一番驚いていたのは、私だった。

「……えっ？」

「そういうことだから。行こ、ヒロ」

こちらに向かって脇目も振らず向かってきた明希ちゃんは、訳がわからずただ彼を見上げていた私の手を引いて立たせると、その手を握ったまま私を連れて歩き出す。

突然の爆弾の投下に、あたりは水を打ったかのように静まり返り、私たちを追ってくる気配は一切なかった。

「待って、明希ちゃん……っ」

ようやく呼びかけられたのは、教室棟を出て、渡り廊下を越え、旧校舎の廊下に足を踏み入れた時だった。

私の声に、明希ちゃんが前を向いたまま足を止める。顔が見えないから余計に真意が読み取れなくて混乱する。

「どうしてあそこに明希ちゃんが……」

「美術室から、ヒロが囲まれてるのが見えたから」

というか、違う。聞きたいことは、それじゃなくて。

「彼女なんて嘘、言ってよかったの？　あの人たちに誤解されるから、訂正したほうが――」

「偽の恋人」

私の声を遮るように、明希ちゃんが何かを呟いた。「え？」と聞き直そうとした寸前で、その声を塞ぐように明希ちゃんがこちらを振り返った。

「俺、ヒロの偽の恋人になるよ」

「え？」

甘くさわやかに微笑んだ唇から放たれた言葉を、すぐには咀嚼できなかった。

偽の恋人……。

「俺が彼氏ってことになれば、さっきの子たちだって簡単にはヒロに手を出してこないだろうし」

いつもの調子ですらすらと言葉を続ける明希ちゃんを、私はただ見つめることしかできない。耳は声を拾うのに、思考がすっぽり置いていかれたみたいだ。

「それに、大くんだって、ヒロが自分以外の男のものになったって知ったら、自分の想いに気づくかもしれないじゃん。俺のことを聞かれたら、俺から一方的に付き合うことを強制されたって答えればいいし」

「そん、な……」

「偽物の恋人。いい案だと思わない？」

まっすぐに私の目を覗き込む明希ちゃんの眼差しは、どこまでも甘く。

「俺を利用してよ、ヒロ」

そしてその言葉は、まるで神経を麻痺させる麻薬のよう。思いがけない甘いささやきに、どくんと心臓が波打つ。

そんな心の揺らぎを見透かしているかのように、廊下の入り口から風が吹き込んできて、乱雑に髪をかき乱していく。

昼に見た、写真に写っている大の笑顔が頭をよぎった。

――優しい明希ちゃん。王子様みたいな明希ちゃん。出会ったばかりなのに、たくさん笑顔をくれた明希ちゃん。……こんなにも優しいあなたを、利用してもいいですか?

私は目の前の太陽から目をそらすようにまつ毛を伏せ、そしてこくりと頷いた。

「……大に、振り向いてほしい」

第二章
幼なじみと偽彼

宝物にする

生まれて初めて、彼氏が、できた。偽物の。

スマホのアラームが騒ぎ出そうとした最初の一音で、私は即座にぱちりと目を覚ました。寝起きに強い覚醒した頭で朝の到来を察し、枕元にあるスマホを探す。やがてシーツをかき分けていた手のひらが、スマホの感触を探し当てた。

顔の上に持ってきて、けたたましく喚き立てているアラームを止める。すると、待ち受け画面に戻ったスマホが、メッセージの着信を知らせてきた。差し出し人の欄に表示される名前は――弘中明希。

なんの用だろうと思考を巡らせながらアプリを開けば、添付された一枚の写真が目に留まった。

写真をタップした途端、眩しい水色に染まるディスプレイ。その中に、おぼろげながらも神秘的な存在感を放つ七色の虹を見つけた。

『帰り道、空に虹がかかってた。縁起よさそうだからヒロにもお裾分け』

そんな文言も添えられている。

普段、このスマホが仕事をすることはほとんどなく、スマホをいじる習慣もないため、着信に気づかなかった。

……この人が、昨日から私の偽の恋人。そう考えると、現実味がわかず不思議な心地になる。

明希ちゃんは、自分と付き合っている設定にすることで、大の気を引いたらいいと言ってくれた。

大は……なんて言うのだろうか。私が誰かと付き合ったら。

せり上がってくるさまざまな思いを消化するように、私はディスプレイに表示された虹の写真ごと、スマホを胸の前で抱きしめた。


「今日もお人形さんみたいにかわいいね～。ねぇねぇ付き合ってよ、未紘ちゃん」

「ごめんなさい。彼氏がいるから」

「えっ……」

偽の恋人効果は、抜群だった。毎朝つきまとってきて煩わしかったクラスメイトをひとり撃退。そして告白してきた隣のクラスの男子をひとり撃退。そうして登校してからたったの数時間で、あっという間に四人も撃退してしまった。

ダメ押しは、明希ちゃんという存在。『相手は誰？』としつこく問われ、明希ちゃんの名前を出せば、一瞬にして顔を引きつらせ『あいつかよ』と一様に呟く。

この『あいつかよ』には、観察する限り二種類の意味があるようだった。ひとつは、あいつが相手じゃ敵わないという諦め。そしてもうひとつは、どうしてよりによって不登校のあいつなんだよという不満と困惑。

旧校舎の美術室にいるのはやはり知られておらず、不登校という認識がされているということがなんとなくわかってきた。

明希ちゃんを取り巻く環境も、なんだか穏やかではないようだ。


いつものようにノックはせずに美術室のドアを開け、こちらに背を向けてイスに座る明希ちゃんに声をかける。

「明希ちゃん」

朝のSHRが始まる前に来たからか、勉強ではなく本のようなものを読んでいた明希ちゃんが、それを閉じながら私の呼び声に振り返った。私の姿を視界に捉えた途端、その顔に甘い微笑が広がる。

「ヒロ。おはよ」

そして挨拶もそこそこに、イスの背もたれに身を乗り出すようにして上目づかいで尋ねてくる。

「大くん、何か反応はあった？」

偽の恋人ができたことに対する大の反応を指しているのだろう。私は首を横に振りつつ答えた。

「まだ言ってない」

「話す時は、俺につきまとわれて仕方なく付き合ったけど、やっぱり嫌だから助けてって言うこと。わかった？」

先生みたいな口調で忠告してくる明希ちゃん。素直にこくりと頷くと、明希ちゃんは目元を緩めて微笑んだ。

「進展あるといーね」

その完璧な笑顔には、やはり一点の汚れも見えなくて。「ありがとう」と答えながら、昨日からずっと不思議に思っていたことを口にする。

「……でもどうして偽の恋人になんてなってくれたの？　明希ちゃんにとっていいことなんてないのに」

偽とはいえ、私と付き合っているなんて噂が流れていたら、明希ちゃんに好きな人がいたとしても付き合いづらくなってしまう。それに今は好きな人がいなかったとしても、いつかこの噂が明希ちゃんの出会いを邪魔してしまうかもしれない。偽の恋人になるという誓約は、明希ちゃんにとってはいくら考えてもメリットが見当たらず、リスクばかりだ。

するとと明希ちゃんはイスの背もたれに肘をつき、「んー」と、考えがあるように視線を斜め下へ向ける。

「君があらぬ誤解を受けて何かされる前に、そういう事実を作っちゃえっていうのもあったし。それに、俺は俺なりに、自分でできることをやりたいと思ったから」

「え？」

「ただの、おにーさんのお節介」

ふっと、意味ありげに明希ちゃんが微笑んだ、その時。美術室を包む静かな空気に混じって、耳に届く音があった。

どこからか漏れて聴こえてくるような音は、意識を向ければメロディーになっていることに気づいた。

「あ、この曲……」

導かれるように、眩しい光が差し込む窓に向かう。そして少し錆びついた窓を開けると、メロディーは教室棟のほうから聞こえてきていた。月に一度ほど、放送委員が昼休みにおすすめの曲を校内放送で流すという活動をしている。今聞こえているのも、おそらくその放送だろう。

さっきよりも明確に音楽として輪郭を持ったそれは、たしかに聞き覚えのあるものだった。

「知ってる曲？」

「うん。大が好きな曲なの」

窓枠に手をつき、風に乗って運ばれてくるその音楽に耳を澄ませる。

「初めて大に聴かせた歌が、この曲だった」

何度思い返しても色あせることのない記憶が、懐かしい音楽によって呼び起こされる。

——自分の背の高さほどあるギターを背負って、朝早く大の家を突撃したのは、私と大が小学六年生の時のことだった。

『だーいー！』

大の家の前、チャイムを鳴らす間さえ惜しくて声を張り上げ名前を呼ぶと、程なくして家の中をバタバタと駆ける音が聞こえてきて、玄関のドアの向こうから大が姿を現した。それはそれは迷惑そうな表情で。

『未紘、朝からうるせーよ。まったく、今何時だと思っ、て……』

ドアを開けるなり文句を並べる大。だけど何気なく私の背後に視線が向いたその途端、大の意識は完全にそちらに移っていた。

『……なんで未紘がギター持ってるんだ？』

『大に聴かせたい曲があるから来た！』

『は？　え？』

『大の部屋行こ！　早く！』

大が好きな曲の練習を何度も重ねてきた。この前〝魔法使いくん〟に褒めてもらえた自分の歌を、大に聴かせたくてたまらなかった。

『おじゃまします！』と言いながら、大の手を引いて二階の彼の部屋に駆け込む。

そしてさっそくギターをセッティングする私の前に、まだ呆けた様子のこの部屋の主が座り込む。

『もしかしてそのギター、未紘のとーちゃんの？』

『うん！　毎日花壇に水やりを続けたご褒美にもらった』

『ふーん』

『じゃあ、聴いててね』

大きく吸った息を肺に送り、そしてギターの音に歌声を乗せる。

あぐらをかいてやれやれと私を見つめていた大は、みるみるうちに前のめりになっていき、一曲歌い終えると目を輝かせて拍手を送ってくれた。

『すげー！　未紘がギター弾くなんて！　しかも、俺の一番好きな曲じゃん……！』

想像していたより、ずっと。大は弾んだ声を上げて喜んでくれて、それがたまらなく幸せだった。どんなご褒美よりも大の笑顔がうれしかった。

それからだ。大とセッションをするようになったのは。程なくして大もギターを買い、初心者ふたりで毎日練習に明け暮れた。父に教えてもらったりしながら、中学生になるころには、人前で演奏できる腕前にまで成長していた。

「……楽しかったな」

遠い記憶を回顧し、ぽつりとこぼすように呟いた時。――不意に、窓のサッシに手をついた明希ちゃんに後ろから囲い込まれた。彼が、覆いかぶさるように私にもたれかかってくる。

突然落ちてきた甘い匂いと温もりに、心臓が微かに揺れた。

「明希ちゃん？」

「俺、寒がりなんですよ」

「寒がり、なんですか？」

「そーです」

少し乱れた私の鼓動と、ゆったりと凪(な)いだ明希ちゃんの鼓動のテンポが、じわじわと重なっていく。

「ヒロの背中、熱い」

「明希ちゃんの体が冷えてるんだよ」

眩しい、と思った。それはたぶん、窓の外の茂みが日の光に反射して、緑を輝かせているからだ。

「そうだ。明希ちゃん」

「ん？」

私の声に、明希ちゃんがサッシから手を離す。私は明希ちゃんのほうに体を向けながら、スカートのポケットを探り、取り出した白いハンカチを彼に見えるように広げた。

「明希ちゃんに、これ」

ハンカチに挟んでおいたのは、四つ葉のクローバー。

「え？」

「私からも、幸せのお返し」

虹の写真を送ってくれたお礼に私も何か返せないかと思っていたら、登校中、偶然道端にクローバーの茂みを発見し、始業の時間ギリギリでようやくこの四つ葉のクローバーを見つけ出したのだ。

「ヒロ、ずるいな」

愛おしそうにクローバーに視線を落としたまま、彼が眉を下げゆっくり苦笑する。

でも、最初に幸せをくれたのは明希ちゃんだ。それなのに私は、ひとつの葉だけが小ぶりで不恰好なこのクローバーしか見つけられなかった。

「本当はもっと大きくて形がいいものを探したかったんだけど」

「俺はこれがいいよ。ありがと、ヒロ。宝物にする」

少ししなびてしまったクローバーを受け取った明希ちゃんを、窓から差し込む光が優しく照らした。

手に持っているのは、薔薇のようなきれいで豪華な花じゃない。だけど、目の前の彼は、どんな童話に出てきた王子様よりもきれいだと思った。

簡単に気を許すなよ

未紘は、昔はよく笑う子だったと母は言う。変わっている子だけど、小さなことにもけたけた笑うから、つられてこっちまで笑っちゃうのって。

そんな話を聞くたびに、のん気に笑っていた小さいころの自分を羨(うらや)ましく、そして少し恨めしく思う。

今の私は、感情を解放する方法をすっかり忘れてしまった。まるで歌声と一緒に、体の中に閉じこめてしまったみたいに。

——もうあのころには戻れない。

昼休み。私は六段の重箱を抱え、渡り廊下を歩いていた。

いつもより大きい重箱を使ったのには、ちゃんと理由がある。単にお腹が空きすぎたから、というわけではない。

今朝はなぜか四時ごろ目が覚めてしまい、もう一度寝ようにも寝つけず、いつもより早くお弁当作りに取りかかった。そしてせっかく早く起きていつもどおりというのも味気ないから、私と大の分の他にもうひとり分追加したのだ。明希ちゃんの分だ。

誰の分を作ろうかと考えて、真っ先に思い浮かんだのが明希ちゃんだった。まず私にはお弁当を一緒に食べる間柄の友人がいないという前提はあるけれど、明希ちゃんなら喜んでくれる気がしたから。

明希ちゃんが大好物だと言っていた卵焼きも、いっぱい作ってきた。しっかり砂糖ベースで。おいしいと言ってもらえるだろうか。

……とはいえ、明希ちゃんにはなんのアポイントも取っていない。もし明希ちゃんがお弁当を持ってきていたら、その時はその時だ。ふたり分として作った六段全部、ひとりで食べればいい。

心配したり、微かに期待したり。あちこちへ思考を飛ばしながら、えっこらえっこらと重箱を運ぶ。隙間なくぎゅうぎゅうに詰めたから、六段ともなるとなかなかの総重量だ。食べてしまうのは一瞬なのに、作るのも運ぶのも時間と労力がかかるお弁当。なんて罪深い。

すれ違うたびジロジロ見てきた人の目も、だんだん減ってきた。渡り廊下を越えれば旧校舎だ。

近づいていくほどなんとなく気が急いて、疲れてきていたはずの足が速まった、その時。

「まさか、学校来てたなんてー！　会えてうれしいっ！　どこで授業サボってたのー？　ミウも一緒にサボりたい～」

「んー、内緒」

高めに持ち上げられた女子の声と、それに続いて聞き慣れた声が、渡り廊下すぐ近くの校舎裏のほうから聞こえてきた。この、澄んでいるのに甘さを含んだ声は――明希ちゃんだ。

深くは考えずに、渡り廊下を外れて校舎裏へ足を向ける。そしてそっと壁に身を寄せて校舎裏を覗けば、ボブヘアーの女子と明希ちゃんが楽しそうに談笑しているのを見つけた。明希ちゃんが誰かと話しているのを目撃するのは、初めてだ。

「こんなところで何してたの？」

「俺は、お昼忘れたから購買に行こうかなって思ってたとこ。ミウちゃんは？」

「ミウは、グラウンドに用があってね」

どうやら会話は弾んでいるようだ。

……お弁当を作ってきた日に限って。

でもこの中に割って入っていく度胸はさすがになくて、会話が終わるのを待つため校舎の陰に身を潜めていると。

「ミウ、お菓子作り得意なんだ～！　だから、今度……あっ、弘中くん、何か落ちた！」

胸の前で手を合わせ、ピンク色に染めた声で話していた女子が、途中でふと何かに気づいた。

その瞬間を、私も見ていた。明希ちゃんが何気なく足を動かした時、ズボンのポケットから少しはみ出していた学生証が落ちたのを。

「あ、まじだ」

明希ちゃんが腰を曲げ、学生証を拾い上げる。すると、落ちたところを見ていた女子が明希ちゃんの足下にしゃがみ込んだ。

「あと、他にも何か落ちたよ」

言いながら、草むらの中からその何かを拾う。――それは、昨日私が明希ちゃんにあげた、四つ葉のクローバーだった。

何も知らない女子は、まじまじとクローバーを見つめ、そして怪訝そうに首をかしげた。

「これ……クローバー？　弘中くんの？　形悪いし、しなびてるし、捨てちゃっていい？」

彼女の言葉に、あ、と思ったのもつかの間、明希ちゃんが口を開いた。

「あー、いーよ」

──え？

まるで、なんの思い入れもない道端の雑草を捨てるかのような、そんなあっさりとしたトーンで明希ちゃんはクローバーを捨てることを了承した。

「四つ葉のクローバーなら、ミウが探してきてあげるよぉ」

「はは、ありがと」

眼前で繰り広げられる会話に、私は重箱を抱えたまま固まる。現実味がないのは、たぶん、悪夢であったらいいと心のどこかでそう願っているから。

『ありがと、ヒロ。宝物にする』

昨日そう言ったのに。笑って、くれたのに。……全部嘘、だった？

ぽいっとあまりにも呆気(あっけ)なく捨てられたクローバーは、緑に紛れて見当たらない。

気づけば、重箱を持つ手に、指先が白くなるほど力がこもっていた。

……ああ、やっぱり。人のことなんて、信じなければよかった。

「──やっぱりな」

心の声と重なるように、すべてを見透かした声が聞こえてきて振り向けば、大がそこに立っていた。

「大……」

大は軽く顎先を上げ、黒い前髪の下から覗く切れ長の瞳で、女子と談笑する明希ちゃんを見据える。

「簡単に気を許すなよ、未紘。あいつ、お前のことからかってただけなんじゃねぇの？」

容赦なく核心をついてくる大の言葉が、胸に刺さる。ほだされかけていた現状を、真っ向から責められているみたいだ。

「あんまり関わらないほうがいい。結局みんな離れていって、お前が傷つくだけだ」

私はうつむき、重箱に視線を落とした。今朝の私は、今ごろ明希ちゃんとこのお弁当を食べているつもりでいた。それなのに現実はこれだ。

少し、ほんの少し、浮かれていたのかもしれない。話し相手ができたことに。

こんなの、やっぱり私らしくなかった。誰かに期待したって、どうせ現実に裏切られるだけ。そんなこと、痛いほどわかっていたはずだ。

「私、戻るね」

力の込め方なんて忘れた声でぽつりとこぼした私は、重箱を抱え直し、来た道を再び歩き出した。

距離を置きたい。そう思っている時に限って。

『放課後、いつもの場所に来てほしい』

タイミングが悪すぎる明希ちゃんからのメッセージに、私は教室の席に座りスマホを持ったまま表情を固めていた。

まさかの呼び出し。私の心でも読んでいるのだろうか。

先に、しばらく会えないとメッセージを入れるべきだった。こうして誘われてしまうと、断るほうが面倒だ。

――とりあえず行くだけ行って、さっさと帰ってきてしまおう。流されないようにしていればいい――そう固く心に決め、私はスクールバッグを肩にかけて教室をあとにした。


もうすでに見慣れてしまった美術室のドアの前に立ち、考える間を作らずドアを開けた。途端に生ぬるい空気が襲ってくる。

殺風景な景色の中で真っ先に目に飛び込んできたのは、教室中央に立つ銀色に染めた短髪の男の人の後ろ姿。がっしりした体格からも髪色からも、そして醸し出す威圧的な雰囲気からも、彼が明希ちゃんじゃないことは一目瞭然(いちもくりょうぜん)だ。

見覚えのない彼は、私のドアを開けた音を聞きつけ、こちらを振り返った。

「……」

そして無言でこちらを見つめてくる。

顔は整っているけれど、目つきが鋭い。いかついシルバーのピアスが異様な存在感を放ち、ブレザーの下の紫色のシャツが目を引く……という、総じて不良の出で立ち。

なおも無言でこちらを睨みつけてくる銀髪男。もしかして教室を間違えたのだろうかという疑念がちらりと過ぎりながらも、睨みつけられたからには私も無言で彼を見つめ返す。そうして、ゴゴゴゴ……と地響きでも聞こえてきそうな無言の睨み合いをしていると。

「……あんた、明希の彼女？」

不意に、その顔にぴったりの低い声で、銀髪男がぴんと糸の張ったような静寂を破った。

まさかこの男の口からその名前が出るとは思いもしなかった。どう答えたらいいのか、瞬間的に頭の中で最適な答えを導き出そうとした、その時。

「──偽の、だけどね」

突然背後から第三者の声が聞こえてきて振り返れば、ドアに背をもたれるようにして明希ちゃんが立っていた。

「明希ちゃん」

「ふたりともクールだなー。まったく入るタイミングがなかったんだけど、俺」

茶化すように言いながら、明希ちゃんが銀髪男の横に立ち、私に向き直った。

「改めて紹介するね。こいつは、幼なじみの獅堂虎太郎。俺はコタって呼んでる」

「獅堂、さん」

「虎太郎でいい」

幼なじみ、だったのか。ということは、明希ちゃんと同じくふたつ先輩だ。芸能人みたいに華やかな明希ちゃんと、いかつくていかにも不良という感じの彼は、並んでいるところを目の当たりにしてもまったく接点がなさそうに見える。

次に明希ちゃんは、虎太郎さんのほうに向き直った。

「それで、この子が高垣未紘ちゃん。さっきも言ったけど、いろいろあって付き合ってることになってる」

「……よろしく、高垣」

「よろしくお願いします」

ぎこちなくも挨拶を交わすと、その様子を見ていた明希ちゃんが私に何か企んでいるような笑みを向けてきた。

「挨拶も済んだところで、ヒロ、このあと時間ある？」

「え？」

「君に会わせたい人がいるんだよね」

数十分後、私は明希ちゃんと虎太郎さんと一緒に見知らぬ道を歩いていた。

来て、と言われて、断る理由が即座に見つからなかった。そしてそんなふうに理由を探そうとしている自分に、なんだか違和感を覚える。少し前の私なら、わざわざ理由を見つけなくても、一言で断っていただろうに。

なんとなくスッキリしない心地のまま、虎太郎さんのあとについて、明希ちゃんと並んで歩く。

明希ちゃんの気配を隣に感じながら、心の中を占めるのは昼休みのこと。どんな顔で明希ちゃんと向き合えばいいのかわからず、できるだけ距離を置きたくて、沈黙を守ったままうつむいて歩いていると。

「そういえば、この前さ」

不意に隣から、いつもとまったく変わらないトーンの、私に呼びかける声が聞こえてきた。

「何?」

目を見ないまま、それだけ答える。声に棘があることが自分でもわかった。無意識に、明希ちゃんを傷つけようとしてる。

「……ヒロ?」

何か異変を察知したような、様子をうかがうような声。視界の端に、こちらに伸びてくる手が映った。

明希ちゃんの指の先が、私の頬に触れる。

「何かあっ――」

明希ちゃんの声が途切れた。私がその手を振り払うのと同時に。

「触らないで」

自分でも聞いたことのないほど冷たい声が鋭い矢のように放たれて、明希ちゃんを拒絶した。

自分の心を守るので精いっぱいだった。驚いたような困惑したような、見たことのない明希ちゃんの表情からふいっとすぐに目をそらし、歩みを進める。

私たちを包む痛いほどしんと静まり返った空気に、ついてきたことを後悔した、その時。

「ついた」

前方から低い声が聞こえてきて視線を上げれば、なぜか街外れの保育園についていたことに気づいた。

「保育園……？」

思いがけない目的地に、状況を理解できずにいると。

「あ～～！　にぃに～！　コタくん～！」

かわいらしいわたあめのような声とともに、小さな女の子がこちらに向かって園庭をとことこと駆けてきた。

「希紗」

明希ちゃんがしゃがみ込み、両手を広げると、希紗と呼ばれたその子が勢いよく明希ちゃんの胸に飛び込んだ。

「にぃにっ」

「お待たせ」

そして明希ちゃんは軽々と希紗ちゃんを抱き上げ、私に向き直った。

「ヒロ、紹介するね。俺の妹の希紗」

妹、だったのか。たしかに言われてみれば、どことなくまとう雰囲気が似ているかもしれない。そしてふたりとも上品な顔立ちの美形だ。

「にぃにのおともだち～？」

希紗ちゃんの疑問に、明希ちゃんが凪いだ声で答えた。

「ヒロは、俺の大切な人」

なんの迷いもない声音で発せられた言葉に、思わず声を詰まらせる。あまりにきれいすぎる響きを咀嚼できない。額面どおりに受け取っていいのか心がざわめく。

「ヒロちゃんっ」

「そ、ヒロちゃん」

希紗ちゃんはなぜかうれしそうに反芻し、明希ちゃんの腕から降りると私の元にタタタッと駆けてきた。そしてくりくりの瞳でこちらを見上げ、私の人差し指を小さな手で握りしめる。

「よろしくね、ヒロちゃんっ」

「……よろしく」

「急にごめんね、ヒロ。今日、希紗のお迎え頼まれてて。どうせなら、君と一緒に行きたいなって」

小さな子は、どちらかといえば苦手だ。行動の予測がつかないし、突拍子のないことを言い出したりするし。……だけど。

「えへへ、ヒロちゃんおにんぎょうさんみたい。かあいい～」

私の指をぎゅっと握りしめて、無邪気な満面の笑みを向けてくれる希紗ちゃんは無条件にかわいくて、胸の奥底をくすぐられているような感覚を覚える。

「ありがとう」

意図せず、ほのかな微笑がこぼれる。するとそんな私の心の機微に気づいたらしい。希紗ちゃんが宝物でも見つけたみたいに、ぱああっと笑顔を咲かせた。

「ヒロちゃん、いっしょにあそぼ～！」

「あっ」

希紗ちゃんが私の手を引いて走り出す。園児の力に逆らうのはいともたやすい。だけどその手に力を入れることなんてできなくて、私は引っ張られるまま希紗ちゃんのあとを追いかけた。

やがて園庭の一番端にあるブランコのところまでやってくると、希紗ちゃんが彼女の背丈とたいして変わらない高さのブランコに、慣れた様子で軽やかに飛び乗った。

「希紗ね、ブランコがいちばんだいすきなの！」

「じゃあ私が押してあげる」

押す側を申し出ると、希紗ちゃんがぴょんぴょんとツインテールを揺らして全身で喜びを表現する。

「やったあ！　ありがとうっ、ヒロちゃん」

ブランコの裏側に回り、小さな背中を優しく押してやる。

少しでも力の入れ方を間違えたら折れてしまいそうな華奢(きゃしゃ)な背中。軽く押しただけで、遠くに行ってしまう。

「わ～！　たかーい！」

「大丈夫？」

慣れないことに、心なしか不安になって尋ねると、そんな不安をものともしない希紗ちゃんの明るい声が返ってくる。

「ヒロちゃんがおしてくれるから、たのしい〜っ」

けがれを知らない希紗ちゃんのまっすぐな言葉に、ほわっと心が軽くなる。苦いコーヒーの中に角砂糖が落ちてきて、じわっと溶けていくような、そんな感覚。

昔、私もこうしてブランコによく乗った。そのたび背中を押してくれたのは、私と背の変わらない大だった。大には『ブランコは男子が押すもの』という信念があったらしく、何度私が押してあげようとしても断固拒否された記憶がある。

ブランコを押しながら遠い幼少期につい思いを馳せていると、「ヒロちゃんヒロちゃんっ」と私の名を呼ぶ希紗ちゃんの声に、ハッと意識が現実に引き戻された。

「どうしたの?」

「つぎは、希紗がヒロちゃんのことおす!」

「え?」

ぴょこんっとブランコから降りたかと思うと、希紗ちゃんが私の手を引いてブランコに座るよう誘導する。

「ヒロちゃん、のっててね!」

「でも、重いから」

「ダメダメっ。ヒロちゃんもブランコたのしかったら、希紗うれしいの」

そして、私の背中を両手で押し出す希紗ちゃん。ブランコが揺れて、ふわっと顔に風がぶつかった。

「たのしいっ？　ヒロちゃん」

希紗ちゃんの力では、高校生の私が乗ったブランコはほとんどといっていいほど揺れない。だけど懐かしさが込み上げてくる。大が背中を押してくれて、無邪気に笑い声を上げながら顔全体に風を受けていた、あの日の懐かしさが。まるでタイムマシンに乗っているみたいだ。

「うん、楽しい」

あれほど硬かった自分の声が、意識しないうちに優しさをまとっていることに気づく。

「えへへ～っ。希紗もたのしいっ！」

小さな両手が背中に当たる。そして精いっぱい、押してくれる。

背中に感じる希紗ちゃんの手が、大の手と重なって、胸がじんわりと熱を持った。

「希紗が、にぃにをおうちまでつれていきまぁす！」

「お、頼もしいね、車掌さん」

「希紗のお兄ちゃん、俺とも遊んでよ～」

「あたしもあたしも！　希紗ちゃんのお兄ちゃんと遊ぶーっ」

「はは、それじゃみんなで遊ぼ」

明希ちゃんは、同世代だけでなく園児からもモテモテだったらしい。希紗ちゃんが明希ちゃんの手を引いて砂場のほうへ歩いていったかと思いきや、あっという間に多くの園児に取り囲まれてしまっている。

同じ目線になるようしゃがみ込み、みんなに平等に優しい眼差しを向ける明希ちゃん。そんな姿を、保育園を囲むフェンスに軽くもたれて見つめながら私は、腕を組み同じように明希ちゃんに視線を向けている隣の虎太郎さんに声をかけた。

「虎太郎さんは、いつも希紗ちゃんのお迎え、一緒に来てるんですか？」

そっと静かに沈黙が破れると、虎太郎さんは正面に顔を向けたまま口だけ動かした。

「うん、一緒に登下校してるから。明希が迎えを頼まれている時は俺も来る。明希はこの園でも人気だから、時々こうして子どもたちと遊んでやったりしてる」

空がどんよりとした鉛色に染まり、空を覆う雲は子どもがクレヨンで描き殴ったかのように厚い。ああ、今にも雨が降り出しそうだ。

「……虎太郎さん」

「何？」

「明希ちゃんは、どういう人ですか？」

「優しい」

すかさず、ドドンと太鼓を叩く効果音でも聞こえてきそうな威厳のある声で、虎太郎さんが一言答えた。

「優しい……」

「俺は口下手でこんなツラだから、小さいころから友達ができなかった。だけど明希だけは、どんなに俺が嫌われたって隣にいてくれた」

虎太郎さんの、小さい子に囲まれて優しく笑っている明希ちゃんを見つめる眼差しに、温もりがこもっていることに気づく。こんな表情ができる人に悪人なんていない。

「同級生から陰口を叩かれた時も、先輩から呼び出されてイジメられた時も助けてくれた。人気者の明希が俺に関わったって得るものなんてないのに、俺がコタといたいだけだからって」

「……」

「明希は、俺のヒーローなんだ。だから今度は、俺が明希を助ける番だと思ってる」

その声には、たしかな決意が込められていて、一本の揺るぎない芯が通っていた。

なんとなく、私と大の関係と重なる。男子にからかわれた時、一番に助けてくれたのはいつだって大だった。

「幼なじみって、大切ですよね」

ぽつりと呟けば、「うん」と返してくれる。そして、さっきまでより少し上げたトーンで続けた。

「それから、これは言うなと口止めされていたことだけど……、今日高垣を誘ったのは、学校で元気のない高垣を見つけたからだって」

「え?」

「ここに来れば気晴らしになるかもって、明希が言ってた」

思いがけない言葉に口をつぐむ。駆け巡る思考に阻まれるようにして、それまで聞こえていた園児たちの声が遠くなっていく。

私は、昼休みの光景と記憶の中の明希ちゃんがかぶらなくて困惑していた。私の知っている明希ちゃんは、虎太郎さんが話した人物像そのものだ。

――だから、明希ちゃんを完全に拒絶できない。

「コタくんよりおおきくなれるかなあ」

「たくさん食べて、たくさん寝てればなれる」

「コタくんよりおおきくなったら、希紗がコタくんのこと、たかいたかいしてあげるね」

「それは楽しみだ」

虎太郎さんと希紗ちゃんが作る凹凸の激しい影が、手をつないで歩いている。私はその後ろを明希ちゃんと並んで歩いていた。保育園で遊んでいたら暗くなってきてしまったから、家まで私を送ってくれることになったのだ。

「今日はごめん、付き合わせちゃって。希紗と遊んでやってくれてありがとう」

不意に、夜を連れてくる空気になじむような落ちついた声が、隣から聞こえてきた。声が聞こえてくる方角から、明希ちゃんがこちらを見ていることはわかる。でもまだ視線を合わせることはためらわれて、視線を正面に向けたままふるふると首を横に振った。虎太郎さんからあんな話を聞いたあとでは無碍にあしらうこともできなくて、曖昧な対応しか取れない。

……今、クローバーの話を持ち出せば――明希ちゃんの本心を尋ねれば、この穏やかな時間は一瞬にして壊れてしまうのだろうか。

日がかげり、吹きつけてくる十月の風が冷たい。天気予報では終日晴れのはずだったのに。

セーターを着てくればよかったと悔いながら、ブラウス一枚だけをまとった心許ない右腕をさすっていると。

「ヒロ、寒い？」

「え？」

不意に明希ちゃんが、自分が着ていたブレザーを脱いで私の肩にかけてきた。さっきまで容赦ない冷気にさらされていた腕が、明希ちゃんの体温を含んだブレザーに包まれ守られる。

「これ使って」

「でも」

「俺は十分あったまってるから。明日、学校で返してくればいーし」

何かを見逃しそうな、そんな予感があって思わず隣に視線を向ければ、明希ちゃんがふっと甘い笑みを唇に乗せた。

「それに偽とはいえ、彼女をあっためるのは彼氏の役目ですから」

……わからない。本当の明希ちゃんがどこにいるのか。信用しちゃダメだと、心の中でもうひとりの自分が叫んでいる。けれど、うっかり信じてしまいそうになる。目の前の彼は本物であるはずだって。

せめぎ合う心情の狭間(はざま)で知らず知らずのうちに下唇を噛みしめていた、その時。こちらに駆け寄ってきた希紗ちゃんが、明希ちゃんのズボンの膝元をせがむように揺さぶった。

「にぃに、おんぶ～」

「んー？　眠くなっちゃった？」

目をこする希紗ちゃんの前にしゃがみ込み、明希ちゃんが妹をおぶった。目の前で繰り広げられるやりとりに、そこでやっと身動きの取れなくなっていた心が我に返るように解放される。

「今日はヒロにもコタにも、いっぱい遊んでもらったもんな」

「うん……」

　希紗ちゃんは相当眠いのか、小さな手でごしごしと目をこすっている。早く帰らせてあげないとかわいそうだ。

「家、すぐそこだから私はここで」

「家まで送ってくよ？」

「ここを曲がってすぐのところだから、大丈夫」

　これ以上引き留められないよう心配はいらないときっぱり言って、明希ちゃんの背中でうとうとしている希紗ちゃんに声をかける。

「希紗ちゃん、今日はありがとう」

「またあそぼうねぇ、ヒロちゃん」

　私の人差し指をぎゅっと握り、ほぼ極限まで押し寄せているであろう睡魔の中で希紗ちゃんが伝えてくれたのは、思いがけない言葉だった。私は希紗ちゃんを楽しませてあげられたのだろうか。また、なんて、そんな約束をしてもらえるほどに……？

どう答えたらいいかわからず、手を握られたまま思わず言葉を詰まらせていると。

「希紗もこう言ってるし、また遊んでくれないかな、ヒロちゃん？」

不意に明希ちゃんの穏やかな声が降ってきて、私は顔を上げた。視界に、空を背にして目元を緩めた明希ちゃんの大人びた表情が映る。

「……」

すべてを忘れて、もういっそすがってしまいたいとそう思った。

子どもみたいにこくりと頷くと、ぽんぽんと優しく頭を撫でられる。

「それから、俺にもちゃんと構うこと」

甘い声が砂糖のように染み込んで、私の心をあっさりほだしてしまう。

……誰かを信用せずに生きていきたい。だけど、明希ちゃんがくれる優しさを、すべて嘘だと疑うことができない。違う、私は疑いたくないのだ。


——その日、街には大雨が降り注いだ。

わかってただろ、こうなることは

「そうだ。今日は君にプレゼントがあるんだ」

土日が明けて月曜日の昼休み。昼食のサンドイッチを食べ終えた明希ちゃんが、あくまでも日常の中になじむ響きで、さらっと重大発表を切り出した。

「プレゼント?」

だけど耳慣れない言葉は、特別感を隠しきれないようだ。私は風呂敷に空になった重箱を包んでいた手を止める。

「いえす、ぷれぜんと」

「でも私、誕生日じゃない」

誕生日でもなければ、お祝いされるようなこともしてないし、プレゼントをもらえる理由に心当たりがない。

すると、明希ちゃんが「いーからいーから」と私の戸惑いを受け流しながら、机にかけたスクールバッグの中を探る。

私は、こちらに向けられたアッシュが濃いめの柔らかそうな髪と、下を向いたことによってより強調されるまぶたを縁取る長いまつ毛を見つめた。今日も今日とて、誰が見ても文句のつけようがないほどにきれいな造形だ。

……結局、今日も私はここに来てしまった。

こんなにも迷うことは初めてだ。ここに来るのが正しいのか、今もまだわからない。だから、もう少しだけ様子をうかがうことにした。ひとつの出来事だけでは簡単に切り捨てられないほど、明希ちゃんと密度の濃い一瞬一瞬を積み重ねてきてしまったから。その時間だけは嘘や幻ではなく、たしかに真実なのだ。

やがて明希ちゃんがスクールバッグから何かを取り出した。

「はい」

こちらに差し出されたそれ——白い封筒を、ためらいながらも受け取る。

「開けてみて」

中身の見当もつかないまま、促されるままぴらっと一枚めくる。するとそこに入っていたのは、ペアチケットだった。ＣＭで何度か目にしたことがある、月末に公開を控えたラブストーリーの試写会らしい。

意味がわからず、封筒に向けていた視線を上げれば、頬杖をついた明希ちゃんが少し得意げに微笑んだ。

「正しくはヒロと大くんに、なんだけど」

「え？」

「大くんを誘って、行ってきなよ。ふたりで」

それは、思いがけない提案だった。見えない針で心臓を突き刺されたかのような衝撃を覚えて目をみはる。酸素はありあまっているのに窒息しそうだ。

「……でも」

「ヒロと大くんのこと応援するために偽の恋人になったんだから、これくらいさせて。実際俺、今んとこなんも協力できてないし」

明希ちゃんの気づかいが胸に迫り、優しい力となってきゅうっと締めつけてくる。

それならばと、「チケット代は払う」と強めに申し出るけれど。

「大丈夫。おにーさんを頼りなさい」

唇の両端を上げ、大人っぽい笑みを浮かべる明希ちゃんに、甘い口調でなだめられてしまった。

いくらたっても追いつけない二年の差と、彼の優しさ。きっとこれ以上言っても、明希ちゃんはお金を受け取らないだろう。

「……ありがとう」

爪（つめ）の先が白くなるほど、チケットを持つ指に力を入れる。そして、無意識のうちに再び口を開いていた。

「どう誘ったらいいかな」

まるで嫌なふうに鳴る自分の鼓動を聞こえないふりするみたいに、勝手に声が紡がれていく。

そんなこととはつゆ知らず明希ちゃんは、んー、と小首をかしげながら真剣に相談に乗ってくれようとする。

「やっぱ手堅いのは直接会うか電話かメッセージあたり？　あ、電話は？　自分の言葉で伝えられるし、カンペ見ながら話せるし」

「電話……」

「そういや日付指定のチケットだから、先にその日空いてるか聞いたほうがいーかも」

「わかった」

「カップルで行くと、映画のモチーフに合わせて、ふたりで記念撮影できるらしいよ」

……記念撮影、か。大とふたりで写真を撮ったのは、たぶん中学の入学式が最後だった。

「頑張れ」

明希ちゃんが、鮮やかに切れ込みの入った二重の目を細める。私も同じく笑みを作り、「うん」と頷いた。明希ちゃんにならってみたけれど、うまく笑えているかはわからなかった。


クラスメイトが帰り、誰もいなくなった放課後の教室。

私はひとり自分の席に座り、スマホを見つめていた。

窓から差し込む西日が、教室ごと鮮やかなオレンジ色に染め上げ、規則正しく並ぶ机の中でひとつだけ出っ張った私の影を濃く映し出す。オレンジ色の教室は、世界から隔離されているかのように、とても静かな空間だった。

重い気持ちのまま覚悟を決めるように小さく息を吐き出すと、私はアドレス帳から大のスマホの電話番号を選択した。そしてスマホを耳に当てる。

暗闇(くらやみ)の中に必死に大の声を探すけれど、聞こえてくるのは、もうすっかり聞き慣れた冷たい電子音声。

……かかるわけない。

スマホを持つ手を降ろし、大のアドレスページをぼーっと見つめる。と、その時。

「何してるんだよ、未紘」

あの声が聞こえてきてバッと顔を上げれば、大が私の机の前に立っていた。

「大っ……」

——あれ、大の声って、これくらいの低さだった……？

一瞬心によぎった戸惑いも、明希ちゃんと話し合った誘い方も、あっという間に頭の中から飛んでいった。私は大を引き留めるかのように、たくさんのパズルのピースを寄せ集めて、壊れた人形のように必死に声を継ぎ続けた。

「一緒に、映画行こう？　チケット二枚もらったの。男女で行くと、写真撮れるんだって。それで映画見たら、おいしいランチ食べようか。大、なに食べたい？　私、おいしいレストラン探すよ。それから夜景を見に——」

「——未紘」

ぴしゃりと私の声を遮る、大の透明で温度のない声。

ハッと、目を見開く。唇を中途半端に開けたまま喉が閉まった。前髪から覗く私を諌めるような大の眼差しに、これから起こるすべてのことを予期してしまう。

やだ。言わないで、大。その続きを——。

「俺は行けない」

「……っ」

「わかってただろ、こうなることは」

落ちついた、そして言い聞かせるようなその声音を聴きながら、私はがくんとうなだれた。返す言葉も見つからない。

大と映画なんて、行けない。そんなことは痛いほどわかってた。でも……。

明希ちゃんの顔が、ふと脳裏に浮かんだ。『頑張れ』そう言ってくれた。

今の今まで聞こえなかったグラウンドで部活動をする野球部の声が、窓の外から聞こえてくる。カチッコチッと、教室に設置された時計の針の音があたりに響く。

こんな現実、いらない。

うなだれる私のまわりを、恐ろしい勢いで時間が動き出した。

……目、閉じてみる？

そして日曜日。私はひとりで、チケットが指定する街で一番大きな映画館に来ていた。

大と来ることは叶わなかったけど、明希ちゃんがわざわざくれたこのチケットをムダにすることはためらわれた。だからといって私に誘う相手がいるはずもなく、ひとりで来たというわけだ。

壁に設置された大きなスクリーンが映画の予告を映し出していて、車のブレーキ音や、男女の言い合う声が、地鳴りのように耳に響いてくる。キャラメルポップコーンの匂いが映画館のロビーに蔓延して、空気が甘ったるい。映画館が持つ独特な空気に浸るのは久々だった。

大きなロビーは、ドリンクやポップコーンを持った人、売店に並ぶ人など、開場待ちの人で溢れている。カップル用の特典があるだけあって、そこかしこにカップルが見受けられる。

……映画を見て、明希ちゃんに感想を伝えよう。大と行けたよって、そういうことにして。

『十四時より公開の「明日も君を愛してる」先行試写会をご鑑賞のお客様、上映十五分前になりましたので、入場を開始いたします』

劇場内に案内アナウンスが入り、私は手元のチケットを確認する。アナウンスで提示された映画のタイトルは、私がこれから見ようとしているもので間違いない。私は座っていたイスから腰を上げ、待機列に並んだ。

入場をする前に、写真撮影があるらしい。真ん中をハートにくり抜かれたボードの前に立ち、カップルが写真撮影を行っていく。ひとりで来た私には拷問のようだけれど、元からカップルに向けて募集していたせいで、ひとりで来た人は見事に見当たらない。

それから列は進み、前に並んでいたカップルの順番になった。ふたりは絵に描いたような幸せそうな笑顔を浮かべて、顔を寄せ合いピースをしている。

「撮りますよー！」

そんなカメラマンの明るい声が聞こえたあと、パシャッとシャッター音が鳴った。

「うわ、シャッターの瞬間目つむっちゃったかも」

「はは、ばーか」

焦る彼女の頭を、彼氏がからかいながらもぽんと撫でる。と、その瞬間。

『未紘はまったくばかだなー』

彼女に笑顔を向けるその横顔が、一瞬記憶の中の大の笑顔と重なった。口は悪くても、その眼差しはいつだって優しくて――。

ズキンと胸が痛んで、彼から目を離せないでいると。

「さ、行こ。チサ」

彼が、私のものではない彼女の名前を呼んだところで、ハッと意識が現実に引き戻される。

カップルを送り出し、カメラマン役のスタッフの人がこちらを振り返った。

「次のお客様、お写真を……」

そう言いかけて私に連れがいないことに気づいたのか、案の定、曖昧な表情を滲ませる。

「あ、おひとり様ですか？　チケット、ふたり分になりますが……」

「大丈夫です」

なんでもないことのように、平坦なトーンで断ろうとした、その時。

「――っ、すみません、遅れました」

突然聞こえてきたそんな声とともに、ぐっと肩を抱き寄せられていた。掴まれた肩と反対の肩が誰かの胸元の温もりに触れて、ハッと目を見開く。

「写真、お願いします」

急いで来たのか、少し線が乱れた声。反射的に顔を上げれば、

「明希ちゃん……」

思いがけず声がこぼれた。

映画館のほのかな照明に輝く金糸の髪の彼――それは明希ちゃんだった。

明希ちゃんが、どうしてここに？

突然のイケメンの登場に、背後の待機列のざわついている様子が耳に届く。

この状況を把握することができず、呆然と彼を見上げていると、明希ちゃんが顎を下げて私に甘すぎる笑みを向けた。

「写真、撮ろ」

「え……」

まるで何事もなく、最初からふたりでそうしようとしていたみたいに。孤独な瞬間なんて存在していなかったことにするみたいに。

明希ちゃんが腕を引き、私をボードの前へ連れていく。ひとりの来館じゃないことに安堵したのか、スタッフの人は満面の笑みを浮かべてカメラのレンズ越しに私たちを見つめた。

「じゃあカップルさーん、撮りますよー！　はい、チーズ」

思考が追いついていかないままの私を置いてカメラのフラッシュが瞬き、写真が撮り終わる。

「こちらのお写真は、ご鑑賞後にお渡ししますね」

そう案内されて入場を済ませ、まわりの喧騒から離れたところで、その名を呼ぶ。

「明希ちゃん……」

消え入りそうな微かな声を拾ってくれたのか、明希ちゃんが足を止め、私を見下ろした。

「よかった、君のこと見つけられて」

薄暗い中でもわかる明希ちゃんの微笑が、見逃しようのない一番星のように瞬く。

「どうしてここに……？」

「ある人に頼まれたんだ。ヒロのこと、見ててあげてって」

「ある人って……」

「君のこと、すごく大事に思ってる人」

どういうことなのだろう。穏やかに紡がれた明希ちゃんの言葉の真意が汲み取れず、その意味を頭の中で探ろうとしていると。

「今日は、俺が大くんの代わりするから」

「え？」

「目一杯楽しんじゃおう、ヒロ」

明希ちゃんが、授業を抜け出したいたずらっ子みたいなトーンで、茶目っ気たっぷりに言う。それは、私の気持ちを持ち上げるような、そんな響きにも聞こえた。

……聞かないのだろうか、私がひとりで来ることになった理由を。

ちくりと心が痛んで、行き場のない自己嫌悪を押し込めるように胸の前で手を握りしめていると。

「はい」

明希ちゃんが突然手を差し伸べてきた。

「何？」

「手、つながないの？」

「え？」

「俺たちは今付き合ってるから、この手はヒロのものなんだけど」

「──っ」

明希ちゃんの思いがけない言葉に、爪の跡がつくほどに固く握りしめられていた手の力が解かれた。そしてそっとためらいがちに伸ばせば、明希ちゃんが私の手を迎えるようにして握りしめた。

さっきまで強張っていた私の手を包み込む、優しくて大きな手。きれいだと思っていた手だけれど、こうして包まれてみると、ゴツゴツ骨ばっていて間違いようもなく男の人のそれだ。

「明希ちゃん、手大きい」

「んー？　ヒロの手は、小さくてかわいい」

そんなことを言い合いながら、私は明希ちゃんの温度を手のひらに滲ませ、そっと力を込めて握り返した。


上映されるシアターに入れば、座席はもうほとんど埋まっていた。

「そーいや、ドリンクとか買ってくるの忘れてた。ヒロ、何かほしいのある？」

「ううん。とくにはない」

「ん。じゃあ俺もいいかな」

私たちの席は、中央ブロックの右端だった。明希ちゃんがさりげなく通路側に座り、見やすい内側へ私を誘導してくれる。

席につくと、間もなく予告が始まりシアター内の照明が消えた。映画が始まる合図に、ざわざわしていた周囲が一気にしんと静まり返る。

物語は、高校でクラスメイトになった男女が恋に落ちていくラブストーリー。交際が始まり、幸せな時間が流れて少したったころ、男性が突然別れを切り出す。

『なぁ、俺たちさ、もう別れよう』

『えっ？　なんでいきなりそんなこと……っ』

『もう、お前のことを好きじゃなくなったんだ』

　このあたりで、すすり泣くような声が、あちこちから聞こえてきた。

「泣くなって」

「だってぇ……」

　私の隣に座った彼女が泣き出し、彼氏が小声で慰めている。

　ふと反対側に視線をやれば、そこにはスクリーンの映像の光に照らされる、明希ちゃんのきれいな横顔があった。明希ちゃんは、とても真剣な眼差しで映画を見つめている。

　小宇宙のように煌めく瞳。その横顔は、スクリーンの向こうの俳優さんよりもきれいだ。物語はすぐそこで進んでいっているのに、真剣なその表情から、なぜかしばらく目を離せなかった。

　そして物語終盤、男性が余命わずかであったことが明かされる。誤解が解け、運命の再会を果たした男女は、手を取り合ってずっと一緒にいることを誓い合い、そして物語は終了した。歌番組でよく耳にする壮大なラブソングをバックに、エンドロールが流れていく。

すんすんと鼻をすする音があちこちから聞こえる中、私と明希ちゃんはシアターを出た。

「なかなかいい映画だった」

真面目な顔を作って、腕を組みながら映画の批評家さながらに言う明希ちゃんが、なんだかおかしい。

「ヒロは？」

と、その時。映画の余韻を打ち破り、ぐうううと場違いで間抜けな音が鳴り響いた。

犯人は私のお腹の虫だ。

「私はお腹が空いた」

騒がしいお腹をなだめるようにさすりながらそう答えれば、明希ちゃんが噴き出す。

「ふはっ。じゃ、何か食べようか」

キャラメルポップコーンの甘い匂いにお腹を刺激された私と明希ちゃんは、それから映画館の近くのカフェに入った。

こじんまりとしてはいるが、おしゃれで雰囲気のいいカフェだ。コーヒー豆を煎る香ばしい匂いが店内に充満している。

先に席を選び、荷物を置いて、ケーキを注文しにレジに並ぶ。入店した瞬間目に飛び込んできたショーケースの中の種類豊富なケーキに、胸の高鳴りが止まらない。

　タイミング悪く渋滞していた列が消化されていき、ようやく私たちの番になると、私は曇りひとつなく磨きあげられたショーケースの前にかがみ込み、そこに並ぶ数多くのケーキを眺めた。ライトに照らされ、コーティングされたケーキがキラキラ輝いている。

　まるで宝石箱を覗いているような、そんな心持ちでどれを頼むか吟味する。だけどどれもおいしそうで迷ってしまう。今食べて、もっとも満たされるケーキはどれだろう。

「ヒロ、超真剣」

　ひとときもケーキから目を離さずショーケースとにらめっこをしていると、隣に並ぶ明希ちゃんの笑いを含んだ声が落ちてくる。

「だって真剣に決めなきゃ……」

　苺(いちご)タルトとショートケーキはもう決定だとして、あとはモンブランかチーズケーキか。非常に悩ましい、二者択一。

　こういう時は、あれだ。神様に決めてもらおう。どちらにしようかな、天の神様の言うとおり……。

　心の中で、小さいころに何度も頼ったその言葉をそらんじながら、人差し指でモンブランとチーズケーキを交互に指す。

鉄砲撃ってバンバンバン、柿(かき)の種！

そして、最後に人差し指が指していたのは、モンブランだった。

「決まった？」

ことの成り行きを見守っていた明希ちゃんが、やっぱりまたおかしそうに問いかけてくる。

「決まった。モンブランにする。明希ちゃんは？」

「俺は、チーズケーキ」


白いトレーに、頼んだケーキとドリンクを乗せて、席につく。

「いただきます」

手を合わせると、私はさっそくフォークでモンブランに切り込んだ。柔らかいクリームとスポンジが、ふわっと音もなく切れていく。

そして一口大にカットしてフォークに刺すと、間髪入れずにぱくっと口に含んだ。

途端に香ばしい秋の甘さが口の中に広がり、思わず頬が緩んで笑顔がこぼれてしまう。

「おいしい？」

「うん……！　とってもおいしい」

肘をつき楽しそうに私を眺めていた明希ちゃんが、苺タルトとショートケーキとモンブランがのる私のトレーを見て、くしゃっと目を細めて笑う。

「ヒロ、よく食べるね」

「そう？　いつものお弁当とかよりは、全然少ないと思うけど」

一応人と来ているのだから、いつもと比べてセーブしているほうだ。本当はこれだけじゃ腹二分目にも満たない。

するとと、明希ちゃんが眉を少し下げて笑った。

「あー、そうだったそうだった。じゃあそんなヒロちゃんに、これをあげます」

とっておきのお楽しみのように差し出されたのは、最初の一口分しか切り込んでいないチーズケーキ。

「え？」

「なんか満腹っぽいから、ヒロ、食べてくれない？」

「いいのっ？」

思いがけない提案に、かじりつくように反応してしまう。意識してセーブしてはいたものの、譲ってもらえるというのなら話は別だ。

「はは、いーよ。食べて」

明希ちゃんの言葉に甘えてチーズケーキをいただく。まさか迷いに迷ったチーズケーキを食べられるなんて。

喜々としながらフォークで切り込もうとしたところで、私ははたとその手を止めた。

……もしかして明希ちゃん、最初からこのつもりで……？

私が悩んでいるのを見て、チーズケーキを選んだのだろうか。そしてこうして、私にくれたのだろうか。

ぼんやりとチーズケーキを見つめていた、その時。ふと聞こえてきた「ヒロ」と呼ぶ明希ちゃんの声によって、ぐるぐるまわる思考が途切れた。

「ん？」

「このあと、どこ行こっか。大くんと行くつもりだったところとかある？」

そう問われて、頭に浮かぶ場所があった。

「夜景……」

「え？」

「夜景を見に行きたい」

隣町の高台から見える夜景がとてもきれいなのだ。高校に入学して間もないころ、たまたま見つけた秘密のスポットを、明希ちゃんにも見せてあげたい。

「じゃあ、そこ行こ」

こうして今日最後の目的地が決まった。

カフェの最寄駅から、夜景の見える高台がある目的地まで、電車で三十分ほど。土曜日の夕方だけれど幸運にも電車は空いていて、私たちはシートに並んで座ることができた。

正面の窓ガラスの向こうには、水性の絵の具でぼかしながら描いたような紫とオレンジのグラデーションの夕暮れが広がっている。ついこの前まで、このくらいの時間には太陽が空でその存在を主張していたのに、いつの間にか日が暮れるのが早くなっている。でもこの様子なら、目的地につくころには、夜景を見るのに最適な暗さになっているだろう。

「ねぇ、やばくない？　あの人、めっちゃかっこいいんだけど」

「声かけてみなよ」

「むりむり！」

静かな車内で、確実に明希ちゃんのことを話しているのであろう女性たちのひそひそ声が聞こえてくる。だけど当の本人は、そんなことに気づきもせず、私に希紗ちゃんの面白エピソードを語ってくれている。

「パイナップルが言えないの、いけないとはわかってるんだけど超笑っちゃってさ」

そう言って笑う明希ちゃんは、誰もが一度は夢に見るような〝理想のお兄ちゃん〟の顔をしている。女性たちの熱い視線も納得だ。

相槌を打ちながらも、視線の端で明希ちゃんを観察してしまう。今日の明希ちゃんは、モスグリーンのブルゾンに細身のズボン姿。これらをこんなにかっこよく着こなせる人、他にいるのだろうか。そんな人にこうして偽の恋人をやってもらっているのだから、なんとなく肩身が狭い気がしてくる。

……そういえば。今日、映画の前に明希ちゃんが言っていた、『ある人に頼まれた』という言葉はどういう意味だったのだろう。知り合いが少ない私には、〃ある人〃の見当がまったくつかない。その人は、私が大と映画に行けないことを知っていたのだろうか。

思考を巡らせていたら、ふと急激にまぶたが重みを増した。そんな私の様子に気づいたのか、隣から柔らかい声が落ちてくる。

「ヒロ、眠い?」

「うん、少し……」

「ついたら起こすから、寝てていいよ」

「ありがとう」と言おうとしたのに、言葉になっているかもわからない。私は答え終わるか終わらないかというタイミングで、握っていた風船を飛ばすかのようにふっと意識を手放した。

『あーっ！　暑すぎ……っ』

『ふふ、大ってほんとに暑いの苦手だよね』

公園の端にある木陰のベンチに座り込んだ大が、膝の上に肘をついて顔を伏せ、あまりの暑さについに音を上げた。

路上ライブの帰り道、私たちは暑さから一時的に避難するため、この公園に立ち寄った。

私の分まで二本のギターを背負ってくれていた大の中学指定のワイシャツが、びしょびしょに濡れている。

『お前は歌って体力消耗してんだから、こんな重いもん持つな』と、昔から暑さが苦手なのに、私の分まで背負うと言って聞かなかった優しい幼なじみに、そっと労りの声をかける。

『何か冷たいもの買ってこようか？』

『んー、いい。それよりここにいろよ、未紘』

大が私の手首を掴み強引に引き寄せて、自分の隣に座らせる。そして、体を倒したかと思うと、私の腿に自分の頭を乗せてきた。

『ちょっと、大……っ？』

『貸せよ、減るもんじゃねぇし』

そういう問題ではない。直に感じる大の重さと熱に、心臓が爆発するんじゃないかと思うくらい鼓動が早くなる。呼吸で体を揺らすのもためらうほど、大の頭を乗せた腿に全神経が集中する。

『お前、昔から体温低いよな』

私の緊張や動揺を知らず、のん気に呟く大。見下ろせば、すぐそこに大の横顔があって、すっと通った直線的な鼻梁(びりょう)と、量の多いまつ毛に縁取られた漆黒の瞳が主張をしていた。

大を色に例えるとモノクロだ。白い肌に、黒いまつ毛と黒い髪。正反対の色がケンカをすることなく、でもお互いを神秘的なほどに引き立て合っている。

一筋の汗が、滅多に発汗しない私の首元を伝った。じわじわと体の内側にまで侵食してくるようなしつこい暑さだ。

私の足元まで、すっぽりと頭上の木が影を落としている。蝉が一瞬も止まることなく歌声を奏でている。流れる汗とは反対に、背中を暑さが上ってくる。そんな、絵のような夏の景色の中。

『……なぁ、未紘』

ぽつりと呟かれた大の声。それを聞き逃しそうになって、私はうるさい蝉の声を意識からかき消し、大の声に集中した。

『ん?』

『俺、たぶん今が一番幸せ』

突然の言葉に、私はその意味を解釈するため少しの時間を要した。

『え……?』

すると、大が公園のほうに向けた視線を動かさずに再び口を開く。

『俺の記憶の中にあるどのページにも、お前がいるんだよな』

『大……』

『私もだよ』そう続けようとした、その瞬間。目の前の景色がぐわんと揺れた。腿の上でゆっくり目をつむった大の姿が、紙を丸めてぐちゃぐちゃにされたみたいにぼやけていく。

待って、これはたしかに私の記憶なのに。これにはちゃんと続きがあるのに。

「大、大……っ」

必死に不明瞭な世界にすがるように、その名を呼ぶ。

――どうして、大。大、大っ……。

ぼやけた世界の色が失われていき、大の瞳と同じ、漆黒の闇があたりを包んでいく。

まるで、夜の海に沈められてしまったような感覚。どこに行ったらいいかわからない。

どう進んだらいいかわからない。

——大、助けて……！

と、その時。そっと、頬に何かが触れた。下から上へ、優しく撫でるようなそんな感覚。そして。

「ごめん、大くんじゃなくて」

ふと、水をまとったようなくぐもった世界の中で、そんな声を聞いた。大じゃない、この声を私は知ってる——。

その瞬間、意識を思いきり引っ張られるように、ハッと目を覚ました。途端に目に飛び込んできたのは、車窓の外の、すっかりオレンジの面積が狭くなった夕暮れだ。さっきまでそこにあった夏の青空は、その気配すら跡形もない。

「あ、起きた？」

電車の走行音に紛れて隣から落ちてきた声に顔を上げれば、明希ちゃんが笑みを唇に乗せて私を見下ろしていた。少し眠るつもりが、いつの間にか明希ちゃんの肩にもたれかかってしまっていたらしい。

「明希ちゃん……」

「そろそろつくよ」

ああ、やっぱり。さっきの声は明希ちゃんのものだ。だけど、目の前の明希ちゃんは普段どおり。抜け目のないお手本のよう。

頬に触れた感触と明希ちゃんの声が、夢か現実かの区別がつかなくて、私は「うん」と答えてうつむいた。心臓はまだ早鐘を打ったままだった。

駅から目的地の高台までは、徒歩で十分ほど。高台を登りきるまでにはあたりも薄暗くなり、夜景を見るのには最適な状態になっていた。

見晴らしのいい高台の頂上に来て、柵越しに広がる光景を目にした途端、明希ちゃんが「うわ」と声を漏らした。広場のように開かれた高台の真下、そこには無数に輝く光があった。たくさんの家やビルがぼうっと輪郭をぼやかしながら発光している。それはまるで蛍のように。

車道も住宅もないここにいると、まるでこの世に私たちしかいないのではないかという感覚に陥る。

「めちゃくちゃきれい……」

光が織りなす幻想的な光景に浸るように、そっと感嘆の声を漏らす明希ちゃん。

「よかった」

「こんな素敵な場所、よく見つけたね、ヒロ」

しんとした夜空の下、明希ちゃんの柔らかい声が冷たい空気を震わせた。隣を仰げば、夜景に向けられた明希ちゃんの瞳の表面が、光を映してガラス玉のようにキラキラと揺らめいている。だけどその奥に見える眼差しには、眼前の光景を儚んでいるような繊細さが見えた。

するとで不意に何かを見つけたのか、「あ」と明希ちゃんがいつもより弾んだ声を上げる。

「観覧車だ」

「どこ?」

「ほらあそこ」

「え?」

「もうちょい左のほう」

「あ! あった」

見つけた瞬間、私もさっきの明希ちゃんみたいに、思わず弾んだ声を上げてしまう。

はるか遠くに見える遊園地の観覧車が、ピンク色の光を点滅させながら、目を凝らさなければわからないほどゆっくりゆっくり回っている。

「きれーだね」

「うん……」

明希ちゃんといると、なんだか心が色づいて豊かになる気がする。景色を見てきれいだと感じられたのは、いつ以来だろうか。

「明希ちゃん」

「何？」

——明希ちゃんに伝えたい言葉が、意図する前に胸に溢れて。

私はそっと笑みを浮かべた。

「今日は、本当にありがとう」

「え？」

明希ちゃんがいてくれなかったら、今ごろ私は——。

「明希ちゃんが隣にいてくれて、よかった。すごく楽しかった」

その時。不意に明希ちゃんが私の正面に立った。背の高い彼が、私の上にすっぽりと影を落とす。

そして、すっと伸びてきた明希ちゃんの手が、私の顎をくいと上げた。

「……ヒロ。目、閉じてみる？」

熱っぽい意思をはらんだ少しかすれた声に、私は目を見開く。まとう空気感がいつもと違う。……知らない人みたいだ。

「明希ちゃん……？」

「ダメだよ、ヒロ。そんな簡単に男に気を許しちゃ。何されても知らないから」

風が吹き、瞳を隠していたアッシュベージュの前髪が靡（なび）いた。前髪の下の熱を帯びた瞳とまともに視線が交わり、ドクンと心臓が重く揺れる。

あ……。キス、される……。

思わず身構え、眉間に力を込めてぎゅっと目をつむった、その時。突然、腕を引かれたかと思うと——。次の瞬間には長い腕に包まれ、抱きすくめられていた。

「……えっ？」

「お仕置き」

自分が置かれた状況に頭がついていかない。だけど背中に回された腕の力が、なぜか切実なものに感じる。まるで私をつなぎ留めるかのような、そんな抱きしめ方に、鼓動が落ちつきをなくす。

明希ちゃんが私の肩に顎を埋め、耳元で少し拗ねたように呟いた。

「君のせいだから」

私は心をその場に縫いつけられたかのように動けず、ただその腕に抱きすくめられることしかできなくて。

「明希ちゃん……」

ついこぼれた私の声を合図にするみたいに、腕の力が緩んで私の体が解放された。まだ騒がしい鼓動の音を聞きながら顔を上げれば。

「よし。お仕置き、終了。これ以上はまずいね、大くんに怒られる」

私を見下ろし、いたずらをした子どもみたいにそう言う明希ちゃんは、いつもどおりの完璧さで着飾った彼だった。

「さ、帰ろっか」

それなのに。抜け目のないきれいな笑みを浮かべる明希ちゃんが、何か言いたげに、そして切なげに感じるのはなぜだろう。

だけどなんて問えばいいのかわからなくて、容易に口を挟めば彼が整えた空気を壊してしまう気がして、私は「うん」と答えることしかできなかった。

第三章　希望を見つけた日

お前はひとりで歌うんだな

──それは、突然のことだった。

「お願い、高垣ちゃんの歌声が必要なんだ……！」

私の机の前で、男子の先輩が、一生のお願いだと言わんばかりに手を合わせて嘆願している。

思いがけない申し入れに、私はぐっと声を詰まらせ、困惑していた。


ことの始まりは今朝のこと。いつものように登校した私は、教室の自分の席に座り、読書をしていた。すると突然、聞き覚えのない声が教室に響き渡ったのだ。

「あっ！　いたいたーっ！」

反射的に顔を上げれば、ひとりの男子がこちらに向かって駆けてきていた。太めのフレームに正方形のガラスがはめ込まれた大きな眼鏡に、髪には赤いメッシュという独特の雰囲気を放つ彼は、最初から目的が決まっていたというように脇目も振らず私の席の前まで来て足を止めた。そして走ってきた勢いのまま詰め寄ってくる。

「君だよね？　高垣未紘ちゃんって」

クラスの人ではない。初対面なのに、どうしてこの人は私のことを知っているのだろう。怪訝に思いながら、静かなトーンで返す。

「そうですけど、なんの用ですか」

「俺、軽音部二年の鞘橋。突然なんだけど、折り入ってお願いがありまして……！」

「お願い？」

聞き返すと、鞘橋さんが目をぎゅっとつむり、顔の前で勢いよく手を合わせた。

「そう！　今日だけ、うちの軽音にボーカルの助っ人で入ってくれない⁉」

「え？」

突然の要求に、ついたじろぐ。……よりによって、〝トラウマ〟の核心に触れるようなお願いをされるなんて。

「今日の放課後に路上ライブの予定があるんだけど、ボーカルの子が風邪で喉痛めちゃっててさ。延期にできればよかったんだけど、もう宣伝しちゃってるし、すごく困ってるんだよ……」

「だからってなんで私に？」

「中学のころ、男の子とふたりで組んで歌ってたよね？　動画サイトで、とんでもなく歌がうまい美人がいるって話題になってたんだよ。だから、高垣ちゃんにならお願いできると思って……！　オリジナル曲は組まずに、カバーだけでセトリ作るし、今日だけ力を貸してください！」

「でも」

「お願い、高垣ちゃんの歌声が必要なんだ……！」

異常に気づき「何事？」とざわつくまわりのことなんて気にもせず、私よりも小柄な体を直角に曲げる鞘橋さんを見つめ、私は何も言えずに固まってしまう。

鞘橋さんのその声音と態度からは切実さがひしひしと伝わってくる。

『無理です』――話を持ちかけられてすぐはそう言おうとしていた心が軟化していくのを、自分でも気づいていた。どうしてだろう、簡単に切り捨てられない。私を必要としてくれる、そのことが純粋にうれしい。他人と関わるなんて価値のないものだとそう思っていた。

たぶん昨日、明希ちゃんといたから。かちかちに固まっていた心がほだされてしまっていたから。

「でも私、ずっと歌えていなくて……」

声にすることすら怖かった言葉を口にすると、私の答えがイエスに傾いていることを察知したのか、さっきまでとは一変、満面の笑みで顔を上げた鞘橋さんが私の背をバシバシ叩く。

「はは、大丈夫だよ！　あんなに歌うまいんだから！」

……そこまで言ってくれるのなら。私にもできることがあるなら、と、そう思ってしまった。

「わかりました」

息を吸うのも忘れて、硬い面持ちのままただそれだけ答えていた。心臓がバクバクと、体中に緊張を知らせている。

するると、そんな私とは対照的に、鞘橋さんの顔が夜明けの太陽みたいにぱあっと輝いた。

「まじでっ？　ありがとうっ！　めっちゃくちゃ助かるよ……！　じゃあ、練習用のデモだけ渡しておくね！　高垣ちゃんも知ってるような有名な曲ばっかりだから、心配しないで？」

コンパクトなポータブルプレーヤーを渡され、私は自分の意思を奮い立たせるようにそれを握りしめた。

……大丈夫だ。今の私なら、歌えるはず。

「はじめまして、高垣未紘です。今日はよろしくお願いします」

放課後、私は鞘橋さんに連れられ、音楽室前で一足早く出発の準備をしていた軽音部の四人と顔合わせをした。

「お！　噂の天才美人じゃん！　今日はよろしくね」

「よろしくお願いします」

「迷惑かけてごめんなさい。でも私のせいで延期にもしたくなくて……。だから本当に助かった」

「力になれるかわかりませんが」

ボーカルの人から挨拶をされれば、なるほど、マスクをした彼女の声は風邪でかすれていた。たしかにこの状態では歌うことは厳しいだろう。

話を聞いた時はどうなることかと危惧していたけれど、軽音部の人はみんな、フランクに迎え入れてくれた。

「でもライブ久々だよねー」

「腕、なまってないだろうな～？」

「本番前にやめろってー」

軽音部の人たちが盛り上がっているのを横目に、なんとなくすぐそばの窓から中庭に視線をやった私は、そこを歩くアッシュベージュの髪の人物を見つけた。――明希ちゃんだ。

少し先を歩く背が高い銀髪の人は、おそらくというか間違いなく虎太郎さんだ。ふたりともスクールバッグを肩にかけているところから察するに、帰るところなのだろう。

　こんなところで偶然その後ろ姿だけでも見つけられた、そのことに心が妙にほっこりする。

　明希ちゃん、またね。そう心の中で呟いた時。突然窓の外で風が吹いて、中庭の中央に植えられた大木を、そして明希ちゃんの柔らかい髪を、優しく揺らした。

　その風を追うように、明希ちゃんが何気なく顔を上げる。そしていたずらな風に誘われるまま——ぱちっと視線が交わった。三階の窓から見下ろす私を見つけた明希ちゃんは、おっと驚いたような表情を浮かべ、そしてまた顔を伏せると何やらズボンのポケットを探る。そしてスマホを取り出し、何かいじったかと思うと、私を見上げて自分のスマホを指して示した。

　明希ちゃんが何を伝えようとしているのかわからず、小首をかしげながらも自分のスマホをポケットから取り出してみる。すると、ディスプレイにメッセージ着信の知らせが映っていた。

『弘中明希：また明日』

　再びスマホから視線を上げ中庭を見れば、こちらを見上げる明希ちゃんの口が『ま・た・ね』と動く。そしてひらひらと右手を振ってきた。

なんだかくすぐったくて気恥ずかしくて、とっさにどんな顔をしたらいいかわからなくなる。その結果、無表情に照れを滲ませた曖昧な顔でためらいがちに手を振り返せば、なぜか明希ちゃんはうれしそうに笑みを深めた。笑顔がとても上手な彼だけど、何かが緩んだみたいにその笑みがほころぶ瞬間を見た時は、世界中に存在するどんなものよりきれいなものを見つけた気になる。

と、その時。

「あ。あの人、高垣ちゃんの彼氏だよね?」

私の視線の先の存在に気づいたのか、ふと背後から鞘橋さんに声をかけられ、私は慌てて振り返り、「はい」と答える。

偽とはいえ彼氏だということは肯定しなければと、そう答える。すると、そんな浮いた話題を聞きつけた軽音部の人たちが、わらわらと窓に押しかけてきた。

「うわ、なんだありゃ。すっげぇイケメン」

「あの人知ってるー。顔超きれいすぎて、顔ファンしてるわ」

明希ちゃんの話題でざわめき出したころ、散らかった事態を収拾するように、部長であるらしい鞘橋さんが声を上げた。

「よし、そろそろ行こうか」

「うぃーす」

「行きますかー」

部長の声を合図に、まわりの部員たちがぞろぞろ移動を始める。盛り上がりながら歩き出す彼らのあとを追おうとして、ちらりと中庭に視線を向けると、明希ちゃんと虎太郎さんの姿はもうなかった。


路上ライブの舞台である駅前につくと、それぞれが楽器のセッティングを始め、私もマイクスタンドの準備を整える。

「あー、あー」

「お、いいねー」

目をつむり喉を震わせて発声の練習をしていると、持ち運びができるコンパクトドラムのセッティングをしていた鞘橋さんに声をかけられ、私は小さく目を伏せてお辞儀の意を示した。

「ごめんね、練習の時間作れなくて。急遽(きゅうきょ)だったから、こっちもバタバタしてて」

「いえ」

「もう気兼ねなく思いっきり歌っちゃって!」

「はい」

時間がなくて歌の練習はできなかったけれど、デモの音楽は聴ききることができた。

どの曲もよく聴く上、そのほとんどを昔歌ったことがあり少し安心した。喉の調子もいい。長らく歌っていないけど、きっと今なら歌える。

それぞれが楽器の準備をしていると、行き交う人の流れの中、物珍しそうにこちらを気にする人たちが増えてきた。

ああ、懐かしい、この感覚。

そしてついにセッティングが完了し、軽音部の人たちの空気のスイッチがオンに切り替わったのが伝わってきた。

「じゃあ、行くよ」

鞘橋さんの声に続いて、ドラムのスティックがカツンカツンとカウントを取ったかと思うと、背後で音楽が鳴り始めた。

ビリビリと心臓にダイレクトに響いてくる、地響きのようなビート。

私は音の真ん中に立ち、マイクを握りしめる手に力を込めた。

そして、歌い出しが迫ってくる。最初のフレーズは、『明日の君は』。

大きく息を吐き出し、その倍の空気を肺に送り込むように、〝あ〟の形に口を開けた、その時だった。人垣の向こうにぽつんと佇(たたず)む大の姿を見つけたのは。

飛び出さんばかりに瞠目(どうもく)した私に向かって、大の口が動く。

『お前はひとりで歌うんだな』

頭の中の黒板に、不意にそんな言葉が白いチョークで書かれて浮かび上がった。

――心臓をひゅっと鷲掴みにされた。その瞬間、コネクタを勢いよく抜かれたみたいにブチッと世界から音が消えた。

……あ。

足が竦み、無意識にマイクスタンドにすがるように体重をかける。

「ボーカル入って……！」

まるで水中にいるかのように、聞こえてくる誰かの声はくぐもり、輪郭がひどくぼやけている。自分に向けられているものなのかという判別すらままならない。

まずい。歌わなきゃ――。

頭に浮かぶのはそれだけで、無我夢中に大きく息を吸って、勢いよく吐き出して、

「……ぁ、……っぁ、ぁ……」

――自分の置かれた状況に、全身から恐ろしい勢いで血の気が引いていった。

声が、出ない。首を絞められているかのように、声が喉元で詰まって出てこない。

まわりの音が耳に届かず、世界に取り残されたようなそんな恐怖が襲う。現実が遠ざかっていく。呼吸ばかりが急いて、息が切れる。

やだ、やだ、やだ――。

「え、やば」

「どうしたんだろうね、なんかトラブル？」

異変を察知しざわつく聴衆の声がふと耳に届き、いつの間にか音楽が止まっていた現実の世界に意識が引き戻された。

「すみません！」

口々に謝る軽音部の人たちの声が、背後から聞こえてくる。

マイクスタンドに掴まって今にも倒れそうな体を支えていると、不意に肩に手が置かれた。呆然としたまま条件反射的に振り返れば、鞘橋さんが下まぶたに力のこもった硬い表情でそこに立っていた。その表情に、現実の凄惨さを思い知る。

「今日はもう終わりにしよう」

告げられたのは、中止でも延期でもない。終了、だった。

目の前の景色が歪んで、まっすぐ立てているのかすらもわからない。

「ごめん、なさい」

ゼェゼェと荒い息の狭間で辛うじて出た声は、情けないほどに震えかすれていた。

人垣の向こうに大の姿はもうなかった。

そんな簡単に傷つかないよ、俺は

「未紘、帰ったの？　ご飯よー」

　玄関が開く音に気づいたお母さんがリビングからそう声をかけてきたけれど、その声に答える間もなく、私はローファーを脱ぎ捨て、廊下を全速力で駆け抜けた。そして階段を駆け上がり自室に入ると、勢いに任せて後ろ手にドアを閉める。音のない暗闇に飛び込んだ途端、張りつめていた糸が緩み足の力が抜けて、私は電気もつけないままドアの前で膝を抱えた。

　……歌えなかった。やっぱり私には無理だった。

　あのあと何度も謝る私に、鞘橋さんを始め軽音部の人たちは『大丈夫だよ』と声をかけてくれた。

『君に声をかけた俺たちが悪いんだ』

　肩をぽんと叩かれながら哀れむような響きでかけられたその言葉に、自分が失望されたのだということを思い知った。

　人にどう思われようが構わなかったのに。どうして今は、こんなにも引き裂かれそうなほどに胸が痛むのだろう。

無機質な暗い部屋の中、すがるようにぎゅっと足をかき抱き、額を強く膝に押し当てる。

音が途切れた瞬間の悪夢が、頭の中で絶えずリフレインして離れてくれない。歌おうとする私を遠くから見つめていた大の瞳が、どこまでも心を縛りつける。

部屋を包む暗闇は、どこまでも果てしない。このままこの闇に溶けてしまいたかった。


翌日。

「大、おはよう」

学校指定のローファーを履き、家を出たところで、門扉の前に立っていた大に声をかける。

「はよ」

返ってくるのは、相変らずの素っ気ない返事。

大の元まで駆け寄り、トントンとローファーのつま先を地面で叩いていると、大が先に歩き始めた。追いかけるように学校への道のりを歩き出した私は、数歩ほど前を歩く大を見上げた。

「昨日はごめん。ひとりでまた歌おうとするなんて、どうかしてた」

心から悔いるように謝る。すると不意に大が足を止め、こちらを振り返った。そして。

「――」

太陽を背に、その表情が影になる中、何か口を動かす。

――わかったならいいよ――そう言っているはずなのに、そう言うはずなのに、大の声が聞こえてこない。

「……っ」

ドクンと心臓が重く鳴った。耳が、私を追いつめるように瞬間的にじわっと熱を持つ。焦って思わず耳に手をあてがう。

……どうしよう。大の声が、うまく聞こえない……。

私の異変に気づき、どうした？　と怪訝そうな表情を浮かべる大の姿が見える。

「なんでもない、なんでもないから」

必死に焦りを取り消そうと繰り返す。そう自分に言い聞かせなければ、すべての悪夢が現実になってしまうと思った。

胸の前で手をぎゅっと握りしめ、懸命に平静を取り戻そうとしても、鼓動の騒がしさは収まらなかった。

――現実が、恐るべき速さで迫ってくる。

放課後、私は美術室へ続く板張りの廊下を歩いていた。

もう何度この廊下を歩いただろう。……でもここに来るのは今日が最後だ。そう心に決めていた。これ以上、自分の小さな世界を偽ることはできないと思い知らされたから。

綻(ほころ)びは少しずつ生じてきていた。ずっとそれに知らないふりを続けていたけれど、無視できないほど決定的に、大切な何かが瓦解する音を聞いてしまったのだ。

最後だと思って歩くと、今まで見えていたのと同じはずの景色が、一層色彩濃く視界に映る。そして余計なことを考えないようにしたまま美術室の前に立つと、古びたドアに手をかけた。

誰もいない静かな廊下にガラガラと音を響かせてドアが開く。見慣れたセピア色の景色の中で、明希ちゃんはこちらに背を向け、教室の中央に置かれた机に突っ伏していた。

「明希ちゃん？」

彼の横にまわってそっと声をかけても、腕の間から見える瞳は閉じられ、長いまつ毛がその存在を主張している。

寝ているのなら仕方ない。……本当はちゃんと謝りたかったけど。

だけどその一方で、心のどこかではほっと安堵している自分もいた。大切なものを自ら進んで手放せるほど、私の心は強くはないから。

「じゃあね、明希ちゃん」

――優しいあなたの明日が、温かな光に満ちたものでありますように。あなたには世界中の誰よりも幸せになってほしい。

心の中でそう願いながら別れの言葉をささやき、踵を返して美術室をあとにしようとした時。突然、ぐっと私の手首に込められた力に引き留められていた。

唐突な衝撃にハッとして視線を落としたのと同時に。

「どこ行くの、ヒロ。寝込み襲うんじゃないの？」

突っ伏す腕からガラス玉のような瞳だけを覗かせて、明希ちゃんが甘い声でそう言った。

「俺、ちょっと期待してたんだけど」

握った私の手首を少し揺らしながら、明希ちゃんの目がいたずらっぽく緩くカーブを描く。出会ったころから変わらない、瞳がまとう優しい色に、鋭い針が刺さったかのようにズキンと胸が痛む。

「……明希ちゃん」

今にも消え入りそうな声で、そっと名前を呼んだ。

「ん？」

いつだって私を見つめて、どんな小さい声も拾い、続きの言葉を待ってくれる明希ちゃん。

開け放たれた窓から冷たい風が吹き込んできて、同じ風が私と明希ちゃんの髪を揺らした。

「——偽の恋人関係、解消しよう」

「え？」

鉛よりも重く喉の奥につかえていたその言葉は、口に出してしまえば一瞬で終わってしまう、とても呆気ないものだった。

しんと痛いほどに静まる教室。これまでのどの瞬間にもなかった私たちを包む空気に、すべてが終わってしまったことを思い知る。もう、今までのようには戻れない。

「今まで本当にありがとう。明日からはここには来ない」

うつむいたままそう続ければ、明希ちゃんがおもむろに体を起こし、水面を滑るかのような平静な声を紡いだ。

「なんでそんなにつらそうな顔してんの」

彼に言われてハッとする。気づけば私は、痛みをこらえる子どもみたいにぎゅっと下唇を噛みしめていた。

こんな感情的になるなんて。……ダメだ。これ以上ここにいたら、気持ちが流されてしまう。

さらに深くうつむき、私は一ミリの揺らぎもほつれも見せないよう固くした声を張り上げた。

「私、ずっと明希ちゃんに最低なことをしてた」

……もしかしたら、出会わないほうがよかったのかもしれない。

「もう関わらないようにするから。ごめんなさいっ……」

これ以上ここにいたら弱い心が暴かれてしまう気がして、私は明希ちゃんの手を振り払い、目も見ないまま美術室を駆け出た。

「ヒロっ……」

私の名を呼ぶ明希ちゃんの声に耳もくれないで。

もうどうしたらいいかわからなかった。何も考えないようにひたすら足を前へ前へ動かし走っても、さまざまな感情が胸に湧き起こってしまう。

私はずっと明希ちゃんを欺いていた。偽の恋人になると言ってくれた明希ちゃんを利用していた。

大への想いは、最初から実るはずなんてなかったのだ。

──私が見ている大は、最後に見た中学二年生の姿のままなのだから。

旧校舎の廊下は、こんなにも長かっただろうか。走っても走っても出口が見えない。

窓から差し込む眩しい夕陽があたりの景色をオレンジ色に染め上げている。そのオレンジが先に続く景色を平らにして、私の心を責め立てる。息が上がるのもいとわず、まるで夕陽を振り払うかのように板張りの廊下を走り続けた。

『――えー、本日十六時ごろ、この交差点でバスが大型トラックと衝突事故を起こしました。この事故で、バスに乗っていた中学二年の桐ヶ谷大さんが――』

何度も私がうなされてきたノイズと込み上げてくる渦のような感情に、心が覆い尽くされそうになった、その時。

「ヒロ……っ」

孤独に思えた世界に、突然、背後から聞こえてきた声が割り込んできた。

無我夢中で走っていたから気づかなかった。いつの間にか、私のものではない廊下を蹴る足音が、すぐそこまで追ってきていたことに。

でも、優しいあなたに合わせる顔なんてない。

追いつかれまいと、さらに加速して廊下を走る。それでもなお追いかけてくる足音。

振り返りもせず必死に走り、はるか前方に旧校舎の出口を見つけた、その時。

「ヒロ……、――未紘……っ！」

射るように聞こえてきた私の名を呼ぶ声がビリッと脳髄に響き、思わず足を動かす力が緩む。――次の瞬間、背後から腕を掴まれたかと思うとぐっと引き寄せられ、私の体は明希ちゃんの腕に抱きしめられていた。

走ってきた明希ちゃんの不規則な呼吸音が、耳元で聴こえる。一瞬、瞬きを忘れ、でもすぐにハッと我に返った。

「……っ、離して……っ」

もがくようにその胸を必死に押し返す。だけど、私を強く囲い込んだその腕はびくともしてくれない。

不意に、耳の奥であの日のやりとりが再生された。

『大くんだって、ヒロが自分以外の男のものになったって知ったら、自分の想いに気づくかもしれないじゃん。俺のことを聞かれたら、俺から一方的に付き合うことを強制されたって答えればいいし。偽物の恋人。いい案だと思わない？』

『……大に、振り向いてほしい』

――早くこの手を振りほどかなくてはいけない。触れてもらう資格も、気にかけてもらう資格もない。だってずっと――。

もうどうにもならなくなって感情が爆発し、私は我も忘れて叫んでいた。

「私、ずっとあなたに嘘ついてたっ。大は――大は死んでるの……っ」

その声は無機質な廊下に反響して、まるで悲鳴のように聞こえた。自分で声にしたはずなのに、その言葉に頭を殴られたかのような衝撃を覚える。

――二年前の秋のある日、大は乗車していた大型バスが事故に遭って全身を強く打ち、病院に運ばれた。だけど治療の甲斐も虚しく、搬送先の病院で息を引き取った。

十四歳、あまりにも短い人生だった。大は突然、いくら手を伸ばしても届かないほど遠くへ行ってしまったのだ。

「大型バスの事故に巻き込まれて亡くなったの。だから私は大を忘れないためだけに、あなたを利用してた……っ」

今まで出したことがないほどの音量で声を荒らげる。

あんなに好きだったのに、あんなにずっと隣にいたのに、時がたつにつれて記憶の中にいる大の姿がぼやけていく。

……怖かった、自分が。大がいない毎日に順応してしまっている自分が。

そんな現実を受け入れることができなくて、私は大の姿を、必死に日常生活の中に映し出すようになっていた。忘れまいともがくように、大がいる毎日を必死に続けようとしたのだ。

だけど私が知っている大は、十四歳のままで。背も伸びなくて。電話をかけても、スマホが使われていないことを告げる電子音声が返ってくるだけ。あまりの虚しさに、命を投げうとうとしたことも何度もある。

そんな時、明希ちゃんに出会った。事故のことを知らない明希ちゃんは、大の存在をなんの疑いも持たずに肯定してくれた。だから利用したのだ。大がいない現実から逃避するために。

――でも今朝、私は大の声を思い出せなくなった。少し低くて鼻にかかるような声が、私にあれだけ向けられていたあの声が。そんな自分に、これ以上大の記憶にしがみついていることはできないと思い知った。忘れたくないと足掻いても、きっといつか大の表情すら写真の中のものだけになってしまう。

明希ちゃんのことまで巻き込んで、でも結局、罪悪感と虚しさが生まれただけだった。

「最低なの、私。大を忘れたくなくて、もうこの世にいないことを受け入れられなくて、何も知らないあなたをたくさん傷つけてきた。だからお願い、もう私のことなんて忘れると言って……」

私のエゴで優しいあなたを縛りつけるようなこと、もうできない。

ぐっともう一度突き放すと、私を囲んでいた腕が緩み、明希ちゃんが私の肩を掴んだ。否応なしに視線がかち合えば、まっすぐに見つめてくるいつもより強い光を灯した瞳に、私は思わずハッと息をのんでいた。

「そんな簡単に傷つかないよ、俺は」

「っ……」

「それに君を忘れたくないし、絶対忘れない」

ひとときも目をそらすことなく静かに告げられた言葉に、彼の瞳にこもる強い光は、〝覚悟〟なのだと知らされる。

「明希、ちゃ、ん」

どうして、どうしてそんなにもまっすぐ向き合ってくれるの――？

「……ごめん、なさい」

まっすぐすぎて、苦しくなった。この眩しい光を私のせいで曇らせてしまうかもしれないなんて、そんなの耐えられない。

――だから光から目をそらし、その手を振り払うことしかできなかった。

廊下を駆け去る間、夕陽は息を潜めたかのようにもう追いかけてこなかった。その代わり私を追いかけてきたのは、果てしない孤独の音だった。

"明"日の"希"望って書いて、明希って言うんだね

あれは、私が中学二年生の時。じんわり汗ばむ暑さが、爪痕を残そうと空気にしがみついていた十月初日の日曜日のことだった。

『ただいまー』

夜になり、行きつけのCDショップから帰宅してリビングに顔を出すと、待ち構えていたかのように、テレビの前に立っていたお母さんが一目散に駆け寄ってきた。

『あ、未紘、やっと帰ってきたのね！　何度も電話したのよ！』

『え、電話？』

『そうよ、何度も鳴らしたんだから！』

お母さんの言葉にポケットに入れていたスマホを取り出して画面を見ると、お母さんから二十五件もの不在着信が入っていた。CDショップで夢中になっていて気がつかなかった。

『とにかく大変なのよ！』

掘り出し物のCDをゲットできて弾んだ気持ちでいた私は、お母さんの切羽つまっ

てうまく息継ぎもできていないその様子から、漠然とした、だけど言いようのない妙な胸騒ぎを覚えた。

『どうしたの、お母さん』

少し抜けているお母さんのことだから、無くし物の類いか何かであったらいいななんて、嫌な予感が当たらないことを祈りながら見つめると、お母さんは瞳に躊躇を泳がせ私を見ないようにしたまま、涙で喉まで詰まった、そんな声で告げた。

『……落ちついて聞いてね。さっき市内でバスが事故に遭ったんだけど、そこに大くんが乗っていたらしいの』

震える声で一息に告げられた内容に、私はぐんと目を見開いた。さぁぁっと一気に体から血の気が引いていく。

『……え？』

これは……現実なのだろうか。

『だいぶ大きな事故だったらしくて、大くん……亡くなったって……』

ガシャガシャンと、肩にかけていたＣＤが入ったバッグが床に落ちる音を、どこか遠くで聞いた。

『――ぇー、本日十六時ごろ、この交差点でバスが大型トラックと衝突事故を起こしました。この事故で、バスに乗っていた中学二年の桐ヶ谷大さんが亡くなったということです。また警察によりますと、中高生を含めた計四人が重軽傷を負い、近くの病院に搬送されました。バスを運転していたのは――』

つけっぱなしのワイドショーだけがこの空間で唯一の音だった。それはまるでテレビの中でだけ時間が流れているようで。

現場にいるらしきリポーターが緊迫した口ぶりで状況説明をしている。だけどかえってその口調は、その事故が世間からしたら他人事であることを強く感じさせた。

――この日、私の世界は一瞬にして色を失った。

「行ってきます」

「行ってらっしゃーい」

リビングから返ってくるのんびりとしたお母さんの声を聞きながら、私は茶色のローファーを履いた。

ドアを開ければ、いつもと同じ青空が私を迎える。だけど今日は、ひとつだけ違う光景がそこに広がっていた。家を出ても、門扉の前に大の姿がない。昨日まではいた。

――いや、私が思い描いていた。

さまざまな感情が込み上げてきて、あまりに息苦しい。それらを消化するように少しうつむき、ふうと小さく息を吐き出すと、コンクリートに足を踏み出す。

吹きつける風がひどく冷たく痛い。

孤独な通学路は、なぜかとても長く感じた。


鼻を突く独特な線香の香り、お坊さんのよく通る声と木魚の音、ところどころから聞こえてくるすすり泣く声。——そして、一番奥でたくさんの花に囲まれ飾られている大の写真。はにかんでいる大は、なぜか私の知っている大とは別人に思えた。

大が亡くなったと知らされてから通夜を迎えるまで、私は泣くことを忘れて放心状態でいた。心が緩やかに死んで、感情の機能が壊れてしまったようだった。

『ほら、未紘。大くんに最後の挨拶、してこよう』

会場の通路で立ち尽くしてしまった私の手を引っ張るお母さんの声が、ぼわんぼわんとこもって遠くから聞こえてくる。

たぶんこれは現実なんかじゃない。ずっと悪い夢を見ているのだ。なんて冗談だろう。こんな趣味の悪い夢、さっさと覚めたい。

『……いや。最後って何……？』

数日間閉じていた喉からようやく発した声は、自分のものとは思えないほどかすれていた。

『未紘……。しっかりして』

焼香の列の中、通路のど真ん中で動かないふたりは異様だったのだろう。ちらちらとこちらに向けられる視線を気にして、静かに諭してくるお母さん。でも私はすべてを遮断するように、首を横に振った。

やめ。やめ。お経、うるさい。なんでお経なんて読んでいるのだ。

するとそんな私の様子を見かねて、それまでなだめる調子だったお母さんの声が、厳しく私を叱責した。

『未紘。悲しいのはわかるけど、いつまでもそんなんじゃ亡くなった大くんが悲しむでしょ……！』

お母さんの言葉に、果てしない奈落に心臓が落下していくような感覚に陥る。

だって、事故の日の前日だって大と言い合ったのだ。またね、って。大はいつもどおりだった。それなのに、それなのに――。

気づけば、すべてを振り払うがごとく腹の底からしゃがれた声を張り上げていた。

『大は死んでなんかない！　死ぬわけない！』

水を打ったように静まり返る室内。私はその場から、そして現実から逃げるように駆け出した。こんなにも感情はいっぱいいっぱいだというのに、どこかで壊れてしまったのか、涙はなぜか一滴も出なかった。

あれから二年たっても、私の心はあの日で立ち止まったまま。大が亡くなって、私の心は一緒に死んだのだ。——けれど、この体は生きている。どうして大が死ななくてはならなくて、こんな空っぽな私が生きているのだろう——。

授業なんて、まともに聞けるはずがなかった。ゆっくり進む長針を睨みつけながら、心の中で急かす。

そして昼休みを迎えると、私は一目散に屋上へと向かった。

屋上は立入禁止だ。ドアの鍵がかけられ、入れなくなっていることはみんな知っている。だけど私は、その鍵が壊れており、ドアが開くことを知っていた。

屋上へと続く階段は使われておらず、暗くてしんと静まり返っている。時折聞こえてくるのは、グラウンドでサッカーをしている男子生徒の声だけ。

階段を上る足が重力を感じない。誰にも聞こえないよう、見つからないよう、足音を潜めて上る。

そして——立入禁止——赤いペンで大きく書かれた紙が貼ってあるドアの鍵を、ドアノブを持ち上げながら右に回した。

ガチャリと音を立てて、ドアが開く。ためらうことなく足を踏み入れれば、途端に冷たい空気が私を歓迎した。

風に長い髪をもてあそばれ、視界を遮られながらも、私は導かれるように屋上の縁に向かって足を進める。

転落防止の柵がないのは幸か不幸か。……都合がいいかもしれない。つまらないことを考える暇なく、いつでも飛び出せるのだから。

私は数メートル先に広がる、何もない空間を見下ろした。その下はまっさらなアスファルト。今は目の当たりにしても高いとも思わない。でもたぶん、三階建ての屋上から飛び降りれば一息だ。

大は歓迎してくれるだろうか。もしかしたら突っぱねられるかもしれない。だけどね、大。もう疲れてしまった。すべてを捨ててしまいたくなったよ。——君がいない明日に、意味なんてない。

私は一度目を閉じ、大きく息を吸い込んだ。肺に澄んだ空気が入ってくる。そして足を一歩、縁に向かって踏み出す。

待ってて、大。今、行くから。

その時。

『ヒロ、また明日』

不意にあの声が頭の中にこだました。意識して考えないようにしていた。それなのにどうして。彼のことを考えてしまったら私は——。

「——ヒロ……っ！」

突然、ドアを蹴破る音とともに、頭の中にまだ余韻の残るその声が、今度は明確な輪郭を持って聞こえてきた。

これは、幻聴なんかではない。現実だ。そう悟るのに時間はかからず、私は胸を震わせて振り返った。

……どうして来てしまったの。

「明希ちゃん……」

振り返ればやはり、肩を上下に大きく揺らした彼が立っていた。

……こんなところ見られたくなかった。あなただけには。あなたに心の弱さをさらす勇気なんてなくて、あなたがすべてを知ることになるのは、私が何もかも捨ててしまったあとがいいと逃げたのに。

あなたはたぶん、私の弱みだから。

明希ちゃんは何も言わず、硬い表情のまま一歩、そして一歩と、ゆっくりだけど確実にこちらへ歩いてくる。

軽蔑(けいべつ)した？　呆れた？　いろんな思いが心をよぎる。——けれど、そんなことがあるわけないこと、私が一番知っていた。彼は動けないまま立ち尽くす私の腕を引くと、一瞬のためらいもなくその胸に抱き寄せた。

足の先が、何もない宙から彼に向かう。嗅(か)ぎ慣れた甘い香りは嫌でも心を熱く締めつけ、風にさらされていた私のものではない高い体温は〝生〟を突きつけた。

「ごめん」

さまざまな感情の中からやっと探り出したと言うように、明希ちゃんがゆっくり声を発した。

「……な、んで。なんで謝るの……」

「もっと早く君に出会えてたらよかった。そうすれば、ひとりになんてしなかった」

まるで自分を責めるみたいに後悔の滲んだ声を耳元で吐き出す明希ちゃん。

「どうして、こんな私に、そんな、こと」

「君を大切にしたいから」

私の声を遮ったのは、明希ちゃんの迷いのない声だった。ぎゅうっと、持てる限りの力で強く、けれど壊さないようにと強く覆いかぶさって抱きしめられる。

「俺がいる。大くんの代わりになんてなれないかもしれないけど、ヒロの声には気づける。だから怖い時は怖いって叫べばいい。寂しい時は寂しいって弱音吐けばいい」

そして、

「──君はひとりじゃない」

弱った心に寄り添うように呟かれた言葉が、私自身を囲っていた鉄の鎖をいとも簡単に砕いてしまった。

「……っ」

もうこれ以上、迷惑はかけられない。そう思っていたのに。私の心はたぶん、出会ったあの時から徐々にほだされてしまっていた。気づいたころには手遅れだった。

私は明希ちゃんの肩に顔を埋め、ぎゅっと目をつむった。そしてやり方はわからないけれど、胸の奥に溜まった本音を、少しの勇気を持って、息を漏らすように吐き出す。

「……大のことを忘れるのが怖い」

「うん」

ひとつ紡ぎ出してしまえば、心の中のダムが決壊したかのように、固く閉じ込めていた本音がぽろぽろとこぼれ出ていく。記憶の断片となった大の笑顔が、頭の中をいっぱいにする。

「会いたい」

「うん」

「置いていかれるのは嫌だ」

「うん」

「ひとりにしないで」

「うん」

「寂しい……っ」

「うん」

ちゃんと聞いてるよ――そう言うように相槌を打ちながら、明希ちゃんの大きな手が私の頭をそっと撫でる。

「ずっと、苦しかったよな。よく話してくれたね、ヒロ」

明希ちゃんの声が心になじんで、じんわり溶けていく。なんて優しい声だろう。

何度、この命を捨ててしまいたいと思ったことか。永遠に消えてしまいたくて、存在していなければならないことが苦しくて、終わりの時を願い続けた。ぽきりと無残に折れた心は、修復不可能だった。

ずっと息を吸い込めなかった。自殺未遂をすれば異質分子だと指をさされる。大が亡くなったことを受け入れられないでいても、差別と好奇の混じった目で見られる。そんな世界では窒息しそうでたまらなかった。

ある時、ある人に言われたことがあった。あれは、私が川に身を投げた時だっただろうか。『友達が亡くなっただけで、自分の命を投げ出すなんて間違ってる。大切な人を亡くした人はあなた以外にもたくさんいるけれど、みんな前を向いて生きている。だからあなたももっと強くなりなさい』と。

耳を塞いで、うっかり入ってきてしまったその言葉を、体の内から追い出すように叫び出したくなった。私の大への思いを、他のものと一緒にしてほしくない。つらさを受け止めきれる容量だって、誰もが違うはず。それなのに、どうして同じものさしで測られなければならないのだろう。少しでも違って劣っているものは、どうして排斥されなければいけないのだろう。——もちろん、自殺未遂に歯止めがかかるわけがなかった。

そして気づけば母親を泣かせてばかり。こんなふうに育てたはずじゃないって、たぶん何度も思わせた。

こうやって私は、誰にも求められずどこにもなじめず、居場所を自ら手放してきてしまった。どこかで修正しなければいけないと思ったこともあった。でも、こんな生き方しかできなかった。

「……生きている理由が、わからないの……っ」

明希ちゃんの制服を握りしめ張り上げたのは、暗闇の中で泳ぎ方がわからずもがいていた私の、行き場のない心の叫びだった。

——助けて——。声に出さず、そうすがる。

すると明希ちゃんは声の強さはそのままに、穏やかに紡いだ。

「生きてる理由なんてそんな大層なもの、なくていいよ。もしかしたらある日、突然見つかるかもしれない。だって明日は何が起こるかわからないんだから」

風が、いつの間にか優しい温度となって、私たちを包み込んでいた。

「ゆっくりでいい。立ち止まっても、間違ってもいい。ヒロの人生はヒロのものだ」

それはまるで魔法の言葉みたいに、心を抉(えぐ)っていた傷を一瞬で修復してしまった。もう何をしたって治らないと思っていたのに。明希ちゃんは、息が詰まりそうなほど重くのしかかっていた圧力を、あっという間に取り払ってくれた。

「明希、ちゃん」

すると不意に、私を抱きしめる腕に力がこもった。それは、まるで消えゆく私を離すまいとするかのような、とてもとても切実な力だった。

「だから、頼む。もう死のうとしたりしないで」

「……っ」

ああ、こんなにも悲痛な声で、こんなことを言わせてしまったなんて。

「うん、ごめんなさい」

「ううん」

そう言って明希ちゃんが、すんと鼻をすすった。声が、微かに湿っている。

「なんで明希ちゃんが泣いてるの」

「君が泣かないから。ヒロも泣いたっていいよ。俺、忘れっぽいから大丈夫」

わざとおどけた空気をまとって、そう言う明希ちゃん。

「何それ」

明希ちゃんの慰め方に、思わず少しだけふっと笑ってしまう。くしゃりとした顔を見せるのがなんだか気恥ずかしくて、私はさらに深く彼の胸元に額を押し当てた。私のそれとはリズムの違う明希ちゃんの鼓動を拾い取る。

「……ありがとう、明希ちゃん」

気づかなかったけど、たぶん私はずっと助けてほしかったんだ。無理やり押し込めた行き場のない悲痛な気持ちを、誰かに受け止めてほしかった。

「さてと」

不意に頭上から、重力を抜ききった茶目っ気たっぷりな声が降ってきた。

「授業、サボっちゃおっか」

明希ちゃん曰く、一度も遅刻欠席したことがない素行優良児は、少しのおサボりくらい神様が大目に見てくれるそうだ。明希ちゃんルールに則ると素行優良児だという私は、今日だけ神様に大目に見てもらうことにした。

「あ、飛行機雲」

「ん、ほんとだ」

オレンジと水色の水彩絵の具が混ざり合った大きなキャンバスに、とても小さく見える飛行機が白いチョークで一本の線を鮮やかに引いていく。レールなんてないはずなのに、飛行機の軌跡はぶれることなくまっすぐだ。

　私と明希ちゃんは、屋上のアスファルトの地面に寝転がり、空を眺めていた。もう、ずっと。授業時間が終わり放課後を迎えても、ただふたり並んで空を見上げていた。

「夕焼けって、こんなにきれいだったんだね」

「たしかに」

「こんな高いところから夕焼けを見るのは、初めてかもしれない」

　優しい風に吹かれながらだだっ広い空を見上げていると、心が凪いでいくのがわかる。

「明希ちゃん」

「ん？」

　そっと空に向かって放った声は、何にも邪魔されることなく明希ちゃんに届いた。

「私、死のうとするたびに、きれいなものを見つけてしまうの。川に飛び込んだ時は水面の向こうに見える太陽が眩しくて、手首を切った時はお母さんの作る夕食の匂いに胸を締めつけられて。そして今回も、あなたを見つけてしまった」

　神様の嫌がらせなのか、そのたびに私はこんなにもきれいな世界で生きていたのかと思い知らされる。

「もしかしたら私、生きたかったのかな……」

生きていていいと、誰かにそう言ってほしかったのかもしれない。

重力に身を任せ、そんな言葉をこぼす。すると。

「じゃあ俺は、君に〝生きていてくれてありがとう〟を送る」

風に乗って耳に届いた柔らかい声にハッとして隣を見れば、明希ちゃんがこちらに視線を向けて優しく微笑んでいた。

「え……?」

「ナツと俺に出会ってくれて、ありがとう。君は知らないだろうけど、君が俺に生きる理由をくれてる」

あまりに大層な言葉は、こちらに向けられているはずなのに自分に釣り合って聞こえない。

——どういう意味? そう聞こうとした、その時。

「こらっ! どうして立ち入り禁止の屋上に生徒がいるんだ!」

穏やかな空気を切り裂くように、入り口のほうから怒声が聞こえてきた。ハッとして体を起こしながら振り返れば、その声の主はよりにもよって厳しいと有名な教頭だった。最悪なタイミングで、最悪な人に見つけられてしまった。

「げ。見つかった」

体を起こしながら、明希ちゃんが面倒そうに呟く。

「まったくお前たちは！　どこのクラスだ！」

教頭が威圧するようにずかずか大股で迫ってくる。すると突然、明希ちゃんが涼しい顔で遠くの空を指さした。

「あ。せんせー、あんなところに空飛ぶまんじゅうが」

「何っ？」

そして教頭の視線がそれたタイミングで。

「行こ、ヒロ」

軽やかな声とともに不意に腕を引かれて、教頭の横をすり抜け屋上を駆け出す。

「あっ、こらー！　待てー！」

「待てって言われて待つヤツなんていないですよ、せんせー。ね、ヒロ」

なんてスリリングな逃避行。私は我慢しきれず、階段を駆け下りながら噴き出した。

「ふふっ……」

こんなの初めてだ。授業をサボった上に、先生から逃げるなんて。素行優良児が聞いて呆れる。

でも、明希ちゃんがしっかり手を握ってくれているからか、手を引かれてこのままどこにでも行けそうな気がした。

美術室に駆け込み、ふたりして膝に手をついて乱れた呼吸を整える。そしてふと顔を上げたタイミングが重なって目が合った瞬間、同時に噴き出した。

「なんでおまんじゅう……っ、ふふ」

「はは、俺もわかんない。ぱっと思いついたのがまんじゅうだった」

「教頭先生、カンカンだったね」

「げ、あのおっさん、教頭だったんだ。一緒に反省文でも書こ」

「――うん」

さらりと、未来の約束をしてしまった。そしてどうしてか、それを楽しみだと思う自分がいた。反省文なんてもちろん苦行のはずなのに、明希ちゃんと迎える未来が待ち遠しい。

「こんなに笑ったの、久しぶり。大にも報告したい。今、こんなに笑えてるよって」

「……ヒロ」

「今度、大の家に行ってみようと思う。少しでも、大の死に向き合いたい」

決意を乗せた声は、不鮮明だった今までのものとは比べものにならないほど芯が通って響いた。

大が亡くなってから一度も、大の家にもお墓参りにも行けないでいた。でも今なら向き合える気がする。きっと、大も待ちくたびれているはずだ。

「行っておいで。待ってるから、ずっと」

　穏やかな大人びた笑顔で、明希ちゃんが私の背中を押してくれる。居場所を作って待っていてくれる人がいるって、なんて幸せなことだろう。

　死のうとしていた数時間後、こんなにも前を向けているなんて。きっと、昨日の私に言っても信じてもらえない。

「……ねぇ、明希ちゃん」

「何？」

「明希ちゃんは、毎日明日を迎えるのが楽しみ？」

　答えは予感しながらも、その光に手を伸ばすみたいに、つい聞かずにはいられなかった。

　すると、明希ちゃんは口元の力をふっと抜き、そしてなんの迷いもない晴れやかな笑顔を浮かべた。私はそこに、空にはないはずの朝陽を見た気がした。

「楽しみだよ。コタと希紗と、そして君に会えるんだから」

　そんなふうにまっすぐ言われたら、明日を信じざるをえなくなる。明日に期待することはきっといいことなんだって、そう思わずにはいられなくなる。それにもし明日に裏切られても、たぶんその次がある。生きている限り。

「明希ちゃんの名前……」

じんわりこぼした声を、明希ちゃんが拾い取る。

「ん?」

「〝明〟日の〝希〟望って書いて、明希って言うんだね。すごく、すごく、あなたにぴったりだ」

明日の希望を教えてくれた彼の、名前という象徴。

……すると微かに、彼の瞳の水面が淡く揺らめいて。

「なんかすごく今、自分の名前が愛おしくなった」

明希ちゃんは目を細め、こっちが泣きそうになるくらいきれいな笑みを咲かせた。

――『泣いたっていいよ』と明希ちゃんは言ってくれたけど、もしまた泣けるようになったなら私はこの人のために涙を流したいと、そう思った。

第四章　交錯する眼差し

複雑な気持ちになったりもするんです

翌日、目覚ましが鳴るのよりも早く目が覚める。視界に広がるのは、見慣れた無地の白い天井。毎朝同じシチュエーションのはずなのに、今日はつねに持て余していた虚無感が心に広がることはなく、なんとなく心が軽い。体の底にあった重苦しい鉛が溶けたみたいだ。

起き上がってベッドから出ると、心なしか視線が高くなった気がした。


「それじゃあこれから研究結果のレポートを書いてもらうので、ふたりひと組のペアになってくださーい」

生物の時間、教壇に立った先生が、私の〝三大嫌いな単語〟のひとつ、〝〇人ひと組〟を口にした。ちなみにあとふたつは、〝空腹〟と〝気の持ちよう〟。

いつもこの流れになると、私は通常相手も探さずひとりでもくもく作業を始める。だけど今日は、先生の指示に従って相手を探してみることにした。閉じこもっていた殻を破るように、人間関係を広げるところから始めようと、友達作ろう作戦を開始する。

……だけど、そんな簡単にうまくいくはずもなく。「私とペアになってほしい」とまわりの女子に声をかけてみた結果は、ことごとく惨敗。

「ごめん、先に約束してあるから」

「……えっ？　ごめん、ちょっと無理」

みんな、私が声をかけるだけで、幽霊でも見つけたみたいに顔を引きつらせて逃げるように心の距離を取る。私はそんなに……怖いのだろうか。

そうしてクラスの女子の八割ほどに声をかけ、断られ続けたところで結局。

「さっきアンドロイドにいきなり話しかけられたんだけど」

「えっ、うちも！　急に何？　なに考えてるかわからなすぎて超怖いんだけど」

女子たちの丸聞こえなひそひそ声を聞きながら、余りもの同士の男子とペアを組むことになった。


「ヒロ、なんか疲れてる？」

「うん、疲れてる」

放課後、私は明希ちゃんのいる美術室で、大きなため息をつきながら机に突っ伏した。意気込んではみたものの、女子の友達ができる希望的観測がまったくもって抱けない。

今までは雑音とも思っていなかった校舎のほうから聞こえてくる楽しそうな声が、今日はなんだかやけに耳について恨めしい。いったいどうすれば、そんなつながりができるというのだろう。

中学までは大としか絡まなかったし、大が亡くなってからは誰とも関わらずに過ごしてきた。だから友達の作り方なんて知らない。

「明希ちゃんも〝魔法使いくん〟も、コミュニケーションスキル高い」

突っ伏していた上体を起こし、感心するように呟く。そもそもの出会いといえば、ふたりが私に話しかけてくれたのだ。双子のコミュニケーション能力、恐るべし。

「そー?」

「うん。ねぇ、〝魔法使いくん〟は元気?」

「ナツは元気だよ、相変わらず」

「まだ、会えない?」

「ん、ごめん」

紙パックのコーヒーミルクを飲んでいた明希ちゃんが、眉を下げ、何か言いたいことをはぐらかすみたいに控えめに笑った。

〝魔法使いくん〟の話をすると、明希ちゃんはいつもなんだか、らしくない反応をする。少しだけ、よく見ていなければ気づかないくらい微かに、痛みの混じった表情を浮かべるのだ。どう、らしくないのか、具体的には言えないけれど。

　でもその表情を見つけると、〝魔法使いくん〟のことを迂闊に聞けなくなる。

　離れて暮らしていると言ったけど、どこに住んでいるのだろう。まだ〝あの仕事〟は続けているのだろうか。聞きたいことは山ほどあるけれど、明希ちゃんを傷つけそうな漫然とした予感と、聞きたい気持ちとの板挟みになって身動きが取れなくなる。もしかしたら言いにくい事情があるのかもしれない。明希ちゃんのことを傷つけてしまうのなら、それは本望ではない。

　なんとなく沈んでしまった空気を取り繕おうと、私は話題を転換する。

「友達ができたら、明希ちゃんには一番に知らせる」

　いつかそんな日が来ますようにと願望も込めて。

　すると、頬杖をついた明希ちゃんが真剣な眼差しでこちらを見つめてきた。

「……ね、ヒロ。あのさ、すっごく自己中なこと言っていい？」

「自己中？　うん」

　明希ちゃんと自己中心的という言葉がイコールで結びつかず、違和感を覚えながら頷くと、明希ちゃんが視線を斜め下へやって少しだけ拗ねたような表情を浮かべた。

「君に友達ができたら、そりゃ俺もめちゃくちゃうれしいんだけど、ここに来る日が減っちゃうのかなとか、俺以外にヒロって呼ぶヤツができるのかなとか思うと、ちょっと……」

そこで一度言葉を止め、落としたトーンで呟く。

「複雑な気持ちになったりもするんです」

「え？」

思いもよらない明希ちゃんの言葉に、私は瞬きも忘れ目をみはる。

それは、そのつまり、寂しいと思ってくれているのだと受け止めてもいいのだろうか。そんなのはあまりに都合がよすぎる解釈だろうか。でも——。

「って、なに言ってるんだよ俺〜。ヒロが頑張ろうとしてる時に。俺がヒロ離れしろって話だよね」

砕けた調子で、自分を責めるように額に手を当てる明希ちゃん。私は思わず、弁解するように口を開いていた。

「万が一友達ができたとしても、明希ちゃんには毎日会いたいし、ヒロって呼ぶのは明希ちゃんだけがいい」

自分で言っておいて、急激に気恥ずかしさが込み上げてくる。いつの間に私は、こんなに欲の多い人間になっていたのだろう。

これ以上ここにいたら、どんどんペースを乱されてしまいそうで、私は思わず立ち上がった。

「私、そろそろ戻る」

「もう？」

「うん。絶対明日も来る。じゃあ」

「あ、ヒロ」

教室を出ようと踵を返したその時。不意に明希ちゃんに呼び止められた。

けれど、気持ちが焦って足下への意識が散漫になっていたせいで、明希ちゃんの声に気を取られた私は、上履きの爪先をワックスの剥がれた床の木目にくっと引っかけた。危険を察知したころには、時すでに遅し。重力に逆らえず、前のめりになる体。そして。

「ヒロっ……」

よろめいた体を支えたのは、とっさに駆け寄ってきた明希ちゃんだった。明希ちゃんの胸に倒れ込むような体勢になった私は、突然の展開と温もりに目を見開いた。

「……っ、ごめん」

反射的に謝って顔を上げた時、視線が至近距離で絡み合って声が途切れた。お互いの距離の近さを今さらながらに自覚する。少しでも動いたら鼻先が彼の顔に触れてしまいそうで、まつ毛の先まで力がこもる。

私たち以外、すべての時間が止まったような気がした。何も聞こえない。明希ちゃん以外、見えない。

「……っ」

思わず視線を外し、距離をとろうとした、その時。不意に明希ちゃんが体を倒して私の肩に額を乗せてきた。

「逃げないで」

「え？」

ひっそりと押し込めた、かすれた声でささやかれる。全神経が過敏になっているせいか、その声音をひどく意識してしまう。

「何か私に言いたいことがあったんじゃ……」

「それはもう、いい」

「明希、ちゃん？」

その名を呼んでも、スイッチが切れたかのように動かない。

肩から直に伝わる明希ちゃんの温もりが、なかなか自分の体温になじまずに熱い。

「ごめん、もう少しこのままでいて」

「え……」

「離れがたいってやつ」

耳元から聞こえてくるその声音はどこか切実に聞こえて、動けなくなった。

どうしてだか私は、この人を振り払うことができない。

呼吸の仕方を忘れて息苦しくなる。まるで一秒が何十秒にもなってしまったかのような、そんな錯覚を覚えた。

一番大事な、友達、だから

「え！　明希先輩、彼女いたの？」

「ああ、いるいる。一年の美少女らしいよ」

「嘘～、めちゃショックなんだけど……。みんなの明希先輩が……」

「しかも彼女、かなりの変人なんだって」

「え～、何それ。明希先輩って女の趣味悪いんだ……。なんか意外」

　それは、登校中に聞こえてきた、前方を歩く女子ふたりの会話。明希ちゃんの話題を耳にすることは少なくないから初めは聞き流していたけれど、聞けば聞くほど耳が離せなくなり、気づけばぴったりとふたりの後ろについて聞き耳を立てていた。

　……これはまずい状況だ。私のせいで明希ちゃんの評判が悪くなっている。

「顔はともかく、私のほうが絶対幸せにしてあげられますよ、明希先輩ーっ！」

「はは、みんな思ってるって、それ」

　私が後ろにいるなんて思ってもいない様子の会話を聞きながら、明希ちゃんを巡る状況が悪くなっていたことに今さら気づき、自分を責めるように鼓動が早くなる。

今すぐにでも、明希ちゃんの善意で偽の恋人になってくれていただけだと弁明したいけど、口下手な私ではうまく説明できずにさらに反感を買ってしまう可能性もある。あまりの焦れったさに、私は肩にかけたスクールバッグの持ち手を握りしめた。

今、明希ちゃんとの偽の恋人関係は、大が亡くなっていることを明かしたことでその役割を成さなくなり、自然消滅状態にある。そのためまわりからは、とくに何事もなく付き合いは継続していると認識されているのだろう。

友達が少ない私が、別れたと噂を流せるわけもない。何か解決策はないかと頭をフルに回転させながら、騒がしい教室に足を踏み入れた、その時。

「加代子(かよこ)～！　この前の片想い成就カード、すごいよ！　昨日突然連絡きて、一緒にご飯行くことになった！」

喧騒の中から突然聞こえてきた女子のクラスメイトの声に、私の耳が目敏ざとく反応した。思わずドアの前で足を止める。

「ははは、だろ～？　あれは姉貴の自信作らしいから」

「まじで効力すごいよ！　ありがとう！」

「おー！」

話から察するに、片想い成就カードとやらを、加代子と呼ばれるクラスメイトが贈ったらしい。

　着崩した制服に、明るく染めた長い髪をかきあげ、いかにもガラが悪そうな風貌の彼女は、教室の一番後ろの席にどっしり座って、友達に囲まれている。

　彼女と話したことはない。だけど、気づけば私の足は吸い寄せられるように彼女の机へと向いていた。

　私が突然クラスメイトの元に歩み寄ったことにより、何事かと教室がざわつき出す。だけど当の本人は、友人との会話にばか笑いをしていて、異変には気づいていない。

「その話、詳しく聞かせてくれない？」

　さざ波みたいに広がっていくざわめきの中、彼女の取り巻きに割り入って机の前に立つ、そして単刀直入に切り出せば、そこでようやくこちらに気づいた彼女は私を見上げ、驚いたように「へ？」と口を開けた。

「あっははは、まさかアンドロイドちゃんから片想い成就カードをねだられる日がくるなんてな！」

　彼女——浜谷(はまたに)加代子の笑い声が、廊下に響き渡る。腹を抱えて豪快に笑う彼女は、何がおかしいのか涙まで流している。行き交う生徒がちらちら向けてくる視線など、まるでお構いなしだ。

「私はアンドロイドじゃない」

冷静なトーンで否定すれば、涙を拭きながら彼女がやっと私に向き合う。

「ああ、ごめんって。いやー、でもまじで意外。あんた、こういうの信じるんだ？」

「毎朝ニュースの運勢はチェックしてる」

「まじか。なんか一気に親近感が湧いたわ」

何か面白いものでも見つけたみたいにニカッと白い歯をこぼしてそう言いながら、彼女はスカートのポケットから何かを取り出す。

「あたしの姉貴、占いやってるんだけどさ、その姉貴の手作りなんだ。このカードに片想い相手の名前書くと恋が叶う」

「このカードに？」

提示されたそれは、赤に縁取られたハート形のカードだ。想像していたものよりずっと簡素な作りだった。どこからどう見ても普通の紙にしか見えないのに、そんな特殊なパワーが秘められているのか。

「実際、あたしがこの紙をあげた五十五人中、五十三人の恋が進展してる」

想像を超える驚異の成功率に、ごくりと唾を飲みこむ。

「お代は？」

神妙な面持ちで尋ねると、壁に半身をもたせかけていた彼女は、あしらうように手をひらひらと振った。

「あー、いいよいいよ。あんたにはプレゼント」

「え?」

「お近づきの印ってやつ。うれしかったんだからな、声かけてもらえて」

　にっと遠慮を知らない笑顔とともに放たれた思いがけない言葉に虚をつかれる。彼女の屈折のない堂々とした言葉と笑顔は、警戒心を抱く隙も作らせない。この安心感には、明希ちゃんと交わす会話と似たものがあった。

「……ありがとう」

　自然に気持ちがこもる。そして。

「友達、になってくれない?」

　変な気負いをする前に、するりとそんな言葉が口をついて出ていた。

「えっ?」

　今までは手当たり次第に声をかけていた。でも今は違う。この人と友達になれたら楽しいんだろうなと、そんな漠然とした、でも前向きな感情が私を突き動かしていた。

だけど返事はない。しんとした空気に覆われる。この間は、つまり答えはノーだ。

「嫌だったら構わない。ごめんなさい、変なこと言って」

　今の今まで会話すら交わしたことがなかった、半分得体の知れないクラスメイトから突然そんなことを言われてもそりゃあ迷惑だろう。引かれるのも仕方ないと引き下がると、彼女の声が慌てて追ってきた。

「あ、いや。ちょっとびっくりしただけ。あんた、人とは壁作ってるんだと思ってたから。私はそこら辺の連中とはつるまないのよ、的な」

そんなふうに思われていたのかと少し驚く。でもその誤解は、自分からつながりを放棄してきてしまった代償だ。

それに私だって見た目で彼女を判断していた。この前の生物の授業でペアを作る時、派手で攻撃的に見えるこの子に声をかけたってどうせ断られるだけだろうと、そう決めつけて声をかけなかった。

「ずっと友達なんていらないって思ってたけど、変わらないといけないから」

すると突然彼女が大きな口を開け天井に向かって、ははは！　と笑い声を上げる。相変わらず豪快で声が大きい。

「正直だなー。そういうとこ好きかも。いいぜ、ダチ！　よろしくな、未紘」

彼女――加代子ちゃんから、勢いよく手を差し出された。これは……もしかして、友達作ろう作戦が成功したのだろうか。

うれしさとくすぐったさに胸が引きしまって、自然と頬が微かに緩む。

「よろしく、加代子ちゃん」

手を出せば、その手を迎えるようにしてぎゅっと強く握りしめられた。派手な指輪だらけのその手は、私の手よりも少しだけ骨ばっていて大きかった。

「なんかヒロ、うれしそう」

昼休み。ジャムパンを食べていた明希ちゃんが、その手を止め、目を細めてそう言った。

「そう?」

「いいことでもあった?」

そんなに顔に出ていただろうか。表情筋を引きしめつつ箸を置き、私は大真面目に明希ちゃんを正面から見つめた。そして重大発表さながらに改まって告白する。

「友達が、できた」

「えっ、まじ?」

「うん」

感激を噛みしめながら大きくこくりと頷けば、途端に明希ちゃんがわたあめみたいにふわっと破顔した。

「よかったじゃんヒロー」

腕を伸ばした明希ちゃんに、子どもにするみたいにわしゃわしゃと頭を撫でられる。

まるで甘やかされているみたいで、なんだか気恥ずかしくなってしまう。こんなにも、私に友達ができたことを一緒に喜んでくれるなんて。

「クラスメイト？」

「そう。声が大きくて豪快で、でもなんとなく、明希ちゃんに似てる」

「俺に？」

人差し指で自分を指し、そう聞いてくる明希ちゃんに頷く。容姿とか性格がというわけではなくて、話している時の安心感や温かさが似ている気がする。

「うわー、超気になる。その子。ヒロの友達なら俺も挨拶しないと。うちのヒロがお世話になってますって」

「明希ちゃん、保護者みたい」

くすっと笑い、それから私は制服の胸ポケットを探った。

「それで、その友達――加代子ちゃんに、これもらった」

「ん？」

「片想い成就カード」

私がポケットから取り出し、机に置いたそれを、明希ちゃんはまじまじと見つめる。

「この紙が？」

「ここに片想い相手の名前を書くと恋が成就するんだって。明希ちゃんは、好きな人いる？」

「え？　俺？」

「うん。明希ちゃん」

照れも隠しもせず単刀直入に尋ねると、ひとつの瞬きをしたあと、穏やかな声が返ってきた。

「俺は、いるよ」

「この学校の人？」

「ヒロには秘密ー」

口の前に人差し指を立て、いたずらっぽく笑う明希ちゃん。だけど私の好奇心は、むくりと芽を出してしまっていた。

「どんな人？」

「えー？　なんか全部が、愛しい」

「愛しい……」

「うわ、恥ずいからやめやめ」

黒いピアスに明るい髪色と見た目は一見軽そうなのに、耳をほんのりピンク色に染めて顔を覆う彼はなんだかかわいい。いつも余裕な明希ちゃんの照れてる姿からは、その人のことが本当に好きなんだということが伝わってくる。明希ちゃんに好意を寄せられるなんて、すごく幸せな人だ。

「明希ちゃんに、これ、あげる」

　机の上の片想い成就のカードをそっと指先で滑らせ、明希ちゃんの前に差し出す。

「え？」

「明希ちゃんはいつも私と大のこと応援してくれた。だから私も、明希ちゃんの恋を応援したい。明希ちゃんは一番大事な、友達、だから」

　自分で言った言葉を、そっと反芻する。……友達、か。なんて素敵な響きだろう。明希ちゃんがくれたつながりだ。改めて実感して、その言葉を胸の中で温めるようにじんわりしていると。

「ありがと、ヒロ」

　微かに目を見開いていた明希ちゃんが、カードに視線を落として、端正な顔に繊細な笑みを浮かべた。

　いつもは見ているると心が温かくなる明希ちゃんのきれいな笑顔。けれど私は、妙な胸騒ぎを覚えた。なぜか、明希ちゃんの笑顔がぼやけて見えたから。

　それと同時にふと気づく。……もし明希ちゃんに恋人ができたら、もうこうして会うこともできなくなってしまうのではないだろうか。

「うん」

それは確証もない予感。けれど一気に体の中の空気が重くなる。

どこか明希ちゃんが遠くに感じられて、胸に小さな穴が空いたような気がした。それはどうしてか塞ぎようがなくて、心を侵食してくる漠然としたモヤモヤを私は持て余した。


翌日。いつもどおり早めに登校し、教室で音楽雑誌を読んでいると、大きな声を上げて加代子ちゃんがこちらへ歩いてきた。

「おはよー！　未紘！」

「おはよう」

朝一だというのにしっかり腹の底から声が出ている加代子ちゃんは、私の机の端に腰をかけ、ずいっと顔を寄せてくる。

「今日の昼、一緒に食べようぜ」

突然の提案に脳内処理が整わず、表情のコントロールも追いつかなかった結果、私は瞬きもせずに無表情のまま加代子ちゃんを見つめた。

「でも加代子ちゃん、友達が」

加代子ちゃんは私と違って、ひとりではない。物怖じせずサバサバした性格はみんなに好かれており、昼休みだって多くの友達に囲まれている。加代子ちゃんとお弁当を食べたい人は、ごまんといるはずだ。

するとと加代子ちゃんは手をひらひらと降って、そんな私の懸念を笑い飛ばした。

「はは、大丈夫だって。それより未紘が昼に何食べてんのか、すっげぇ気になる。昼休みになると、いつも大きめの荷物を持って教室から出てっちゃうし。あ！　もしかして、食べてないとか？」

「まさか」

「とかいって、めっちゃちっちゃい弁当箱なんじゃねぇの？」

そう言いながら佳代子ちゃんが指を曲げて作ったのは、縦横十センチほどの四角形。そんなことあるはずない。一日を終える前に餓死してしまう。

「そんなんじゃ足りない。今、加代子ちゃんが言った『大きめの荷物』の中身が、お弁当箱だもの。これくらいはあるかな……」

腕を使っていつも食べている重箱のサイズを示すと、加代子ちゃんが「いやいや」と言いながら、まったく真に受けていないような笑みを浮かべる。

「それ、ネタだろ？」

「ネタ？　事実だけど」

どこにネタ要素があったのだろうか。私からしてみれば、このくらい食べていない人は本当にそれで足りるのか心配になる。

真面目な表情で加代子ちゃんを見つめていると、突然こらえきれなくなったように加代子ちゃんが噴き出した。

「ふははっ。めちゃくちゃ濃いキャラしてんじゃん。ますます気に入ったわ。今まで未紘のことを勘違いしてたの、人生九割損してた気ぃする」

……これは、どう返すのが正解なのだろうか。わからなくて、とりあえず「ありがとう」とお礼を口にする。するとまた加代子ちゃんは、何が面白いのかお腹を抱えて爆笑した。

放課後、いつものさびれた廊下を通って美備室に向かう。今日は明希ちゃんに、加代子ちゃんとお弁当を一緒に食べるほどの仲になったことを報告すると決めていた。

お弁当を一緒に食べている時も、加代子ちゃんはいろいろな面白い話を聞かせてくれた。正反対にも等しい世界で生きてきて、価値観もまったく違う彼女の話は、まるで未知の冒険譚(ぼうけんたん)でも聞いているようだった。

こんなふうに自分の教室でクラスメイトとお弁当を食べる日が来るなんて想像もしていなかったから、早く明希ちゃんに報告したくて授業が終わるのが待ち遠しかった。

明希ちゃんは、どんな表情をして私の話を聞いてくれるだろうか。

「明希ちゃん」

呼びながら、美術室の古びたドアを開ける。その途端、いつもの甘くて大人びた香りが私を襲う。だけど、そこに見慣れたアッシュベージュの髪色の後ろ姿はなかった。どこかに行っているのだろうか。スクールバッグが机にかかっているところから察するに、まだ帰宅はしていないはずだ。

バックもあることだしいずれはここに戻ってくるだろうから、行き違いにならないためにも明希ちゃんが帰ってくるまでここで待たせてもらおう。そう決めて、明希ちゃんのイスの向かいにあるもう一脚のイスに腰をかけようとした、その時。スクールバッグの下あたりに何かが落ちていることに気づいた。

教室に入ってきた時は、スクールバッグの影になっていて気づかなかった。きっと、スクールバッグから何かを取り出した時、一緒にくっついてきて落としてしまったという具合だろう。

しゃがみ込み、それに手を伸ばす。すると私はここでようやく、それが昨日明希ちゃんにあげた片想い成就カードだと気づいた。

そしてふたつに折られたそれを拾い上げた時。窓から入り込んできた風が、いたずらに紙を揺らした。その拍子に折りたたまれた紙が開く。

一瞬にして、視線が、縫いつけられた。

赤で縁取られたハート形のカードの真ん中、そこにひっそりと書かれた文字は。

【ヒロ】

「え……？」

思わず声をこぼしたその時。ガラガラとドアを開ける音が聞こえてきた。

ハッとして振り返れば、入り口に立ち、驚きと衝撃と諦めのようなものがないまぜになった表情の明希ちゃんを見つけた。

「明希ちゃん……」

「――ヒロ」

ドドドと音速を上げていく鼓動の音しか聞こえなくなった。

見くびるな

「これ――」

「あー、見られちゃったか」

私が弱々しくかざした紙を見て、明希ちゃんはやっちゃったな、というように自嘲気味な笑みをこぼした。慌てて否定するわけでもなく、すぐに肯定するわけでもなく、無理に軽くしようとした曖昧な表情が、かえってリアルなのだということを伝えてきた。

「……っ」

現実を受け止めきれずにいると、明希ちゃんがこちらに向かってゆっくりと歩いてくる。そして目の前までやってくると、ごまかしのない真剣な眼差しで私を捉えた。

「ヒロ、俺は」

「あ……」

やめて――。その先を言わないで。私、明希ちゃんのこと……。

「君のことが好きだよ」

「……っ」

知らぬ間にたくさん傷つけていた……。

ふわりと鼓膜を揺らしたのは、愛の言葉とは裏腹に、あまりにも切ない響きだった。

それ以外の言葉なんていらない。その眼差しと声音だけで、明希ちゃんの気持ちを推し量るのには十分すぎるほどだった。

視線から逃れるようにバッとうつむけば、やっとまともに息を吸うことができた。

それと同時にさまざまな感情が込み上げてきて胸の中で渦巻く。

どうして気づけなかったのだろう。どうして、どうして。あんなに一番近くにいたのに。


『偽物の恋人。いい案だと思わない？　俺を利用してよ』

『今日は、俺が大くんの代わりするから』


明希ちゃんは、いつだって私の気持ちを優先してくれた。それなのに私は――、

『私も、明希ちゃんの恋を応援したい。明希ちゃんは一番大事な、友達、だから』

手のひらに爪が食い込むほど、ぎゅっと手を握りしめる。

私はなんてことをしてしまっていたのだろう。どれだけその心を残酷に斬りつけてしまっていたのだろう。

明希ちゃんは今までどんな気持ちで大とのことを応援して、隣で笑っていてくれたのだろう。


『明希ちゃんは、好きな人いる？』

『俺は、いるよ』

『この学校の人？』

『ヒロには秘密ー』

『どんな人？』

『えー？　なんか全部が、愛しい』

『愛しい……』

『うわ、恥ずいからやめやめ』

恥ずかしそうに顔を手で覆い、耳を赤くした明希ちゃんが頭をよぎって――。

「……っ、ごめん、なさい」

真っ先に、口から悔いる声がこぼれていた。よろけるようにあとずされば、壁に背がつく。

「——え？」

「私、明希ちゃんの気持ちを知らずに、たくさん傷つけた……」

もう、どんな顔をしたらいいかわからない。

「私のせいで明希ちゃん……っ」

張り裂けるような思いで叫んだその時、ダンッと壁に手をつく重い音が耳の横から聞こえ、自分の声が途切れた。

風圧でザワッと髪が揺れる。反応する隙も与えず、私に覆いかぶさるように明希ちゃんが耳に口を寄せた。

「あき——」

「見くびるな、ヒロ」

「……っ」

ダイレクトに耳から入ってくるいつもより低いその声に、どくんと心臓が重い音を立てて揺れる。いつも穏やかな彼からこんなにも荒く強い声を向けられたのは、初めてだった。

「俺は自分の意思でヒロの背中を押した。ヒロのせいじゃない」

「明希、ちゃん……」

「隠したままでいるつもりだったけど、バレたからには全力で行く」

激しい鼓動が鳴りやまない。明希ちゃんの声に、心が食らいつくされていくような
そんな感覚に陥って――。

「もう遠慮なんてしない。俺のものにするから」

明希ちゃんが耳元から顔を離し、まっすぐに私の目を見つめた。

「好きだ、未紘」

「……っ」

私に何か言う余裕も与えず、射るように放たれた言葉に思わず息をのんだ。

なんて引力だろうか。至近距離でこちらを見つめる、覚悟を決めた瞳に吸い込まれ
て、目が離せなくなる。と、その時。

「明希、いる？　帰ろう」

聞き覚えのある低い声が、ドアの向こうから聞こえてきた。どうやら虎太郎さんが、
一緒に帰る明希ちゃんを迎えに来たらしかった。それを合図に張りつめた空気が破れ
る。

「ああ、うん、今行く」

私を壁との間に囲んでいた手を離しつつ、明希ちゃんがドアの向こうの虎太郎さん

に向かって答える。そして再び私を見下ろした。

「じゃあ、ヒロ。また」

さっきまでの荒々しさとは一変、いつもと同じ優しい手つきで私の頭に手を置くと、机の横にかけていたスクールバッグを手に教室をあとにする明希ちゃん。

「ごめん、お待たせ」

「いや、待ってない」

そんな声ののち、やがてふたりの足音も聞こえなくなり、痛いほどの沈黙があたりを包み込む。途端に足の力が抜けて、壁にもたれかかったままずるずるとその場に座り込んだ。こんなにも鼓動が暴れて、感情が収拾つかなくなるのは初めてだ。

……明希ちゃん、自分を責める私を庇(かば)ってくれた。明希ちゃんはいつだって私のことばかり考えてくれる。

申し訳なく思うのは明希ちゃんに失礼だとわかっている。でも明希ちゃんを思うと苦しい。胸が張り裂けそうなほど痛い。何も気づけず自分のことでいっぱいいっぱいだった自分が情けない。悔しい。

ぐっと、形容しがたいぐちゃぐちゃな感情が胸の底から込み上げてくる。たぶん今、心が涙を流しているのだ。

膝を抱え、行き場のない感情をぶつけるようにそこに額を押し当てた。

「……っく」

明希ちゃん、明希ちゃん、明希ちゃん――。

明希ちゃんの笑顔が、声が、熱が、私を掴んで離してくれない。

いつだって味方でいてくれた、優しくて温かい明希ちゃん。ごめん、ごめんね。

あなたのことが大切なのに、私はどうしてこんなにもあなたを傷つけることしかできないのだろう。

君の笑顔は無敵だから

目が覚めても、昨日の記憶は決して薄れない。現実として、頭の中の一番手前にある。

『好きだ、未紘』

そう告げた時の明希ちゃんの眼差しが、今も鮮烈に胸を焦がす。私の名前を呼んだのは、溜めて溜めてぐっと押し込めてきた感情が溢れたような、切実な少しかすれた声だった。

告白を受けることなんて初めての経験じゃない。だけどこんなにも心を揺さぶられたのは初めてだった。あの瞬間すべての時が止まって、明希ちゃんのことしか見えなくなった。

今日は土曜日。休日明けの明後日、私はきっと明希ちゃんと顔を合わせることになる。でもどんな顔で会えばいいか、正直わからない。

告白されるたび、肩入れする間もなくスパッと断ってきた。だけど、どうしてこうも私の心は返事を決めかねているのだろう。たった一言断ればいいのに、それがあの時できなかった。そして今も、明希ちゃんと顔を会わせた時に告白を断れる気がしない。それはきっと、私が想像するよりもずっと、明希ちゃんのことが大切になってしまっていたから。

寝ても覚めても、というのはこういうことを言うのだろう。高校の課題に取りかかろうとしても、三時のおやつで七段のパンケーキを食べていても、明希ちゃんのことが頭から離れない。

気分を変えるため、私は部屋着からカジュアルなワンピースに着替え、散歩がてら行きつけのCDショップを覗いてみることにした。

夢の中をあてもなくたゆたうような足取りで家の外に出る。十月の空は眩しく晴れわたり、風の熱い吐息がじわじわと肌を刺す。

なんとなく人の多いほうに足を向ける気にはなれなくて、駅前を通るルートを避け、わざと閑静な住宅街を通ることにした。風に当たりたかったから、遠回りするくらいがちょうどいい。

ひとけのない道をゆっくり進み、もう少しで目的地というところで、不意に曲がり角の向こうから飛び出してきた小学校低学年らしき少年と少女が、楽しそうな笑い声を上げて私の横を通り過ぎていった。ふたりが起こした無邪気な風が私の髪を揺らしていく。そして見知らぬふたりは、私の心をあの日の面影に縫い止めた。

「大……」

――今もまだ私の心の中にいる人。どんなにたくさんの男の人と出会っても、好きという感情は彼に対してしか芽生えなかった。

と、その時。プルルルと突然ポケットの中でスマホが鳴った。謙虚さのない電子音に、意識が今へと引き戻される。

リュックの中にあるスマホを取り出し、ディスプレイを確認すると、それは虎太郎さんからだった。念のために連絡先を教えてほしいと虎太郎さんに声をかけられ電話番号だけ交換したものの、一度も使ったことはなかった。

鳴りやまない着信音はまるで急かしてくるようだ。なんの用だか見当もつかないいま、いまだ手の中で振動し続けるスマホの通話ボタンを押す。

「はい、もしもし」

『もしもし、高垣?』

「ええ、そうですが」

電話越しに響いてくる虎太郎さんの声が、わずかに慌てているように感じる。いつもはもっと、どっしりと構えた話し方だった気がする。

そして不自然な間ができて続きの言葉が聞こえてこない。まるで頭に浮かぶたくさんの言葉の中から適当な言葉を選び出すのに苦戦しているような、そんな間だ。

「虎太郎さん？」

『――明希が』

不意に虎太郎さんの口から不穏な声音で放たれた言葉に、心臓が止まりかけて――。

『明希が車に跳ねられた』

「え？」

私は目を見開いた。後頭部を思いきり殴られたような衝撃を覚える。

「……あの、跳ねられたって……」

ようやく絞り出した声は、わずかな風にもかき消されてしまうほどに力がなかった。

――明希ちゃんが、跳ねられた……。車に、跳ねられた――。

文字が頭に浮かぶだけで状況は理解できていないはずなのに、体の底から急激に吐き気が込み上げてくる。

『道路に飛び出した近所の子どもを庇って跳ねられたって。市内の総合病院で処置されてるらしい。俺も今から向かうところ。明希と何か約束をしていたらいけないと思って、高垣にも伝えておいた。それじゃ』

一方的に話すだけ話して、余韻も残さないままプツンと電話が切れた。その雑な音の切れ方は、虎太郎さんの余裕のなさをひしひしと伝えてきた。

突然ドンッと背中を押され、真っ暗な谷底に突き落とされたかのような感覚に陥る。

明希ちゃんが、明希ちゃんが——？

立ち尽くしているはずなのに、気持ちばかりが焦って目の前の景色が揺れる。息の吸い方さえわからなくなる。まるで意識が遠のいていくようだ。

怖い。怖い。怖い。もしも大のようなことになってしまったら——。

現実を現実として受け止められず、目の前の世界から逃げ出してしまいたくなる。

と、その時。

——『ヒロ』

まるで一筋の光のように、明希ちゃんの声がふと心の中に差し込んできた。

『俺がいる。大くんの代わりになんてなれないかもしれないけど、ヒロの声には気づける』

「明希、ちゃん……」

……そうだ。違う。明希ちゃんと大は違う。

彼がくれた勇気が、臆病者の背中を押した。

足の裏に力を込めた。そして、踵を返して力強くアスファルトを蹴り出す。

私はそのまま脇目も振らず市内の総合病院へ走った。

行き交う人々が、何事かとこちらを振り返ってくる。私たちを取り巻く世界はいつだって、何事もなかったかのように時を進める。

頭の中を巡るのは最悪な状況ばかりで、考えれば考えるほど苦しい。恐怖が心を支配する。

股より下が鉛のように重くて、前に進めている感覚を感じられない。それでも足は止めず、息が上がるのも気づかないほど無我夢中で走り続けた。

総合病院に到着し、整形外科がある三階へ、息つく間もないまま階段を駆け上がる。そして階段を抜けるとすぐ、ひらけた待合室の長イスに、膝に肘をついて前傾姿勢で座る虎太郎さんの姿を見つけた。

「虎太郎さん……っ」

ままならない声に気づいて顔を上げた虎太郎さんが、私の姿を認めるなり少し驚いたように切れ長の目を見開く。だけど驚くのも無理はない。なりふり構わず走ってきたから、髪も服もここに来るまでにすっかりぼろぼろになってしまっていた。

「高垣……」

「明希ちゃんはっ？」

「明希なら、あそこの処置室に……」

明希ちゃんがそこにいると思ったら、考えるよりも先に勝手に体が動いていた。返事を最後まで聞く余裕もなく、虎太郎さんが指さす先にある処置室に向かって駆ける。

「明希ちゃんっ……！」

叫びながらドアが開け放たれている処置室に飛び込んだ私は、眼前に広がる光景にハッと目を見開いた。

無人のベッドが八台ほど並ぶ、真っ白な処置室の中。

そこには丸イスに座り、手首に包帯を巻かれたあなたがひとりいた。

「え？　ヒロ？」

「どうして君が」

——明希ちゃんだ。明希ちゃんが私を見ている。

私は散らかった呼吸のまま、うわ言のように声を絞り出した。

「事故に遭ったって、虎太郎さんに聞いて……」

「コタから？　あー、事故って言っても、軽く車にぶつかって転んだ拍子に腕を捻ったただけ」

そう言って苦笑しながら、明希ちゃんが包帯を巻かれた左手首を持ち上げて見せる。

「大丈夫、なの？」

「見てのとおり。ピンピンです」

ああ、本当に、元気な明希ちゃんだ……。

明希ちゃんの無事を頭でもしっかり理解したその途端、ぷつんっと音を立てて胸の奥でタガが外れて――。

「ごめん、もしかして心配させた？　コタ、最小限のことしか言わないか――」

「……ふっ、うう、うぅぅー……」

気づけば、大粒の涙が瞳からこぼれ落ちていた。

「え、ヒロ？」

それはまるでダムが決壊したかのように。

涙というものが、こんなにも勝手に込み上げてくるものだとは思ってもみなかった。何年間も涙の流し方を忘れていたとは思えないほど、まるで子どもにかえったかのように嗚咽を漏らして泣きじゃくる。自分でももう制御する術を失っていた。

「明希ちゃんが、明希ちゃんがいなくなっちゃったらって思って、うう、あ、すごく、怖かっ、た……」

溜め込んだ自分の気持ちが、声と涙になって曝け出されていく。

怖かった。明希ちゃんを失ったらと思うと、怖くて仕方がなかった。大のトラウマがあったからと言うわけではない。明希ちゃんだからこそ。

一度爆発してしまえば感情のコントロールはもう効かなくて、泣くことしかできない機械のように泣き続けていると。

「ヒロ……。抱きしめてもいい？」

不意に、自分の嗚咽に混じって明希ちゃんの声が耳に届いた。

「……え？」

思わず目を見開いた、次の瞬間。

「もう、抱きしめてるけど」

そんな甘い声が耳元に落ちてきたかと思うと、私の体はふわっと覆いかぶさるように抱きしめられていた。

「明希、ちゃん……」

「ごめん、怖い思いさせて」

「うぅ、っう」

明希ちゃんの温もりを直に感じ、安堵からかさらに涙が込み上げてくる。明希ちゃんの肩に顔を埋めてしゃくりを上げていると、そっと体を離し私の肩を掴んだ明希ちゃんが、ぼやけた視界の中でふっと破顔した。

「ヒロの涙、やっと見られた」

「明希ちゃんのせい、だから……っ」

「俺のために泣いてくれるなんて、ずるいな、ヒロは」

大きな手が慈しむような手つきで私の両頬を包み込み、そっと涙を拭ってくれる。

そして額に自分の額を押し当てたかと思うと、それ以上はないほどに目を細めて明希ちゃんが笑った。

「ヒロ、笑って。君の笑顔は無敵だから」

「何、それ」

涙を流しながら、思わず頬がほころぶ。泣きながら笑っているなんて、だいぶへんてこだ。でも両方とも私にはずっと欠けていて、明希ちゃんが教えてくれたものだ。

こんなにもきれいな彼の瞳に、私はどう映っているのだろう。

ツンとした薬の匂いの中。明希ちゃんの温もりに包まれながら私は、この人を失うことが何より怖いと思い知ったのだ。


処置が終わり、明希ちゃんと虎太郎さんは、支払いのために明希ちゃんの親御さんが到着するのを待つことになった。

暗くなる前にと帰ることを促された私は、明希ちゃんにエレベーター乗り場まで見送りされる。

受付時間を超えて人がほとんどいなくなった静かな院内に、私たちの足音だけが息しているみたいにひどく響く。

「ごめん、送ってあげられなくて」

「ううん、大丈夫」

そう答えながら、エレベーターの下降ボタンを押す。私を見送っている間に親御さんと行き違いになってしまってはいけない。

それから私は振り返り、明希ちゃんを改めて見上げた。

「明希ちゃん」

「ん?」

「昨日は、告白ありがとう。今、好きって気持ちが、正直よくわからない。こんな曖昧な気持ちで明希ちゃんの気持ちに答えるのは、明希ちゃんに失礼だと思ってる。でも、わがままだってわかっているけど一緒にいたい。明希ちゃんが離れていってしまうことが、私は一番怖い」

何度も何度も頭の中で自問自答して、ようやく今行きついた答えがこれだった。ただのわがままだけど、たったひとつの願い。

明希ちゃんの形のいい唇が開きかけた時、そのタイミングに重なって背後でチーンとエレベーターの到着を知らせる音が鳴り、ドアが開いた。

「勝手でごめんなさい。それじゃ」

それだけ言って、エレベーターに乗り込む。と、その時。一階のボタンを押そうとしたのを阻むように、突然手首を掴まれた。

「え……」

振り返った瞬間、明希ちゃんが乗り込んできたかと思うと。

「……っ」

私の背中をエレベーターの壁に押しつけるように覆いかぶさってきた。聴覚が、エレベーターのドアが閉まったのを捉える。

「ヒロ」

私の視線は、至近距離から見下ろしてくる熱をはらんだ真剣な眼差しに奪われていた。

「好きな子にそんなこと言われて、首を横に振れる男がいると思う？」

どうしてだろう、声が出てこない。このまま見つめられていたらどうにかなってしまいそうで思わず視線を落とせば。

「俺、本気でいくよ。もう誰にも譲りたくない」

耳元に口を寄せ、かすれた声で彼が言う。

心を容赦なく鷲掴みにされて、またじんと目の奥が熱くなる。……どうしてそんなにまっすぐなの、明希ちゃん。

「まだ、大のこと、忘れられなくても……？」

「忘れようとしないでいい。俺が絶対に振り向かせるから。ヒロの頭の中、俺だけにするから」

「……っ」

甘い吐息がかかる耳に、熱がこもる。知らず知らずのうちに息をのんだ、その時。

開ボタンを押した明希ちゃんが体を離し、エレベーターを降りた。

「じゃ、また明日」

大人びた笑みで手を振る明希ちゃんを残し扉が閉まると、いつの間に一階のボタンを押されていたのか、私を乗せて下降していくエレベーター。

ひとりになったエレベーターの中で、私は壁にもたれたまま口に手を当てた。放心状態で、崩れそうな体を支えるのに精いっぱいだった。明希ちゃんの射るような瞳が、脳裏に焼きついて離れない。体感したことがないほど心臓がかき乱されている。呼吸が浅い。

——何、これ……。こんなの知らない……。

ちょっと待っていてね

そして、翌日の日曜日。

今日のことはふとした瞬間にもつねに頭の片隅にあって、意識してきた。ほんの少し、夜が明けるのは怖かった。だけどずっとこの日が来るのを待っていた気もする。

――今日は、大の家に行く日だ。

「あら、未紘。早いわね」

バッグを肩にかけて靴を履いていると、朝食の食器洗いを終えたお母さんに背後から声をかけられた。つい、水をかけられたように背筋が伸びる。

「どこに行くの？」

たぶん、いつものＣＤショップなんて答えを想定しながら、なんの気なしに聞いてくるお母さん。

本当は帰ってから報告したかったけど、とタイミングを一瞬悔やんだけれど、逆に気持ちをはっきりさせるためにも、ちょうどよかったのかもしれない。私は斜めがけバッグの持ち手を握りしめながら振り返った。

「大の家に、行ってくる」

はやる鼓動の音を聞きながら答えれば、その瞬間お母さんの顔色がサッと変わる。呆れたような、そして憐（あわ）れむような表情。私はこの表情に何度対面しただろう。

「またそんなこと言って……」

「大とお別れしてくる」

「え？」

白い凹凸の筋を残す手首が、じんと痛む。きっと私が感じた痛みの何倍も、お母さんの心を痛めてしまった。かさぶたを何度も何度もめくって、新たな傷を与えてきた。いや、お母さんが受けた心の傷は、いつまでたってもかさぶたにもならない生傷のままだったかもしれない。

「私、前を向けるようになった。だからもう、心配しないで」

少しずつ、胸を張って立っていられる娘になってみせるから。

「未紘……」

「じゃあ、行ってくる」

それだけ残し、お母さんが言葉を詰まらせる空気を背に感じながらも、玄関のドアを開ける。

私を迎えたのは、どんよりと厚い雲に覆われた灰色の空。空いっぱいに欠けることなく広がるグレーを見ていると、大を強く思い出す。青空よりも曇り空が好きだと言う大が、なんだからしくて好きだった。

おぼろげな記憶を呼び起こしながら、大の家への道のりを歩く。意識して足を遠ざけていたから、こちらの方面に来るのは事故以来だ。

気づくと息を吸うのを忘れてしまうため何度も何度も浅い呼吸を繰り返し、バッグの持ち手を握り直し、でも歩む足は止めない。

やがて、大の家が見えてきた。二階建てのその家が記憶よりも小さく感じるのはたぶん、私の視線の高さが変わったからだ。

門扉を開けると、カラフルだった庭が殺風景になっていることに気づく。門扉から玄関まで続く石畳のまわりに並んで咲いていた色とりどりの花は、もうどこにも見当たらない。この庭も、大を喪って色を失ってしまったのだ。

緑とグレーのツートーンの庭を抜け、いよいよ玄関の前に立つと、急激に怖さが込み上げてきた。今からでも逃げ出したい衝動に駆られる。

――大の死を目の当たりにしたら、私はいったいどうなってしまうのだろう。このチャイムを押したら、もうあと戻りはできない。

不安に苛まれる思考をできるだけ取っ払い、勇気を奮ってチャイムのボタンを押せば、呆気なく軽やかな音楽が鳴り響いて、それに反応するように家の中から音が聞こえてきた。そして心臓が喉から飛び出しそうになったところで、ドアが開く。

「はい——未紘、ちゃん……？」

ドアの前に立つ私に驚いたのは、大のお母さんだった。

記憶の中の快活なおばさんよりも、痩せてひとまわり小さくなった気がする。目元に刻まれたいくつもの小さなシワは、おばさんが重ねてきた年月を感じさせた。

「お久しぶりです、おばさん」

「本当、久しぶり……。こんなに素敵なお姉さんになって。元気そうでよかった」

「おばさんも」

「でも、わざわざ来てくれるなんて……。どうしたの？」

「今日は、大のお仏壇に手を合わせたくて来ました」

「え？」

私が大の死を拒絶した二年前のことがよぎったのだろう。おばさんの表情に驚きの色が滲む。

「ずっと目を背けて逃げてきたけど、もう逃げたくないって思ったから」

「そう……。とりあえず、上がって？」

忘れかけていた大の匂いが私を迎えた。

家の中は、記憶のままだった。それはまるで、家の中だけでも大の面影を必死に残そうとしているようで。うまく言えないけれど、おばさんとおじさんがふたりきりで暮らしている家だとは思えなかった。

おばさんに促されるままリビングのソファーに座ると、コップに注いだ麦茶を持ってきてくれたおばさんが、テーブルを挟んで反対側に腰を下ろす。

「ごめんなさい。来るの、遅くなって」

「ううん。やっぱりショックだったよね」

私が何度も命を投げうとうとしたのを知っているということが、言葉の端々や私へやる視線から感じられた。

重くのしかかってくる空気に耐えられなくなって、私は重力に引っ張られるまま視線を落とした。コップに注がれた麦茶には、眉をハの字にした自分の情けない顔がゆらゆら揺れて映っている。

「大が私の世界の中心でした」

「未紘ちゃん……」

おばさんの声を最後に、しんとした重い空気が部屋を包んだ。壁にかけられた時計の秒針の音だけが、やけにうるさく主張してくる。

そんな間合いを取りなすように、おばさんが持ち上げたトーンで聞いてきた。

「最近どう？　歌とギター、やってる？」

そのトーンとは裏腹に、それはずしっと心に刺さる質問だった。おばさんがせめて明るい話題を、と思って切り出してくれたということは痛いほどわかっているし、聞かれるだろうなと想定してもいた。それなのに、正直な答えを言葉にするのに声が詰まってしまった。

「……事故以来、歌えなくなって……。私だけ歌っているのは、大に悪いから」

外ではいよいよ雨が降ってきたらしい。雨がガラス窓を打つ音を背中で感じる。傘を持ってくるんだったと、頭の端っこで一瞬悔やむ。

「そっか……」と言ったきり、テーブルの上で組んだ自分の指を見つめていたおばさんが、不意に顔を上げた。

「そうだ。未紘ちゃんに渡したかったものがあるんだ」

「え？」

「本当は、もっと前に渡そうと思ってたんだけど、なかなかタイミングが掴めなくてね」

今すぐ渡したいとでもいうように言い終えないうちに立ち上がると、おばさんはリビングを出ていってしまった。急く足音が階段を登っていく。向かう先の二階には、おじさんの書斎と、そして大の部屋があった。

間もなくおばさんが戻ってきた。手には、何か小包を持って。

「事故に遭った日、大が持っていたバッグの中にこれが入っていたの」

「え……？」

差し出された小包を受け取って見ると、かわいらしいストライプの包装紙に、細かいことはあまり気にかけない大らしく、ボールペンで大きく『未紘へ』と書いてある。

久しぶりに見た大の直筆に、くっと胸が締まる。これを書いた時、大は生きていたのだ。その字は、大がたしかに生きていた証拠にも思えた。

愛おしむように大の字を指先でなぞっていると、おばさんが柔らかく柔らかく語りかけてくる。

「事故の翌月、未紘ちゃん誕生日だったんだよね。買ってきた帰りなのかわからないけど、すごく大事そうにバックの中にしまわれてた」

「開けても、いいですか」

「もちろん」

言い知れない緊張からか暴れる心臓の音を聞きながら、ゆっくり小包を開封する。

そして中身を目にした瞬間、あまりの衝撃に息をのんだ。

中身は新品のピックだった。そしてそこに油性マジックで書かれていたのは。

『世界一の歌姫にしてやる』

「……大……っ」

熱いものが急激にお腹の底から込み上げてくる。必死にしばしばと目を瞬かせても、その気配は遠慮を知らずに迫ってくる。

「大、いつも言ってたんだよ。未紘の歌声をもっと多くの人に届けたいって」

——もう、限界だった。

その言葉を聞いた瞬間。それまでずっと耐えていたものが爆発して、行き場のなかった感情が口を突いてこぼれた。

「な、んで……なんで死んじゃったの、大……っ」

そして気づけば、堰(せき)を切って溢れ出していた涙が頬を熱く濡らしていた。

「早すぎるよ。突然置いていかないでよ。同じ高校行こうって言ってたのに……っ。ずっと一緒だと思ってたのに……っ！」

ピックを胸の前で握りしめ、前屈(まえかが)みになって、涙声を張り上げる。事故以来、大のことで泣いたのは初めてだった。

感情が津波のように押し寄せてきて、心の内には収拾しきれない。

話したいこと、ふたりでやりたいこと、数え切れないほどあるのに、どんなに願ってももう何ひとつとして叶わないのだ。

ずっとふたりで音を奏でていたかった。もっとふたりでいろんなところに出かければよかった。ケンカした時、素直に謝っておけばよかった。いつだって失ってから後悔する。

「本当にね……。親不孝者で幼なじみ不孝者だよ、あの子は」

静かに呟くおばさんの声も濡れていた。

「う、う……」

「ねぇ、未紘ちゃん」

ごしごしと涙を拭いていると、テーブル越しに両手を伸ばしてきたおばさんが、もう一方のピックを握りしめる手に、自分の手を添えた。

「未紘ちゃんにはどうか、歌っていてほしい。未紘ちゃんの歌声は、大が一番大事に思っていたものだから」

「……っ」

ずっと、大の気持ちなんて考えてなかった。『また月曜な』といったあの時、月曜日が来ると信じて疑わなかった大の無念さなんて、これっぽっちも推し量ろうとしなかった。大だけじゃなく、おばさんだってこんなに苦しんで悲しんできたのに、私ひとりがつらくて悲しいのだと思い込んで、まわりの声をシャットアウトしていた。

大が生きられなかった明日を自ら捨てるような行為、大が知ったらどれだけ悲しむだろう。怒るだろう。私はずっと、大を裏切ってきたのだ。

痛かったね。怖かったよね。助けてあげられなくてごめんね。

不意に、私の手の甲に添えられたおばさんの手に、ぐっと力がこもった。

「大は後悔してると思う。未紘ちゃんをひとり残してしまったこと。だから、ひとりで歌うことに罪悪感なんて持たなくていい。大に縛られ続けていくことは、きっと大だって望んでないし、私も望んでない」

思いがけない言葉にハッとして顔を上げれば、切実な表情のおばさんの顔が、涙の膜の向こうに見えた。

「おばさん……」

「素敵な人と巡り会って、大の分も幸せになって、未紘ちゃん」

それは、どんな大人の言葉よりも深く胸に刺さった。大のお母さんの言葉だからだろうか。傲慢(ごうまん)な考えかもしれないけれど、おばさんの言葉を信じたいと思った。

「……っ、はい……っ」

握りしめたピックに大の温もりを感じながら答えると、おばさんが今日初めて表情を崩して笑った。切れ長の瞳を線になりそうなほど細め、眉尻(まゆじり)を下げるその笑顔を見て、大はお母さん似だったということを思い出した。

『未紘。お前、なんかあった？』

『どうして？』

『元気ないから』

『元気だよ！　すっごく』

『嘘つけ。空元気なことくらいわかってんだよ。正直に吐け』

『……昨日、お母さんとケンカした』

『やっぱりな』

『なんでわかったの？　私そんなにわかりやすい顔してた？』

『何年一緒にいると思ってんだ。幼なじみ侮るなよ。この先お前は一生俺に敵わないってこと』


大の家を出たころには、雨はいつの間にか止んでいた。空にその余韻はもうすっかりないけれど、あちこちから雨の残り香が漂ってくる。

私は、大の家を出たその足で、近くの海へ向かった。ここは、大と初めてギターのセッションをした場所だった。

頭上を覆う空はすっかり夕焼けの装いになっていた。水色とオレンジが淡く混ざり合って、写真に収めたいほどにきれいだ。

夜を迎える準備が粛々と行われている。

こうして今日も一日が終わり、誰の時が止まろうと、何事もなかったかのようにまた明日がやってくる。そんな世界で私は今、生きている。なんて理不尽で儚い世の中だろう。それでもここで生きていくしかないのだ。

冬の海はどこまでも果てしない。

海を見渡せる防波堤に立った私は大きく口を開け、勢いよく空気を吸い込むと。

「あああああああ!」

永遠と思える海に向かって、波音にかき消されないよう全身全霊を込めて叫んだ。

心に潜む弱さを、迷いを、すべてここに置いていくみたいに。そしてこれは、歌声を失った私の、君へ贈る最初で最後のラブソングだ。

不格好で、ちっともきれいじゃない。けれど、大の元へ届くよう声が枯れるまで叫ぶ。

視線の先に、もう君はいない。

大が見られなかった景色を、私が見ていく。君を思い出せなくなっていくのは怖いけど、私の心にはたしかに君が永遠に息づいているから。

声が途切れ、大きく肩で呼吸していると、不意に波の音の狭間に、
スマホの着信音が鳴った。スカートのポケットから取り出して確認すると、それは

二歳年上の彼からのメッセージの着信だった。

『おいしいクロワッサンもらったから明日持ってく』

文面に視線を走らせた私は、優しい明日の予感に、なぜか無性に泣きたくなった。

――そっちはどうですか。今、何をしていますか。

私はもう少しゆっくり歩いてみることにしたから、ちょっと待っていてね。

「ずっとずっと好きだったよ、大」

第五章
一ページの追憶

〝魔法使いくん〟

【ナツside】

アスファルトを蹴る足が前へ前へと急く。先へ進もうとする気持ちに追いつこうと脇目も振らずに歩いていると、現実から一歩ずつ乖離(かいり)していくような、そんな感覚を覚える。

商店街を駆け抜け、やがて見えてきた目的地は、通学路にある河原だ。

すぐに、河原に座り込むひとりの少女の後ろ姿を見つけた。

『やっほ。先週ぶり』

歩み寄りながら声をかければ、彼女は即座にガバッとこちらを振り返った。

『あ！〝魔法使いくん〟！』

長く存在感のあるまつ毛に縁取られた瞳が、俺を見上げる。小さな顔の中でひとつひとつのパーツが反発し合うことなく目立っていて、驚くほどに目を引く。そしてそんな凛とした顔立ちだけでなく、少し低めで大人びた声も、彼女という存在を際立たせているように思わせる。

と、俺は〝何か〟に気づいた。

『あれ、今日はギター持ってないんだ。歌の練習はしないの？』

『うん、風邪引いちゃって。だけど、〝魔法使いくん〟は今日も来てくれるんだろうなって思ったから来たの』

『あー……ごめんね。せっかく来てくれたのに、今日は俺、少ししかいられない』

『どうして？』

『このあと仕事だから』

『中学生なのにお仕事？　なんの仕事してるの？』

『んーとね、読者モデルってやつ』

『〝魔法使いくん〟、モデルなの……!?』

途端に俺を見上げる瞳の中に、尊敬と羨望（せんぼう）の色が差す。だけど、そんな純粋な瞳に応（こた）えられる類いのことは言ってやれないのだ。できるだけ多くの感情を含まないよう、眉を下げてやんわりと力ない笑みを唇に乗せる。

『全然、いいものじゃないよ』

『え？』

『やりたくてやってるわけじゃないし。若いころに亡くなった父さんがモデルやってて、母さんが俺にもやらせたいんだって』

父さんは、母さんが俺を身籠もってすぐ不慮の事故で亡くなったらしい。生まれた時にはこの世の人ではなかったから、もちろん俺にはその人との記憶なんてない。だけどすぐにその顔を思い出せるのは、家中に父さんの写真が飾ってあるから。子どもの写真なんかよりも多い、会ったことのない父親の写真を見るたび、母さんの眼差しの行方を思い知った。

母さんがつけた俺の名前も、漢字は違うけれど父さんとまったく同じ読みだ。だから俺は自分の名前が嫌いだ。あの人の投影でしかない、俺自身の中に溶け込んでくれない、その名前が。

モデルの仕事で母さんに褒められても、いつもその後ろには父さんがいる気がして、俺のことは全然見てもらえてない気がした。

自分を見つけられない毎日が、窮屈で息苦しい。

『そう、なの』

彼女の隣、草の上に腰を下ろせば、長い前髪が視界を暗闇に近づけた。

『……辞めたい』

もう仕事に行かなくちゃいけないのに。暗闇は時に心を無防備にさせる。

前髪に隠れるようにぽつりと本音をこぼすと、不意に隣から重力をはらまない軽い調子の声が聞こえてきた。

『辞めちゃったら？』

『え？』

予想だにしない言葉に、俺は反射的にうつむけていた顔を上げた。

『〝魔法使いくん〟がやりたくないなら、辞めたっていいんじゃない？　モデルっていうお仕事が、一瞬でも〝魔法使いくん〟を悲しませる原因になっているのなら、私は反対。お父さんの人生じゃなくて〝魔法使いくん〟の人生なんだから。私が〝魔法使いくん〟の立場だったら、速攻辞めてると思うし』

『……っ』

『でも、辞めないってことはお母さんのためにって思う気持ちもあるってことでしょう？　だから私は〝魔法使いくん〟がどっちを選んでも応援する』

まっすぐな瞳に俺を映し、俺の心のことだけを思って言ってくれた言葉。それがどんなものより、こんなにもうれしいなんて。

『はは』

何かから解放されて気が緩んだのか、気づけば俺は笑い声を上げていた。突然笑い出したことに驚いたのか、彼女が大きな瞳を瞬かせきょとんと首をかしげる。

『笑うところなんてあった？』

『俺より年下なのに、しっかりしてるなって』

『私だって春からはランドセルとお別れだもの』

『たしかにそうだった』

さっきまでとは一変、子どもらしい返しにまた、おかしさが込み上げる。

今まで付き合った子はみんな、〝読モの明希の彼女〟という肩書きによって、優越感に浸ろうとする子ばかりだった。だから辞めたい素振りを見せれば、必死に俺を説得した。お母さんが悲しむよ、お母さんのためとは思わないの？と。そうやって俺の家の事情を引っ張りだしては、俺が読者モデルをしているという事実を守ろうとするのを隠そうともしなかった。

それなのに今、こんなにも救われている自分がいる。彼女がくれた温度のある言葉を、一言一句なくさないように宝箱にしまいたいと思った。

するとなぜか、彼女が安堵したようにじんわり目元を緩ませて微笑んだ。笑うと年相応のあどけなさが滲むようだ。

『〝魔法使いくん〟も人間なのね』

『もちろん』

『出会った時からずっと王子様みたいだったから、なんだか今すごく、近く感じる』

そう言うやいなや、彼女が前のめりになるようにずいっと体を寄せてきた。

『私、あなたのこと歌で応援する。〝魔法使いくん〟が一秒でも長く幸せな気持ちでいられるように』

『ありがと』

もう少し、頑張ってみようと素直にそう思えた。もしかしたら明日は、もっとこの仕事のことを好きになっていられるかもしれないから。

その時、土手の上のほうから男の子の声が飛んできた。

『おーい！　おばさんが呼んでるー！』

声変わりの途中だろうか、彼の声は時々ひっくり返ってかすれている。

彼女はその声に素早く反応し振り返ると、その瞬間、満面の笑みを浮かべた。──その表情だけで、彼女の特別な想いがわかってしまうほどの。

『あ、大！　わかった！　じゃあ〝魔法使いくん〟、また来週』

『ん、また来週』

〝大〟と呼んだ男子の元へ向かって、彼女が土手を上がっていく。

──そこで不意に、すべてを覆い尽くすような砂嵐が視界を襲う。

第六章 気持ちの行方

大事にされてるって思い込みそうになる

「そういえば、この前の友達に渡したっつー片想い成就カード、どうなった？」

「え？」

「ほら。アキちゃんって友達に渡すっつってたろ」

放課後、人が減っていく教室で加代子ちゃんと雑談していた私は、突然の質問にどきりと心臓を揺らし、視線を不自然に泳がせた。

「あー……」

『俺が絶対に振り向かせるから。ヒロの頭の中、俺だけにするから』

明希ちゃんの熱をはらんだ瞳とかすれた声がリフレインして、今も鮮烈に心臓を揺さぶられる。

「私次第、みたいな感じ、というか……」

曖昧な返事に、私の机に手をついて恫喝(どうかつ)しているようにも見えかねない体勢の加代子ちゃんが、焦れったそうに眉間にシワを寄せる。

「あ？　どういうことだ？　それ」

「私もよくわかってない」

「もしかして、アキちゃんの片想い相手が未紘を好きだったとか⁉　は⁉　めっちゃ修羅場じゃん！」

「？」

加代子ちゃんの中で、まったく読めない方向へと話が進んでいっている。でもなんとなく話がすれ違っていることだけはわかる。

どこをどう訂正したらいいのかと、なぜかひとり盛り上がる加代子ちゃんを前に、そんなことを考えていた、その時。

「――あ、ヒロ見っけ」

突然聞き慣れた声が聞こえてきて、ハッとしてそちらに顔を向ければ、入り口のところに明希ちゃんが立っていた。

「え！　やば！」

「きゃー！　弘中先輩だ……！」

教室のどこかから、波紋のようにどよめきが広がっていく。

明希ちゃんが教室に来るなんて想定していなかった私は、完全に不意を突かれた。

「明希ちゃん、どうして？」

驚いて席に座ったまま動けないでいると、明希ちゃんがふっと笑いをこぼしながらこちらへ歩いてくる。

「驚いた？　コタから昨日この辺に不審者が出たって聞いたから、一緒に帰ろって誘いにきたんだ」

　すると、不意に加代子ちゃんが私の腕を掴んで揺さぶってきた。その声は、さっき以上に濃い驚きの色に染まっている。

「ちょっ、未紘……！　〝アキちゃん〟って、弘中先輩のことかよ！」

「うん、そうだけど」

「あたし、先輩と……」

「ヒロのこと、借りるね」

　何かを言いかけた加代子ちゃんを遮るように、明希ちゃんが完璧な隙のない微笑を加代子ちゃんに向ける。

「あ、どうぞ……」

　まるで言葉を封じられたように、言われたまま私を差し出す加代子ちゃん。まわりの影響なんて一切受けないというふうに生きている彼女が圧倒されている姿なんて、初めて見た。

「じゃ、行こ」

「え、あ、うん」

私が慌ててスクールバックを肩にかけるなり、ざわつくクラスメイトには目もくれず、私の手を引いて教室を出る明希ちゃん。廊下を歩く背中には、いまだ冷めやらない教室のざわめきがぶつかった。


季節はすっかり冬だけど、微笑むような日差しが暖かい。

「明希ちゃんって、本当に有名人なんだね」

帰り道を明希ちゃんと並んで歩きながら、私はそう口にした。

「そんなことないよ」

「だって、あの加代子ちゃんが言葉を失ってたもん」

「加代子ちゃんて、さっきの子？」

「うん」

その時、さっき加代子ちゃんが言いかけた『あたし、先輩と……』という言葉が頭をよぎった。加代子ちゃん、明希ちゃんに何を言おうとしていたんだろう。

「明希ちゃん、もしかして加代子ちゃんと同じ小学校とか中学だった？」

「んー、記憶にないな。もし同じだったとしても、彼女は俺とナツを間違えてるんじゃないかな」

軽い響きで告げられた答えに、つい驚いてしまう。

「それって、もしかすると加代子ちゃんは〝魔法使いくん〟を知っているのかもしれないってことだよね」

あれほどずっと謎に包まれていた〝魔法使いくん〟のことを知っているかもしれない人がまさかこんな身近にいたとは、世間は狭い。今度、加代子ちゃんに話を聞いてみよう。なんて、そんなことを考えていると。

「ヒロさん」

少しだけかしこまった感じで、明希ちゃんが私の名前を呼んだ。

「何？」

顔を上げて隣を仰ぎ見れば、いつもならこちらを見下ろしてくれている明希ちゃんは、なぜか前を向いたままで。

「寒くない？」

「……？　寒くはない」

どうして突然、と不思議に思いながら答えると、明希ちゃんが表情を砕き、眉尻を下げてひとり苦笑した。

「そっかー。だよな、今のは俺、せこかったよな」

「え？」

言っていることがよくわからずに首をかしげると、不意に明希ちゃんが私を見下ろした。まっすぐに見つめてくるその瞳には、淡い熱がこもっている。

「よかったら、手、つなぎませんか。あそこの曲がり角まで」

……そんなこと、を。

くっと変なふうに胸が引きしめられる。

「……うん」

手をそっと差し出せば、きゅっと包むように握り返された。明希ちゃんの手のひらと長い指が、手に吹きつけていた風を遮断する。

大通りから外れたこの道は、人も全然通らないから、ずっと明希ちゃんとふたりきり。邪魔するような騒音もない。他人とふたりきりなんて息が詰まりそうなのに、明希ちゃんといる時は全然そんな感覚はない。むしろ心地いい。

決して温かいとは言えない、少し冷え気味な彼の温度を手のひらいっぱいに感じていると、

「懐かしい」

思わず声がこぼれた。

「ん？」

「前に手をつないだ時の、明希ちゃんの手の大きさがなんか懐かしくて」

前に大の代わりと言って映画館に来てくれた時も、こうして手をつないでくれた。

少し骨ばっていて、私の手を丸々包み込んでしまう明希ちゃんの手。その手に包まれていると、すごく落ちつくのに。

するると、明希ちゃんは何も言わずに少しぼやけた笑みを浮かべた。

なんとなく明希ちゃんらしくない笑顔に違和感を覚えた時。

「ついちゃった、曲がり角」

そんな声とともにするりと手が離れた。気づけば、明希ちゃんが指定した曲がり角に到達していた。

空気に触れた右手に、少しだけ物足りないような感覚を覚える。

……もう、終わりなのか。素直にそう思ってしまったから。私はそっと手を差し伸べた。

「じゃあ、今度は私から。寒い、から」

するときょとんと目を丸くした明希ちゃんは、「はー」と文句をぶつけるように大きく息を吐き出し、両手で顔を覆った。

「もーたまらなくかわいすぎるんだけど。反則すぎ」

「え？」

「勘弁、して」

口元で手を合わせ、まつ毛を伏せる明希ちゃん。黒いピアスで飾られたその耳は、ほんのり赤くて。

そんな姿を目の当たりにして、少しだけ動揺する。あ、この人は本当に好きでいてくれてるんだ。そう実感してしまったから。いつも余裕そうであんまり照れたりする人じゃないから、余計に。

「じゃ、遠慮なく君の右手はもらう」

なんて返せばいいかわからずにいると、明希ちゃんの大きな手のひらが、再び私の右手をすくうように握る。

瞬きの音すら聞こえてしまいそうな緊張感に、体に力がこもる。

言葉が消え静かになった空気を、私はたしかな意思を持って破った。

「ねぇ、明希ちゃん」

「ん？」

「私、また歌えるようになりたい」

一息で言ったそれは、ぶれることなく空気を揺らした。

「失敗もしたけど、今ならまた歌えるかもしれないから」

すると、黙って私の決意を聞いていた明希ちゃんが微笑を唇に乗せた。

「ヒロの歌声、すごくきれいなんだろうな」

なんてことない言葉のように紡がれた明希ちゃんの声が、じんわりと胸に染みて熱を灯す。

〝絶対歌えるよ〟でも〝頑張れ〟でもない。無理に手を引っ張ろうとせず、そっと寄り添うような言葉。

……どうして。

「明希ちゃんはどうしてそんなふうにいつも信じてくれるの？」

胸をかき乱されるままそう問えば、明希ちゃんの落ちついた声が返ってきた。

「君がいつも俺を信じさせてくれるんだよ」

「え？」

思いがけない答えに、私は目をみはった。

「心が空っぽで何も持てなかった俺に、毎日が愛おしいことを教えてくれた」

「明希ちゃん……」

「だから思うんだよね」

そう言いながら軽く腰を曲げ、明希ちゃんが私を見つめて言葉を継ぐ。

「難しいことも何もかも取っ払ったとして、純粋に君のことを好きって感情が一番大きいんだろうなって」

「……っ」

「昨日も今日も明日も、どうしたって君が好きってこと」

こんなにまっすぐ、疑う余地もなく好意を伝えられるなんて。声が出なくなった。きゅっと胸が苦しくなった。

なぜか目頭が熱くなってぱちぱちと目を瞬かせていると、驚いたように明希ちゃんが目を見開く。

「ヒロ？　顔、赤くない？」

明希ちゃんの視線から逃れるように、思わず顔の前に手をかざす。だって、顔が熱を持っていたのは、自分でも痛いほどに気づいていた。

「こんなのわから、ない……。……あんまり見ないで」

こんなに顔が熱くなったことなんてないから。身ぐるみを剥がされたような、そんな気持ちになる。

だけど、私の前に立った明希ちゃんに、顔を隠した右手を呆気なく握られた。そして熱を持った無防備な顔が、容赦なくさらされる。

「これ、俺のせい？」

至近距離に明希ちゃんの顔が迫り、息を詰める。何も答えられずにいると、明希ちゃんの瞳にいたずらな熱がこもる。

「あんまり煽(あお)ると、そのかわいい唇、悪いおにーさんが塞いじゃうよ」

「待って……っ。誰か来ちゃう……」

おかしくなってしまったみたいに心臓が騒がしい。

だけど明希ちゃんは畳みかけるように、かすれた声でとろけるような愛の言葉をささやく。

「好きだ、ヒロ。好きすぎてどうにかなりそう……」

やろうと思えばできるのに、今の私には振り払うことも押し返すこともできない。

止まることとなんて知らずに触れそうなほど近づいてくる明希ちゃんの気配。まつ毛が絡み合い、そして、唇に訪れる熱を予感し目をぎゅっとつむった、その時。割って入るように突然スマホの着信音が鳴り、私たちの距離はあと数センチというところで固まる。

「ん、俺だ。ごめん、ちょっと出る」

「う、ん」

ズボンのポケットからスマホを取り出し、耳に当てる明希ちゃん。

乱れまくった鼓動の爆音を聞きながら、少しだけほっとする。あのまま電話が鳴らなかったら今ごろ……と、あの先を想像して、ひとり顔を熱くする。

「もしもし。あ、コタ？　……え？　まじか。や、大丈夫。取り行く」

電話の相手は虎太郎さんらしい。

手短に話を済ませた明希ちゃんが、通話を切って私に向き直る。

「ごめん、ヒロ。俺、ノート学校に置いてきたっぽい。ちょっと取ってくる」

よっぽど大事なノートなのか、私に説明するその声音から動揺が聞き取れた。

明希ちゃんの言うノートに、なんとなく心当たりがあった。たぶん、水色のノートだろう。机の上に積み重なった同じメーカーのノートたちの中で、その水色のノートだけが異質な感じだった。だけど肌身離さず持っているようだったから、大事なものなのだろうということは察していた。

「わかった。それじゃあ、近くの公園で待ってる」

「公園って、どこだっけ」

「あそこ」

私は、数メートル先にある公園を指さした。ここら辺は目立つようなものが何もないから、合流する目印としてはわかりやすいだろう。

「ほんとごめん。すぐ戻ってくるから」

「何かあったら電話する」

そう言って、スマホを耳に当てる仕草をして見せると、明希ちゃんの表情に少しだけ安堵の色が浮かぶ。

そして、明希ちゃんはさっき来た道を戻っていった。ひとりになり、私も公園に向かう。

平日夕方の公園は閑散としていた。広い敷地の中央には濃い緑の葉をまとった大樹がそびえ立ち、ブランコや謎の巨大な土管など、遊具もバラエティー豊富だ。だけど今は遊び相手がいない遊具たちが寂しそうに見える。数年前まではいつ来ても学校帰りの同年代の子どもたちで賑わっていたのに、今は家でゲームして遊ぶほうが主流なのだろうか。

明希ちゃんが来るまで何していよう。手持ち無沙汰に公園の入り口に立ち、そんなことを考えた、その時。背後から、カサカサと落ち葉の上を歩く軽い足音が聞こえた。振り返って音がしたほうを視線で辿れば、生垣の下から姿を現したグレーの毛色の猫が、気づかれたというようにこちらを見つめていた。

――猫だ。

むくりと好奇心が芽を出す。昔から動物にはあまり興味がないけれど、猫だけは別。明希ちゃんが戻ってくるまで。と、私は猫を追いかけた。

そしてお互い一歩も引かない攻防の末。ぐるぐると喉を鳴らし、グレーの猫は無防備に寝転がって気持ちよさそうに私の手に撫でられていた。

最初は逃げ回ってまったく相手をしてくれなかったものの、猫が疲れた隙にすかさず撫でてやれば、あっという間に懐いた。

「……かわいい」

象の形をしたすべり台の裏側で猫の腹を撫でていると、不意にどこからか哀愁漂う音楽が聞こえてきた。音楽は公園に設置されたスピーカーから聞こえてくる。六時になり、子どもたちに帰宅を促す市内放送だ。

空はいつの間にか黒をまとい出している。もうこんな時間。明希ちゃんと別れて、すでに一時間半ほどがたった。

ここから学校まで往復三十分ほどだというのに。

……明希ちゃん、遅いな。何かあったのだろうか。電話したほうがいいかな。太陽が仕事を終えた空を見上げ、そんなことを思った、その時。

「ヒロ……っ」

私の名を呼ぶ声が、どこかから聞こえてきた。

「あ、明希ちゃん」

滑り台越しにこちらに向かってくる明希ちゃんの姿を見つけ、安堵が心に広がる。

そしてスカートに落ちた猫の毛を軽く払いながら立ち上がった次の瞬間、明希ちゃんがすぐそこまで迫ったかと思うと。

「……っ」

ガバッと覆いかぶさるように、私の体を強く抱きしめてきた。

「明希ちゃん……?」

思わず体を硬くすると、明希ちゃんが私の肩に顔を埋めた。

「よかった、見つけられて……」

耳にかかる明希ちゃんの息が荒い。肩は大きく上下に揺れて、私の体にまで振動が伝わってきた。

……もしかして走り回って探してくれたのだろうか。しゃがみ込んでいたことも
あって、きっとすべり台の影に隠れてしまっていたのだ。もっと目立つ場所にいれば
よかった。

「スマホ落ちてたから、だいぶびびった」

いつも落ちついている明希ちゃんの、冷静さを欠いた乱れた声。

言われてみれば、たしかにスマホが入っていたはずのスカートのポケットが軽い。

おそらく猫を追いかけている最中に落としてしまったのだろう。

「ごめんなさい」

「無事なら、それでいい」

まるでその言葉を噛みしめるように、吐息混じりに明希ちゃんが呟く。

……こんなに、息を切らして探し回るくらい、

「心配、してくれたの?」

思わずそう問えば、私を抱きしめる腕にさらに力がこもった。そして、押し込めたような切実な声が返ってくる。

「年上だからだいぶ抑えてるけど、本当は君のことになると余裕なんて忘れる」

――そんなふうに言われてしまうと。

「大事にされてるって思い込みそうになる」

「思い込んで。大事に思ってるから」

ぎゅっと容赦なく、胸の奥が優しい力で締めつけられる。

私に覆いかぶさり、丸まっている明希ちゃんの背中にそっと腕を伸ばしてみる。そして手を背中に添えれば、明希ちゃんの温もりが手のひらから伝わってきた。

……ああ。いつも温かい、この人は。

離したくなくなる

明希ちゃんと出会ってもうすぐ2ヶ月。私は、ほぼ毎日明希ちゃんには会っている。

今日は加代子ちゃんが数学の追試験でいないから、お弁当を一緒に食べに来た。

そして、いつものように他愛ない会話に花を咲かせていると、購買で買ったらしいジャムパンを食べ終えた明希ちゃんが、不意に切り出した。

「ヒロ、明日誕生日だよね」

「うん。明日」

覚えていてくれたことに驚きつつ、重箱に詰めた唐揚げを食べながら頷く。

「誕生日パーティーする？」

「え？」

「俺ん家でもここでも、どっちでもいいけど。君のこと、お祝いしたい」

……そう約束していたのに。

「熱ね」

「……最悪」

体温計が表示した数値を確認したお母さんの言葉に、布団の中の私は思わずぽつりと毒を吐いた。

朝、目を覚ましてみたら頭が重くて、体温を測ってみたら案の定発熱していた。

無理を押してでも学校に行こうとしたけれど、自室を出たところでふらついたのをお母さんに見られて止められてしまった。

「そんなに学校行きたかったの？」

体温計をケースにしまいながら意外そうに私を見下ろすお母さん。私は目を伏せ、肯定を示した。

「未紘がそんなふうに思うようになるなんてね。最近雰囲気も変わったし、何かあったの？」

「私、雰囲気変わった？」

そういえば、加代子ちゃんにも似たようなことを言われた。

「全然違うわよ。目に光が灯った感じ」

たしかに言われてみればそうかもしれない。感情がすごく動くようになった。歌うことだって、少し前の私だったら一生諦めていた。

――その変化の理由はたぶん。

「この人と一緒にいる自分が一番好きだなって思える人に出会った」

かけ布団を口元まで引き上げ、心に浮かんだことをそのまま言葉にすれば、お母さんの顔がふっと緩んだのが、見ていてわかった。

「そう。よかったわね」

「うん」

「ちょうど週末だし、今日はゆっくり休んでなさい」

「わかった」

お母さんが出ていき、私はよろよろとした覚束ない動きで枕元に置いていたスマホを手に取った。明希ちゃんに、今日休むことを伝えるためだ。

『風邪ひいたから学校休みます。ごめんね』

そうメッセージを送ったところでスマホが揺れた。加代子ちゃんからの着信だ。

「もしもし。高垣です」

『未紘、誕生日おめでとう』

第一声でお祝いの言葉を向けられて胸が温かくなり、私は人知れず頬をほころばせた。

「ありがとう、加代子ちゃん。誕生日覚えてくれてたんだ」

『当たり前じゃん。つーか体調大丈夫なのか？　クラスの男子が大騒ぎしてるぞ』

電話の向こうから聞こえてくる声が、心なしか不安げに揺れる。

「うん、ちょっと熱が出ちゃって」

『それにしても残念だったな、誕生日に熱なんて。夜とかごちそうだったんじゃねーの？』

「大丈夫。誕生日プレゼントに、ケーキ二ホール買ってもらうから」

見えない加代子ちゃんに向かって、びしっと親指を立てれば、からからと笑い声が返ってきた。

『はは、未紘の胃袋なめてたわ。まあ、ゆっくり休めよ。また来週な』

「うん」

電話を切ると、逃げようのない静けさが迫ってくる。私は熱を持つ額に腕を乗せ、目を閉じた。

人は、何時間もベッドに入っていると、意外と寝られるものらしい。目が覚めると、部屋はすっかり真っ暗になっていた。

もう夜。終わってしまう。誕生日が。

去年まではなんてことない、普段と変わり映えしない一日だったけれど、今年は違った。胸が浮くような、少しだけ特別な意味を持った一日だったのに。

と、その時、部屋のドアが開いて光が漏れ込んできた。お母さんが開いたドアの隙間から、こちらをうかがうように潜めた声で聞いてくる。

「未紘、起きてる？　夜ご飯は？」

「起きてる。食べる」

もちろん即答。

私の辞書に食欲減退という言葉はないらしい。しっかり夜ご飯を食べ、誕生日プレゼントであるケーキ二ホールをペロリと平らげると、微熱はあるものの、あれほどだるかった体は少しだけいつもの調子を取り戻した。

お腹が存分に満たされた私は、部屋に戻り、電気もつけないままベッドの上に座る。

なんとなく、このまま寝てしまうのはもったいない気がする。明希ちゃんにメッセージでも送ろうかな。電話、なんてしたら、迷惑だろうか。

こんなふうに誰かを求めてしまうなんて。風邪を引いたせいか、心が弱ってる。

「……明希ちゃんの声、聴きたい」

ほどよく低くてじんわり胸に染みる、あの声が。

スマホを握りしめ、あと一歩の勇気が出ずに逡巡していた、その時だった。私の言葉に答えるように、暗闇を写していたディスプレイに文字が浮かび上がった。

『窓の外を見て』

「え？」

反射的に窓を振り返ったその瞬間、目に飛び込んできた光景に、一瞬にして胸が震えた。だって、窓の外で明希ちゃんがひらひらと手を振っていたのだから。

「……っ」

慌ててベッドから飛び降りて駆け寄り、急いで窓を開ける。体のだるさなんて、すっかり忘れていた。

「明希ちゃんっ……？」

「はは、起きててよかった。いかにも、明希ちゃんです」

「どうして……」

「誕生日、どうしても祝いたくて。電話しようかなとも思ったけど、なんとなく君が沈んでる気がしたから、来ちゃった」

どや顔でピースをして見せる明希ちゃん。

驚きを隠せない表情のまま、浮かんでは霧散していく言葉に手を伸ばせないでいると、明希ちゃんが柔らかく微笑んだ。

「誕生日おめでとう、ヒロ」

「……っ」

窓枠に置かれた明希ちゃんの手に、自分の手を重ねる。……冷えている。寒い中、こんなに体を冷やしてまで来てくれたのだ。

「すごく……」

「ん？」

「すごく、うれしい」

まるで童話の王子様みたいだ。月明かりの中、こんなふうに会いに来てくれるなんて。

「夢じゃない？」

「夢じゃないよ。現実」

「だって今、会いたいって思ってた。こんな夜に来てくれるなんて……」

もっと感情を表現するのが上手な人間だったらよかった。だってこんな時、どんな顔をしたらいいかわからない。

ぎゅっと下唇を噛みしめうつむいていると、そんな気持ちを汲み取ったかのような間合いで、私の頭の上にぽんと手が置かれた。

「君のためなら、なんだってしたいからね」

電気もつけず月明かりが照らす中、カーペットに座り込んだ私の前に、明希ちゃんが片膝を立てて座る。私の部屋に明希ちゃんがいるなんて、なんだか現実味がない。

「体調は大丈夫？」

「うん。熱はだいぶ下がった」

元気だということを示すように、はきはきと答えれば明希ちゃんの表情が緩む。

「よかった。俺は君のせいで一日気が休まらなかったよ」

「え？」

「好きな子が体調崩したなんて知ったら、そりゃすぐに飛んでいきたいと思うでしょ」

ピンと来ない私を責めるように、ちょっと拗ねた瞳で言われ、思わず言葉を詰まらせる。宣戦布告どおり、やっぱり容赦がない。

そして明希ちゃんは、何かを思い出したように、いたずらに唇の端を持ち上げた。

「あ、そーだ。ヒロ、目、つむって」

「え？」

「ほら、早く」

急かされ、言われたとおりに目をつむる。すると手を取られ、ごそごそと何かを探るような音のあと、その手のひらの上に何かを置かれた。小さめだけれど、質量はしっかりとある何か。

「いーよ、目開けて」

明希ちゃんの言葉を合図に目を開けると、手のひらの上に直方体の箱が乗っていた。

「俺からのプレゼント」

「え？」

「開けてみて？」

明希ちゃんが見つめる中、箱を開ける。すると出てきたのは、薄い色つきのリップだった。

「……これ、私に？」

「何がいいかわからなくて、だいぶ迷ったんだけど、君につけてほしいなって思った。それなら学校にもつけていけるかなって」

「明希ちゃん……」

「つけてあげよっか？」

「……うん」

リップを渡すと、顎を持ち上げられ、唇の上をリップがなぞっていく。自分の唇を見つめられるのはなんだか気恥ずかしい。

ああ、明希ちゃんの瞳、真剣だ。まつ毛、長い……。

部屋を照らすのは月明かりだけ。それなのに明希ちゃんの双眸は、夜空に輝く星のように煌めいて見える。

気づけば、呼吸の仕方を忘れていた。何か他のことで気を紛らわせようとしても思考が回ってくれない。数秒が、いつまでも続く数分にも感じられた。

緊張しているうちに塗り終わり、リップの蓋を閉めながら明希ちゃんが満足そうに微笑んだ。

「ん。やっぱり俺が思ったとおり、似合う」

くすぐったいようなうれしさに、明希ちゃんにリップを塗ってもらった唇が、思わずほころぶ。

「ありがとう、明希ちゃん」

「どーいたしまして」

こんなにもらってばかりなんて、なんだか申し訳ない。私は、明希ちゃんに何かを与えることができていただろうか。

「明希ちゃんの誕生日はいつ？」

「俺は四月」

よりにもよってな返しに、思わずがくっと肩を落とす。……なんてことだ。四月なんて、とっくに過ぎている。今すぐお礼がしたかったのに。

「会いに来てくれた上にプレゼントまでもらって……どうお礼したらいい？」

足の爪先をもじもじと動かしながら、上目づかいでそう尋ねれば、立てた片膝に肘をついた明希ちゃんが笑顔で軽く答える。

「んー？　ちゅーでいいよ」

「え？」

「なーんちゃって」

余裕ありげに笑った明希ちゃん。

だけど次の瞬間、彼の笑顔が視界から消えた。

――ちゅっ。瞬間的なリップ音が静かな部屋に微かに響く。

一気に上ってきた顔の熱を自覚しながら、頬への触れるか触れないかの口づけののち、私はそっと唇を離した。

「……っ」

目の前に広がる、明希ちゃんの不意を突かれた驚きの表情。

「……お礼、だから」

とっさに視線を外して、そう呟く。

まさか自分が、こんな大胆の一言では済まされないようなことをするなんて。全部、熱のせいかもしれない。熱に浮かされて、思考がたぶん、正常じゃない。

乗り出した体を、また床に落ちつけようとした、その時。手首を掴まれ、くいっと顎を持ち上げられる。

「俺からもキスしていい？」

「え――」

あまりに熱のこもった視線で見据えられたかと思うと、返事をする隙も与えられず、次の瞬間、唇を奪われていた。

「……っ」

明希ちゃんに求められていることを、唇が直に感じてしまう。自分からしたキスとは全然違う。

心臓が暴れすぎて狂ってしまいそうだ。耳が発火したかのように熱い。

「もう一回」

一度唇が離れたかと思えば、息をつく間もなく、またキスが降ってくる。

数秒お互いの唇の温度を共有し合い、そしてそっと、少しだけ焦れったそうに唇が離れた。

初めて、キスしてしまった。それも、明希ちゃんと……。

乱れた息を整えていると、こつんと額が重なった。

「……ヒロ」

すがるように名前を呼ばれ、荒い呼吸のまま視線だけを上げれば、そこには震える明希ちゃんの瞳があった。

……どうして。

どうして、こんなにも泣きそうな瞳をしているの？

見えない涙を拭うみたいに、そっと明希ちゃんの頬を両手で包み込めば。腕を引かれ、倒れ込んだ体をぎゅうっと抱きしめられる。行き場のない思いを込めたような切実なその力に、彼の心の不安定さを感じる。

「明希ちゃん、つらいの？」

「幸せすぎるんだよ」

少しだけくぐもった、かすれた声が返ってくる。

幸せすぎるのに、泣きそうなの？

「こんなに幸せだと、明日が来るのが怖い」

何かをこらえたような声が、私の胸を切なく締めつける。私はそっと明希ちゃんの後頭部をぽんぽんと優しく撫でた。

それなら――。

「私が、明日の明希ちゃんを今日より幸せにする」

だから、怖がることなんてないよ。

できるだけそれることなく明希ちゃんの胸に届くようにと、一文字一文字を大切に紡げば。

「……ほんと、君には敵わないな」

笑みと水分を含んだ、鼻にかかった声が返ってくる。

そして、数秒もたれるように抱きしめられたのち、腕が緩んで体が離れた。私の視界の先に映る明希ちゃんは、いつもどおりの完璧に整った笑顔を浮かべている。

「俺のせいで病人に無理させちゃダメだよな。もう寝よっか」

「うん」

「じゃあ、俺はそろそろ帰るから」

立ち上がり、窓のほうに向き直ろうとする明希ちゃん。私はその動きを止めるように、ぽわぽわ上気した頭で反射的にズボンの裾を掴んでいた。

「待って」

「え？」

「一緒に、寝てくれない？」

驚いたように私を見下ろしていた明希ちゃんが、一瞬にしてピクッと引きつった笑みを浮かべる。

「はいっ？　何をおっしゃってるんですか、ヒロさん」

「ひとりで寝ているとと寒くて」

明希ちゃんに湯たんぽがわりになってほしい。

「深夜にあがり込んだ上に一緒に寝てるところなんてご両親に見つかったりしたら、間違いなく殺されるよ俺」

「鍵閉めてあるから大丈夫。それに私、今日誕生日だし」

「あ〜、強情だな」

食い下がると、参ったというように明希ちゃんが額に手を当てる。

「俺、外から入ってきて汚いけど?」

「いい」

すると私が引かないことを悟ったのか、怒ったように明希ちゃんが声を尖らせる。

「ちょっとだけ、だから」

「うん」

思わず頬がほころんでしまう。だって、まだもう少し明希ちゃんといられる。

シングルベッドは、ふたりで横になるとだいぶ狭い。何もしなくても腕と腕がくっついてしまう。

「希紗ちゃんは大丈夫?」

「母親が帰ってきてから出てきたから大丈夫」

「風邪、移らないかな」

「まぁ、もう今さらなところあるよね」

私は温もりがほしくて、明希ちゃんの足先に足先を擦り合わせた。

「明希ちゃんの足、冷えてる」

すると、仰向けになっていた明希ちゃんが目元に手を当てる。そしてほんのり耳を赤く染めて、腕の陰から抗議するように私を見つめた。

「あんまり煽らないでほしい。これでも超抑えてるんだから、俺。ヒロが俺と同じ気持ちになるまで、紳士な明希ちゃんでいたいんです」

明希ちゃんと、同じ気持ち……。

「さ、風邪っぴきちゃんはもう寝なさい」

私の思考を遮るように、ぽんぽんと布団の上から優しく叩かれる。明希ちゃんのお兄ちゃん気質が垣間見えて、くすぐったい。

私は口元まで持ち上げたかけ布団をきゅっと握った。

「明希ちゃん」

「ん？」

頭を手で支えるようにして、こちらに顔を向けた明希ちゃんが微笑む。

――こんなに毎日が色鮮やかで、毎日いろんな感情を覚えて。それは全部、明希ちゃんに出会えたからだ。

心から湧き出てくる感情に素直になった私は、こぼれた笑みを明希ちゃんに向けた。

「私に出会ってくれてありがとう」

するると、不意をつかれたように彼の瞳がわずかに見開かれる。そして次の瞬間、反応する間もなくぐいっと頭を引き寄せられ、私たちの距離はゼロになっていた。明希ちゃんの胸元に鼻先が当たり、甘い香りに包まれる。

「あき……」

「……そんなふうに言われると、離したくなくなる」

頭に口を寄せて放たれた声に、ドキンと心臓が揺れる。

でも、それならそれでいいと思った。明希ちゃんの熱に包まれていられるのなら。

こんな、理性とはかけ離れたなりふり構わない感情が自分にあるなんて、思いもしなかった。

明希ちゃんの温もりは痛いくらい優しくて、居心地がよくて、私は気づけば明希ちゃんの腕の中で眠りに落ちていたのだった。

第七章
目が覚めたら、
昨日より愛しいキスをして

愛おしくてたまらない

翌日、目が覚めると、隣にいたはずの明希ちゃんの姿はもうそこにはなかった。いつの間に帰ったのだろうか。全然気づかなかった。

というか、それより。……やってしまった……。

私は昨夜の一連の流れを思い返し、ベッドに横たわったまま顔を両手で覆う。

「昨日の私、何……」

昨日はもう思考が一直線で、自分の行動を省みる隙もなかった。だけど今考えてみれば、なんてことをしたのだろう。普通じゃありえないことばかり口走っていた。まるで頭と感情が乖離していたみたいに。

……そして何より。

私は指先で唇に触れた。

明希ちゃんとキスしてしまった。

記憶も、唇の感触も熱も、憎たらしいくらいに全部鮮明だ。

……明希ちゃん、すごく色っぽかった。知らない男の人みたいで、胸がどうしようもなく揺さぶられた。

　耳が熱を持っていることに気づき、そんな熱の逃がし方なんて知らない私は、額に腕を乗せ、ぎゅっと下唇を噛みしめた。


「未紘ー！　寂しかったんだからなー！」

　登校一番、私は教室の手前の廊下で加代子ちゃんに抱きつかれた。三日会わなかっただけなのに、数年ぶりの再会かのような熱烈なお出迎えだ。

「ごめん」

　同性からのハグなんて生まれて初めてで、はにかみながらそう返せば、体を離した加代子ちゃんが私の両肩を掴み、意外そうに言う。

「もう大丈夫なのか？　風邪引かなそうだから驚いたよ」

「そう？」

「風邪の細菌なんて全部滅しますって感じで」

「何？　それ」

　思わずくすっと笑うと、加代子ちゃんがにやにやと何かを勘ぐるような瞳をした。

「おー？　なんだ、今日機嫌よくね？　何かいいことあっただろ」

　思い当たる節は、ひとつだけある。そんなに顔に出ていただろうか。

「じつは昨日、明希ちゃんが家に来てくれた」

「ラブラブじゃん！　弘中先輩に彼女ができたのは学校中の噂になってたけど、この手の話に興味ないから、相手が誰かまで聞いてなかったんだよな。でもまさか未紘だったとは……びっくりだよ」

「本当のことを言うと、付き合ってたわけじゃない」

「え、そうなのか？　未紘ならありえると思ったんだけどなー。あたし、先輩と中学が一緒だったんだけど、とんでもない人気だったからさ。とくに当時は読モもしてたから、他校生のファンも学校に押しかけてきたりして」

「……え？」

なんでもないというように放たれた加代子ちゃんの言葉の端っこが、溶けることなく引っかかった。

「読モって……明希ちゃんが？」

「そうだよ。中一から始めたらしいけど、すっげぇ人気だったじゃん。未紘、知らなかった？」

最後のほうの加代子ちゃんの声は、もう耳に届いてなかった。思考がひとりでにぐるぐる回る。

……そんなはずない。モデルの仕事をしていたのは〝魔法使いくん〟――お兄さんのナツさんだ。

——あれ？

頭の中がこんがらがってくる。明希ちゃんもモデルの仕事を？　じゃあ〝魔法使いくん〟は？　ナツさんは？

今まで見逃していたすごく大切なことに気づきそうで、でも核心に触れるにはピースは足りてなくて。

「なんだよ、難しい顔して」

混線していた意識が、加代子ちゃんの声によって現実に引き戻される。

「あ、……なんでも、ない」

疑念に後ろ髪を引かれ、頭の中を必死に整理しようとしながらそう答えた時。その声にかぶさるように、突然背後から呼ばれた。

「お、高垣」

振り返ると、たまたま廊下を通りかかったらしい担任の先生が立っていた。

「今日日直だったよな。悪いんだが、昨日授業で使ったこの本を図書室に返しておいてくれないか」

現代文の担当である先生から渡されたのは、昨日の授業で使った近代小説だった。

「わかりました」

SHR開始までは、まだ二十分ほど時間がある。今、図書室に行ってしまおう。

「加代子ちゃん、ちょっと行ってくる」

「おー、じゃ、その荷物預かるよ」

「ありがとう」

加代子ちゃんの厚意に甘えてスクールバッグを預けると、私は本を持って図書室へ向かった。


本が持つ独特の古びた匂いが、むわっと押し寄せてくる。

廊下に溢れていた喧騒が嘘のように、朝の図書室は静かだ。まるでここだけ隔離でもされているみたいに。この非日常的な感覚は、旧校舎の美術室とも似ている。

人の気配がない。おそらく、ここを利用する生徒のほとんどが昼休みに訪れるせいだろう。だからといって昼休みも混んでいる様子ではないけれど。

先ほど先生から預かった本の背表紙に貼ってあるラベルを確認し、格納されるべき棚を探す。

図書室は好きだ。大が亡くなってしまってから、ひとりの時間を埋めるために図書室に通うことも少なくなかった。最近はひとりの時間がなくなって、めっきり訪れなくなっていたけれど。

一番奥の窓際に所定の棚を見つけ、ちょうど一冊分空いている隙間に本を戻す。

するとその時。不意に後ろから伸びてきた手に、腕を掴まれた。反応する間もなく
ぐいっと引き寄せられ、数歩後退した私の背中が何か温度のあるものに当たる。

とっさに振り返った私は、思わず目をみはった。だってそこに、明希ちゃんが立っ
ていたのだから。

「おはよ、ヒロ」

「明希ちゃん……」

びっくりした。まさかこんなところで会えるなんて。

「具合は？　大丈夫？」

「うん」

冷静に答えながら、そのじつ内心では気恥ずかしさが込み上げていた。キスした時
の光景が、否応なしに頭を巡る。

だけど明希ちゃんは意識すらしていないようで、右肩を本棚にもたせかけ、いつも
どおりの甘いトーンで聞いてくる。

「こんなところで何してんの」

「先生から本を返すように頼まれて来た。明希ちゃんは？」

「俺は、先生に読書したらどうだって言われて。ヒロ、何かおすすめない？　俺全然

わからないんだよね」

「私のおすすめなら……」

言いながら、記憶の中の本棚から明希ちゃんも楽しめるような本を選ぼうとした、その時。

「わっ……、明希くんだ……！」

「えっ、まじ？　どうしよ！」

弾んだピンク色の声が聞こえてきて振り向けば、ふたりの女子が頬を染めて明希ちゃんに駆け寄ってきた。いつの間に図書室に入ってきていたのだろう。ふたり分ともなると声や足音が聞こえたはずなのに、明希ちゃんに気をとられて全然気がつかなかった。

「あの！　私、読モ時代から明希くんのことが好きでした！」

「辞めちゃってからも、私たちずっと好きで……。同じ高校なのは知ってたけどなかなか会えなかったから、会えてうれしいです……！」

「私は明希くんがこの高校にいるって聞いたから入学しました！」

あまりにタイムリーな話題に、私は息を詰めた。

明希ちゃんは、なんて答えるのだろう――。

「――ごめん」

聞こえてきたのは、女子たちの弾んだそれとは対照的な、ひどく硬い声だった。思わず、女子たちのほうを向いた明希ちゃんの背中を見つめる。

「ちょっと今、急いでるんだ。せっかく声かけてくれたのに、ごめん」

「全然大丈夫です！　会えただけで幸せすぎるので……！」

明らかな嘘をついて、明希ちゃんが足早に図書室を出ていく。私は慌ててそのあとを追った。


「──明希ちゃん」

旧校舎に足を踏み入れたところで、私は前を進んでいく背中に向かって声をかけた。誰もいない廊下に、私の声が響く。

明希ちゃんが立ち止まり、おもむろに振り返る。

「ん？」

こちらを向いた明希ちゃんはいつもどおりだ。まるで何もなかったと、そう振る舞おうとしているみたいに。

触れてほしくない、そんな気配を見ないふりして、頭の処理が追いつかない私はぐっと拳を握りしめ口を開いた。

「明希ちゃんも読者モデルやっていたの？　ナツさんとふたりで？」

答えの見当もつかない問いをぶつければ、その瞬間、しゃぼん玉が割れるみたいに明希ちゃんの顔からふっと笑みが消えた。

「……それは話せない。ごめんね」

「……っ」

あまりに切実で、だけど頑なな声音に、何も言えなくなる。

それでも、私がした質問の答えとなるものには、とても大きくて重い事情が関わっているのだろうということは明らかだった。

ナツさんのことを聞いた時だって、明希ちゃんは明確な答えをくれない。だから私は、わざとそれ以上首を突っ込まなかった。彼が私の前に引いた線を認識していたから。

幸せな夢のあと、目が覚めたら隣にはもういない。それが明希ちゃんだった。

もしもこれ以上踏み込んでしまったら。明希ちゃんはもう今までのように笑いかけてくれなくなってしまうのだろうか。心地がいい今の関係は崩れてしまうのだろうか。

それは……嫌だ。

「……うん、わかった」

私が出した答えは、〝これ以上は踏み込まない〟だった。臆病な私はやっぱり勇気が出ない。明希ちゃんが、大切な人が、離れていってしまうかもしれない行為はできない。

　廊下を満たす朝の澄みきった空気とは対照的なモヤモヤと消化しきれない気持ちを抱え、まつ毛を伏せていると、不意に「ヒロ」と名前を呼ばれた。

「何？」

　顔を上げれば、ほつれかかった空気を取り繕うように明希ちゃんがにこにこと微笑んでいた。

「今度の土曜、デートしようか」

「え？」

「ヒロの行きたいとこ、行こ」

　できるだけ軽いトーンで、明希ちゃんが笑いかける。

　――明希ちゃんがそう言うのなら。さっきのことをなかったことにしたいのなら。

「じゃあ、水族館に行きたい」

　私は明希ちゃんに合わせた。

　ずっと行きたいと思っていたからちょうどいい。そう、ちょうどいいの。

「ん、水族館ね」

　反芻して唇を柔らかく緩める明希ちゃんは、すっかりいつもの明希ちゃんで。

　自分の心に生まれかけた、幸せな夢を自ら壊しかねない気持ちは、ぐっと胸の中にしまい込んだ。

そして数日後の土曜日。頭上に広がる空は、曇りの天気予報を覆し快晴だ。

約束の一時よりも二十分も早く、私は待ち合わせ場所である駅前についた。明希ちゃんと水族館に行けることに浮き足立っていたからか、いつもより早く目が覚めてしまった。だからその分ゆっくり支度しようと思ったけれど、結局落ちつかずにたいして時間も潰せないままここに来てしまった。

五回目の身だしなみチェックを終えると手持ち無沙汰になってしまい、右手に持っていたスマホに視線を落としたその時。

「ヒロ」

聞き慣れたあの声が、私の名前を呼んだ。私をそう呼ぶのは、たったひとりだけ。

声に引っ張られるように顔を上げれば、黒いキャップをかぶり、細身のズボンと、ジャケットにパーカーを合わせたカジュアルな出で立ちの明希ちゃんが立っていた。

登場時からすでに、まわりの人の目を引いている。

「おはよ。待った？」

「ううん、大丈夫」

それは建前ではなく事実だった。だって二十分も前に来たのに、十分も待っていない。明希ちゃんも早めに出てきてくれたのだろう。

「さ、行こっか」

「うん」

「道、こっちでよかったっけ」

「合ってるよ」

　隣を歩く彼の、キャップから覗く端正な横顔をさりげなく仰ぎ、ふと思う。そういえばふたりで出かける時、明希ちゃんはいつもキャップをかぶっていた。顔を隠すためだったのだろうか。やっぱり、明希ちゃん自身読者モデルをやっていたということだろうか――。

　またそちらに思考が持っていかれそうになって、慌てて自分に待ったをかける。もう気にするのはやめないと。

　ひとりでぐるぐる思考を動かしていると、明希ちゃんの声が落ちてきた。

「そういや珍しい？　ヒロが髪を縛ってるの」

　思いがけない指摘にドキッと心臓が跳ねる。明希ちゃんの言うとおり、いつもは下ろしている髪を今日は縛ってきたのだ。だって。

「それは明希ちゃんと、で……」

「で？」

「で、デート、だから」

尻すぼみになって語尾が消えていく。なんだか気合いを入れすぎたみたいで、こんなに恥ずかしいことってない。

「何それ。めちゃくちゃ萌える」

「う、やめて」

「ていうか、いいね、さりげなくうなじが見えて。そそられるなー」

「……ばか」

軽い変態発言をかます明希ちゃんを、顔を赤くして睨みつければ、明希ちゃんはへらりと笑う。

「はは、ごめんごめん。でもさ、俺のこと考えてくれたんだ？　前回デートした時は大くんの代わりだったけど、今日のヒロは俺だけのものって実感するよね、そういうの」

明希ちゃんがそう言って、私の宙ぶらりんだった右手をひょいとすくうように握る。

ああ、ずるい。明希ちゃんは私の心を騒がせる天才だと思う。

「おー、きれい」

「すごい……」

まるでシアターのような大水槽を前に、私と明希ちゃんは感嘆の声をもらした。縦も横も奥行きも巨大スケールな水槽の中を、大小さまざまな魚たちが泳いでいる。

「はは、ヒロ、目がキラキラしてる」

「久しぶりだから」

小さいころに来た記憶はあるけれど、おぼろげな記憶のそれとは桁違いの迫力だ。

「俺も小学生ぶりくらいかも」

そう呟く隣の明希ちゃんをこっそり盗み見れば、明希ちゃんもまた穏やかな表情で水槽を見つめていた。端正な横顔に、揺らめく水面の影が反射している。

……明希ちゃん、きれい。

そんな思いは、少しでも気を抜けばぽろっと口をついて出てしまいそうで、邪念を押し込むように再び水槽に視線を戻す。

すると、不意に隣で明希ちゃんがくすりと笑った気配。見仰ぐと、やはり明希ちゃんは唇に手の甲を当てておかしそうに笑いをこらえているようだった。

「どうしたの？」

「いや、今朝、希紗が水族館にウナギいる？　って聞いてきたの思い出した」

「ウナギ？」

「どこで覚えたんだろーね」

「あのくらいの歳のころは、どんどん言葉を覚えていくよね」

「でもまだ言えない言葉があるんだよ」

「パイナップルだっけ？」

「え？」

記憶の中で思い当たったことを口にすれば、明希ちゃんが不意を突かれたように目を丸くする。

「明希ちゃん、前に言ってた」

たしか、大の代わりと言って一緒に映画を観てくれた時。移動のために乗った電車の中で教えてくれた。

「そんなこと覚えてくれてたんだ」

「明希ちゃんと過ごす時間は大切だから。一秒も見逃したくないくらい」

目を細め、大切な感情を胸の奥からそっと引っ張り出してくるように紡げば。

「何それ。泣けるね」

明希ちゃんが、目に手を当て、泣くような仕草をする。

「え？」

……なんだか今、違和感があった。どうしたんだろう。

すると、話題を変えるように、明希ちゃんが顔をそらしつつ遠くを指さした。

「あ、見て。あそこにいるシャチ、なんとなくコタに似てない？」

明希ちゃんの指さす先を視線で辿れば、直方体の大きな水槽を、一頭のシャチが悠々と泳いでいる。鋭い眼力になんとも言えない迫力と、堂々とした立ち居振る舞い。

「たしかに……似てるかも」

「ね。めちゃくちゃでかいな」

「迫力あるね」

私たちの間に流れるまったりした空気と、静かな水族館の雰囲気が、妙にマッチして心地よい。私たちは会話を挟みながら、館内をじっくり見て回った。

日本でも有数の水族館なだけあって、魚だけでなくシロクマやイルカ、アザラシなどもいる。

中でも私のテンションが一番上がったのは、屋外にあるペンギンコーナーだった。優に三十羽を超えるペンギンたちが、気持ちよさそうに泳いだり、岩の上をてちてちと短い足で歩いたりしている。

「ペンギン、かわいい」

「ヒロ、ペンギン好きなんだ」

「小さいものが好きなのかも」

「へー。でもたしかに癒されるな、これは」

「うん、癒やしだ」

群れの中には、まだ生まれたばかりらしいヒナもいる。大人のペンギンとは違い、グレーの毛がもこもこしていて、手触りを想像せずにはいられない。そんな愛らしいそのフォルムに釘づけになっていると、スマホでペンギンたちの写真を撮っていた明希ちゃんが、声をかけてきた。

「そうだ、ヒロ。希紗とお土産買うって約束してあるから、お土産ショップ見てきていい？」

「うん、大丈夫だよ」

「ありがと。行き違いになったら困るし、ヒロはここでペンギン見てて」

「わかった」

「じゃ、ちょっと行ってくる」

お土産ショップに向かう明希ちゃんが、人混みに溶け込んでいった。

ひとりになった私は、ポーチからスマホを取り出す。

明希ちゃん、ペンギンの写真たくさん撮ってた。私も撮ったら、お揃いみたいになるだろうか。

明希ちゃんが立っていたあたりに移動して、カメラで目の前の光景を写真に収める。

お揃いの写真だ。

貴重な一枚を収めたスマホが、なんだか急に大切に思えてきて、胸の前でそっと握りしめたその時。

『ご来園の皆様、こんにちは！　これからペンギンのエサやりタイムです！』

快活なアナウンスが聞こえてきて、セットの裏から飼育員の女性が出てきた。

『――以上で、エサやりタイムを終わります！　ご鑑賞くださった皆様、ありがとうございました～！』

十五分ほどのペンギンのエサやりが終わったのとほぼ同時のタイミングで明希ちゃんが戻ってきた。

「お待たせ」

「おかえり、明希ちゃん」

明希ちゃんの手には袋が。希紗ちゃんに無事お土産を買えたみたいだ。

「ペンギンもういい？」

「うん。堪能した」

「それはよかった」

「かわいかったよ、エサやりタイム。見てたら、私もお腹空いた」

お腹を押さえて率直な感想を伝えれば、明希ちゃんがくしゃりと笑う。

「はは。じゃ、俺たちも何か食べよっか」


それからふたりで売店のクレープを食べたり、イルカのショーを見たり、水中のトンネルを通ったりして、心ゆくまで水族館での時間を楽しんだ。

そして園内を一通り回りきり、十六時を迎えたころ、私たちは水族館を出た。太陽はまだ、ギリギリのところで地上を照らしている。

「はー、なんかあっという間だったなー」

「うん」

隣で伸びをしながら言う明希ちゃんに同意する。特別な時間を過ごせたからこそ、こうして今、寂寥感(せきりょうかん)に襲われているのだ。

「すごく楽しかった。また、一緒に来たい」

歩きながら、ぽつりと寂しさを滲ませて呟けば。

「ひーろちゃん」

明るく持ち上げた声で、明希ちゃんに呼ばれる。その声につられて隣を見ると、突然、視界いっぱいにペンギンのぬいぐるみが映り込んできた。

「え?」

「君に、プレゼントです」

瞬きをしていると、明希ちゃんがひょこっとぬいぐるみの影から顔を出した。

「これ、私に？」

差し出されたのを受け取りながら、信じられない気持ちでぬいぐるみを見つめる。

さっき釘づけになっていたペンギンのヒナにそっくりだ。

「ペンギンに夢中だったから、ヒロにもつい買ってあげたくなっちゃったよね。俺だと思って、かわいがってやって？」

私の視線の先を、明希ちゃんは見ていてくれたのだ。

胸が詰まって、目の奥が熱を持つ。……どうしよう。うれしすぎる。

「ありがとう、明希ちゃん。すごくすごくかわいがる」

「はは、ありがと」

手触りのいいぬいぐるみをぎゅっと抱きしめれば、明希ちゃんの手が、私の頭をぽんぽんと優しく叩く。

……知らなかった。こんなに温かい気持ちがあるなんて。

ぬいぐるみが入った袋を手に、明希ちゃんと並んで帰路につく。

「名前、何にする？」

「名前……。明希ちゃんⅡ」

「待って、ちょっと今のツボった」

「え？　どこに笑う要素があった？」

「いや、ヒロの天才的なセンスが爆発してるから」

「もう」

　笑っているってことは、おかしな意味ってことじゃないか。

　怒ったように頬を膨らませると、明希ちゃんが笑顔を控えめにして、目を細めた。

そして、儚むようにしんみりと声を紡ぐ。

「ありがとう、ヒロ。すごく幸せな一日だった」

「明希ちゃん……」

　声ごと、彼が雪のように、冬の空気の中に溶けていってしまいそうだと思った。

　明希ちゃんの笑顔を見ていると、悲しいわけでも寂しいわけでもないのに泣きそう
になる。たぶんこれは、すごくすごく明希ちゃんが大切だということだと思う。大切
だという気持ちが、自分の心の中だけでは消化しきれなくなっているのだ、きっと。

「私は……生まれ変わったら、一番最初からあなたを見逃さない私になりたい」

　もっとずっと早く、明希ちゃんがこんなにも大切なんだってことに気づけたらよ
かった。そうしたらこんなに優しいあなたのことを傷つけたりしなかった。

「だから……」

と、その時、私の声を遮るように、明希ちゃんが突然足を止めた。

「どうしたの？」

反応が遅れて数歩先へ進んでしまった私が振り返ると、明希ちゃんが困ったように眉を下げて笑った。

「……あ、いや。ごめん、家まで送れなくなった」

「え？」

容赦なく吹きつけてくる風が、私と明希ちゃんの髪を揺らしていく。ずっと気づかなかった空気の冷たさに、ふと気づく。

「ちょっと急用を思い出して」

「私は全然大丈夫だよ」

「ほんと、ごめん」

明希ちゃんの声が、なんだかぼやけている。

けれど、突然やってきたお別れに、切り出すのは今だと思った。

「——明希ちゃん」「ヒロ」

明希ちゃんを呼んだ声が、ぴたりと彼の声と重なった。

「いーよ、ヒロから」

先を譲った彼は、さっきと同じ不鮮明な笑顔だ。その理由はわからない。

だけど今を逃したら永遠にここから進めない気がして、私は明希ちゃんの目を見つめ、落ちついたトーンで告げた。

「やっぱり、明希ちゃんの昔のこととナツさんのこと、教えてほしい」

「え？」

もう踏み込まなくていいと思ってた。でも今日、明希ちゃんと過ごして思った。やっぱり――。

「私、ずっと他人に興味がなかった。でも今はあなたのことを知りたい。明希ちゃんのことが、大切だから」

他の誰でもない。相手が明希ちゃんだから。

「いつまでも待ってる。明希ちゃんが話せるようになったら――」

聞かせて。そう続けようとした声は、突然強く腕を引かれた衝撃によって途切れていた。

体はいとも簡単に明希ちゃんとの距離を失い、腕の中に抱き留められる。

トサッと軽い音を立てて、右手に持っていたぬいぐるみの入っていた袋がアスファルトに落ちる。

「……っ」

「……君が、愛おしくてたまらない」

耳元で、溢れた感情を振り絞るように、明希ちゃんがかすれた声でささやく。

「あき、ちゃん」

彼の熱と鼓動に包まれていると、ダイレクトに想いが胸に押し寄せてくるようで。

こんな強い想い、目をそらすことなんてできない。

明希ちゃんが体を離し、私の肩を掴んでまっすぐにこちらを見据えた。

「ごめん、いろいろ考えさせて」

私だけを映すその瞳には、迷いの色は滲んでいない。その目を見れば、次に続く言葉は予想がついた。

「俺の昔のこと、ナツのこと、全部……明日君に話すよ」

「……うん」

心のどこかが安堵していた。拒否されてしまったらどうしようと、不安は少なからずあったから。

「明日も、今日と同じ場所に、十三時に集合してくれる？」

明希ちゃんのとおる声が、私の心を撫でる。

「わかった」

「じゃあ、また明日」

別れの言葉を口にすると、明希ちゃんはあっという間に踵を返してどこかへ行ってしまう。

私は足元に落としてしまった袋を拾い上げた。

――明日、きっといろんなことが解決する。

この時の私は、そんな予感を抱き、まだ事態を甘く見ていた。

――、君を傷つけたくないと思った

翌日、私はやっぱり目覚ましが鳴るより早く目を覚ました。緊張は、昨日から絶え間なく心を覆っていた。明希ちゃんは、いったいどんな事情を抱えているのだろう。まだ全然わからないけど、きっと明希ちゃんのことだから、今まで明かせなかった、ままならない理由があるはず。

自室で髪をとかしながら、鏡に映り込む背後の窓を見た。カーテンの隙間からわずかに見える空は、曇天で薄暗く、寒々としている。

私は準備を終えると、コートを羽織り、家を出た。

約束の十分前に、待ち合わせ場所である駅前に到着した。

明希ちゃんの姿はまだない。昨日、二十分も早くついてしまった私と、それほど大差なかったのに。

まだ準備をしているのかな、と、その時は考えていた。

……でも。来ない。白いベルトの腕時計に視線を落とすと、腕時計は十四時を指していた。約束の十三時を、もう一時間過ぎている。

それからまた一時間待っても、明希ちゃんは一向に現れなかった。

何度スマホの画面を確認しただろう。着信もメッセージの受信もない。いくら電話をかけても、つながらない。

何かあったのだろうか。

日曜日ということもあり、目の前を絶え間なく人々が歩いていく。だけどその中に、待ち人の姿はいくら探しても見当たらない。


そしていよいよ、十七時になった。雲に覆われていた空が、暗闇の予感をまとい出している。それが、彼を待つ私を諦めさせるきっかけとなった。

四時間待ったけれど、ついに明希ちゃんが訪れることも連絡が来ることもなかった。

……もう、きっと明希ちゃんは来ない。

何かよくないアクシデントが起こったわけではありませんように。けれど明希ちゃんのことだから、きっと何か来られない事情があったのだ。そう願って帰路につく。

寒空の下、冷気に指先をさらしていたせいで、手がかじかんでスマホをいじれない。帰ったら明希ちゃんにメッセージを入れよう。

立ちっぱなしだったからかランニングを終えたあとかのような重い足を引きずり、

曲がり角を曲がった、その時。前方から、北風に乗って話し声が聞こえてきた。足元のコンクリートを映していた視線を何気なく上げてみれば、数メートル先のコンビニ前で三人ほどの男女が話をしている。

——その中に、彼はいた。腰の高さあたりまであるブロック製の花壇に軽く腰かけ、女子ふたりに囲まれ楽しそうに話し込んでいる彼が。

「今度デートしてよ〜」

「はは、いいよ」

……明希ちゃん。

彼の存在に気づいた瞬間、足が地面に貼りついたように動けなくなった。

ここで何しているの。私、ずっとあなたを待ってた。今日約束してたよね。——声にしたい言葉はたくさんあるはずなのに、喉を締めつけられて何ひとつ声にならない。

「今、彼女いないの？」

「いないよ」

「好きな子は？」

「好きな子もいない」

私の視線なんてつゆ知らず、ふたりからの質問に涼やかな笑みで答える明希ちゃん。

——胸の奥で、何かが弾けた。

『昨日も今日も明日も、どうしたって君が好きってこと』

ついこの前私にくれた明希ちゃんのピンク色の言葉が、耳の奥で黒い呪詛に変わった。彼がくれた笑顔が、思い出が、バラバラと音を立てて崩れていく。

声も出ず動くこともできず、拳を握りしめて数メートル先で繰り広げられる光景に立ち尽くしていた、その時。女子たちと話していた明希ちゃんが、風に誘われるように視線を上げた。

何気なく持ち上げられた瞳と、信じられないというように見開かれた私の瞳とが交わる。その瞬間、ばちんと弾かれたように、私は身を翻して走り出していた。

……もう、心が限界だった。

信じてた。あなたが大切だった。だからこそ、こんなに苦しい。やっと人に心を開けたのに。

話したいことって、それだったの？　ずっと遊んでたんだよ。好きなんて嘘だよ。って？

不意に、とある記憶が頭をよぎる。それはクローバーを捨てられた時のこと。あの日、明希ちゃんはあっさりとクローバーを手放した。

……私はなんてバカだったのだろう。あれがきっと、彼の本心だったのだ。

いつの間にか目から溢れていた涙が、頬を濡らして風に乗って飛んでいく。

現実から逃げるようにひたすら走った。

人通りの激しい大通りから離れ、細い路地を曲がる。すると突然、ぐいっと後ろから手を掴まれた。反射的に振り返れば、そこには私の腕を掴む明希ちゃんがいた。私の手を掴む彼の手は、四時間ずっと外にいた私と同じくらいかそれ以上に冷たい。

切り裂かれるような残酷な痛みが胸に走り、行き場のない怒りと混乱が爆発する。

「なんで……！　なんで追いかけてきたの……！」

「──君を傷つけたくないと思った……っ」

「え……？」

その言葉はとても不可解なものに思えた。わけがわからない。私が知ってる明希ちゃんは、きっともういないのだ。

「離して……っ」

涙声を張り上げ、思いきり腕を振り払った私に、明希ちゃんが驚いたように目を見開く。

「楽しかった？　私のこともてあそんで……。傷心中の嫌われ者なんて、つけ込むの簡単だったでしょ!?」

「え？」

「こんなに、こんなに大切に思ってたのに……っ。信じてたのに……。心を許してた自分がばかみたい。もう顔も見たくない……！」

　感情が、言葉という鋭利な凶器となって口から溢れて、明希ちゃんを責め立てる。

自分の心を守るので精いっぱいだった。

　大声を張りあげたせいで息が切れて、肩で浅く呼吸を繰り返す。そして顔を上げた瞬間、涙でぼやけた視界に飛び込んできた明希ちゃんの動揺した表情に、キリリとまた違う痛みを覚えた。裏切られて心が痛い。そしてそれと同じくらいに、明希ちゃんにひどい言葉をぶつけてしまったことに心が痛む。

……ねぇ、どうして？　どうしてこうなってしまったの？　胸が苦しいよ。

　これ以上ここにいたらどうにかなってしまいそうで、いろんな感情から逃げ出すように踵を返して駆け出す。明希ちゃんはもう、追ってこなかった。

全身全霊をかけた恋だった

翌日は創立記念日。このタイミングで三連休により登校日が一日遅れたことは、私にはとても運がよかった。

学校に行けば、自ら美術室に向かわなくても明希ちゃんと顔を合わせる可能性がある。会いたくないと思っている時に限って、鉢合わせてしまうものだ。

でもその一方で、猶予が一日できただけでは、結局根本的なところは解決できないと投げやりな気持ちになる自分もいた。一晩たってもまだ処理しきれないこの感情を整理できる日が来るとも思えなかった。

自分の記憶の至るところに明希ちゃんがいる。失いかけていた自分の感情のほとんどを、明希ちゃんが作ってくれた。

……どうしたって心の底から嫌いになることも、忘れることも、できっこなかった。

昨日は裏切られたというショックが大きくてパニック状態になってしまったけど、やっぱり今一番心を抉ってくるのは、昨日私が投げつけてしまった悪意の塊たちだ。

どう気持ちに折り合いをつけたらいいのか、誰かに教えてほしい。どうしたらいいのかわからない。

何をする気力も湧かなくて、身支度は調えたものの、午後になっても私はベッドの上に身を投げ出していた。横向きに寝そべり、丸まるように膝を抱え込む。時間の流れが速いのか遅いのかもわからない。心ここに在らずとは、まさにこういうことだろう。まるで感情と思考が、現実世界から乖離しているみたいだ。

モヤモヤとした質量の重い感情に押し出されるように、何度ついたかわからないため息をこぼした、その時。頭の上あたりで、それまで微動だにしなかったスマホが、突然声を上げた。何事だろうと、緩慢な動きでスマホを手に取り顔の前に持ってくると、メッセージを着信したらしい。

メッセージを送ってきた意外な相手に、どきりと心臓が反応した。

『突然ごめん。高垣に話したいことがある。もし時間があったら、中央公園に来て』

何度か読み返していると、やがて画面のライトが消えて、暗闇に覆われた液晶に動揺する自分の顔が映った。

要領を掴みきれない無口なメッセージ。――それは、虎太郎さんからのものだった。

話したいこととは、十中八九明希ちゃんに関することだろう。

公園にいつ行ったらいいのかは明記されていない。だけど私はつき動かされるようにベッドから勢いよく体を起こしていた。

今すぐ話を聞きたい。虎太郎さんがまだ公園にいなくても、それでもずっと待っていようと思った。

身支度はすでに調えていたから、すぐに家を出ることができた。スマホだけをポケットにしまい、寒空の下を駆ける。外は今にも雪が降り出しそうなほど寒く、厚い雲が空を覆っていた。

家から十五分もたたない距離にある公園につくと、閑散とした公園の端のベンチに座るその存在をすぐに認めた。

「虎太郎さん」

口を動かすのも精いっぱいだった。防寒具も身につけず、迫りくる冷気を真正面から受け止めていたから、頬が凍ってしまいそうなほど冷たい。

「高垣」

私に気づいた虎太郎さんが、立ち上がる。その面持ちは、いつになく重く神妙なものだった。

この前、猫と遊んだ時よりも、大樹の葉は減って落葉が増えている。あの時の猫は元気にしているだろうか。

あの日と同じくひとけはなく、公園には似合わない冷たい静寂に包まれていた。

「ココアで良かった？」

「ありがとうございます」

自販機で買ってきたコーヒーとココアを手に虎太郎さんが戻ってきて、私の隣に腰かける。

ココアを渡され、私は控えめな音を立ててプルタブを開けた。湯気が立ちこめ、甘い香りがあたりに漂う。

同じくコーヒーを開けた虎太郎さんは、一口すると、両手で包み込んだコーヒーの缶に視線を落として口を開いた。

「突然呼び出してごめん。今日、明希に聞いた。昨日、ヒロのことを傷つけてしまったかもしれないって」

虎太郎さんを介して伝えられた明希ちゃんの言葉に、他人事のような距離感を感じ、思わず視線をうつむける。

けれど、それに続く言葉は、予想していなかったほうへ転がっていった。

「こうなってしまったからには、俺が動くべきだろうなと思った。明希からは口止めされてるけど、でも俺の意思で話す。明希が、高垣に隠していたこと」

「隠して、いたこと……？」

不意をつくように背中を押された気がした。彼のすべてを知る時が来たのだ。

反芻した声が、かすれていた。ドクドクと鼓動が速度をあげていく。

「うん。この話を聞いて高垣がどう思おうと構わないけど、……どうか明希のことは責めないでほしい」

「え？」

冷たい風が、心の動揺を見透かしているかのように、私の髪を揺らしていく。

虎太郎さんはそんないたずらな風に短い髪をもてあそばれながらも、数秒唇を結び、そしてまた低い声を紡いだ。

「──明希は、二年前にバス事故に遭った」

「二年前……バス事故……？」

思わず目をみはる。だって、そのワードには心当たりがあった。

──大……。

その様子を察知したのだろう。虎太郎さんは肯定するように私を見た。

「うん、そう。高垣の幼なじみが乗っていたっていう、あのバス。あそこに明希も乗っていた」

「嘘……」

そして虎太郎さんは苦々しい口調で、思いもよらない事実を口にした。

「その時、明希は頭を強く打って、複雑な記憶障害を患った。あの事故以来、明希の記憶は一日分しか保てなくなってしまった」

「……っ……」

言葉が、出なかった。まるで頭を殴られたような衝撃だった。限界まで目が見開かれる。頭の中でドクドクと脈打つような感覚。心の温度が、体を覆う冷気を下回った。

「眠って朝を迎えると、記憶がリセットされる。明希は、昨日までの記憶を持っていない」

ダメ押しのように、虎太郎さんが悲しみに染まった声で呟く。

虎太郎さんから告げられた重大な事実を、受け止めるのに必死で、でも受け止めきれなくて。思考が追いついていかない。許容範囲を軽く超えてしまっている。

「でも、そんなはず……」

うわ言のような声はかすれていて、自分の口から出たもかどうかもわからない。

だって、私は明希ちゃんに毎日会っていた。その明希ちゃんが、毎日記憶喪失状態だったなんて、そんなの信じられるわけ――。

はたと、必死に抵抗していた思考が止まる。

当時は流していたけれど、頭の隅に引っかかっていたほんのわずかな違和感が、パズルを埋めるピースとなってよみがえる。

『会った時、このあだ名で呼び合えば、ヒロを見つける目印になるから』

『ヒロ、よく食べるね』

『そう？　いつものお弁当とかよりは、全然少ないと思うけど』

『でもまだ言えない言葉があるんだよ』

『パイナップルだっけ？』

『え？』

『明希ちゃん、前に言ってた』

『そんなこと覚えてくれてたんだ』

『明希ちゃんと過ごす時間は大切だから。一秒も見逃したくないくらい』

『何それ。泣けるね』

『明希ちゃん、つらいの？』

『幸せすぎるんだよ。こんなに幸せだと、明日が来るのが怖い』

「……っ」

もし、虎太郎さんの言うとおりだとするならば、すべての辻褄（つじつま）が合ってしまう。

だけど、それでもまだわからないことがある。

「明希ちゃんは私のこと忘れなんてしなかった……」

毎日毎日、変わらず接してくれたのだ。それなのに。

すると虎太郎さんが、自分の横に置いていた明希ちゃんの水色のノートを私に見せてきた。ここに来たときからずっと、なぜここにあるのだろうと不思議に思っていた、そのノートを。

「明希は、高垣のことを忘れないように、このノートに書き留めて毎朝読むことで、なくなっていく記憶を必死につなげていた」

「え……？」

「家族や俺のことは覚えているように、明希には事故前の記憶が断片的に残ってるんだ。高垣だよね、明希が中学生のころ、河原でギターを持って歌っていたのは。その時の高垣との記憶が、一日分くらいらしいけど、事故のあとも消えなかったんだって」

まるで何度も私にこう告げるのを練習していたみたいに、ゆっくりと、でもすらすらと言葉を継いでいく。

私は痺（しび）れた頭で、なんとか思考をつないだ。

「ナツくんは、明希ちゃん……？」

「ナツ、か。それは、記憶のない時のことを話された時、相手を傷つけないようにって明希が作った、架空の双子の兄貴。中学の時のこと、話を合わせきれないから、たぶんナツを持ち出したんだと思う」

ああ、と、腑に落ちた。明希ちゃんは昔のことを話したがらなかったんじゃない。記憶がないから話せなかったのだ。

「でも、少し前に子どもをかばって交通事故に遭ったよね。その時に頭を打ったらしくて、そこから、明希の記憶障害が悪化してしまった。それから明希の記憶は一日持つのも危うくなっていた」

「そん、な……」

思わず言葉を詰まらせる。ずっと一緒にいたのに、そんな事態になっていたことに気づかなかった自分が恐ろしく憎い。不甲斐ない。情けない。

「症状は相当悪化していたらしい。昨日このノートを読んだはずなのに、中学のころの記憶も含めて、高垣のことを忘れてしまったということは」

つねに平静なトーンの虎太郎さんの声に、わずかな悔しさの色が滲んでいる。

「明希ちゃん……」

「読む？　このノート。ここにすべてが書いてある」

私は虎太郎さんから水色のノートを受け取った。

「読みます」

怖いけれど向き合わなくてはいけないと思った。明希ちゃんの、すべてに。

微かに震える手で表紙を開けば、表紙の裏に書かれた字が目に飛び込んできた。


二〇一七年十月五日、俺はバス事故に遭った。その時に頭を打って、記憶障害を患い、一日しか記憶が保てなくなってしまった。

こんな俺なのに、初恋の子に再会してしまった。

俺に、弘中明希という形をくれた彼女が好きだ。

毎日会いたい。だから、俺は今日から彼女のことを忘れないよう、このノートに一日あったことを書いていく。読んだ日の夜、忘れず書くこと。


そこまで読んだ私は、息が苦しくて、思わず目をつむる。彼の字で真実を突きつけられると、言葉よりもずっと胸に迫ってくるものがある。

私は深呼吸をして、またページを開いた。そこには、一日も欠かすことなく、私と明希ちゃんが過ごした日々の記憶が綴られていた。

＊＊

二〇一九年十月二十三日

・初恋の子を見つける。
・俺のことを覚えていてくれた。会いたいと言ってくれた。うれしかった。二年前、俺とヒロは毎週会っていたらしい。だけど俺には、励ましてくれたあの日の記憶しかないから、二年前のことはナツだと説明する。
・名前、高垣未紘。
・年、ふたつ下。
・たくさん食べる。まじでたくさん。笑
・呼び方。俺↓ヒロ、ヒロ↓明希ちゃん
・悲しそうにお弁当を食べるヒロを見て、放っておけなかった。記憶の中の彼女は笑顔が印象的だったから。俺がどうにかして笑顔にしてあげたい。明日からも毎日会いに行く、絶対。

＊＊

十月三十日

・ヒロは片想いをしてた。相手は、幼なじみの大くん。偶然、写真で彼の顔も見てしまった。ヒロが悲しむ理由かもしれない。なんとか力になってあげたいと思う。少し寂しかった。本音は。

・ヒロが女子に絡まれていた。たぶん俺のせい。人から見えるところでのスキンシップは、なるだけ気をつけること。

・ヒロの偽の恋人になる。ヒロへの嫌がらせ防止と、大くんとの恋を手伝うため。

記憶のことはやっぱり隠すことにする。出会ってから昨日までのことを覚えていないことに失望されたくない。

あと、ヒロの中にいるごくありふれた普通の男子高生・明希ちゃんを壊したくない。なんてことを書きつつ、本当は大くんに並びたい。少しでも近づいて、同じ土俵に立ちたい。変なプライドだ。

気持ちを伝えられる日なんて来るはずないのにガキだなー、俺。

十月三十一日

・大くんの好きだった曲が校内放送で流れる。

・ヒロが、虹の写真を送ったお返しに四つ葉のクローバーをくれる。まじでかわいすぎないかな、あの子。宝物決定。

十一月一日

・朝、昨日の分を読み返すのを忘れるという失態を犯す。クローバーを捨ててしまったことを思い出して、夜、学校に探しに行ってきた。雨が降っててなかなか見つからなかった。一瞬でも手放したとか、情けなさすぎる。ごめん、ヒロ。

・希紗がクローバーを押し花にしてくれた。もう絶対なくさない。

・夕方、ヒロとコタと希紗のお迎えに行った。ヒロの様子がおかしくてちょっと心配。希紗のパワフルパワーで元気になってくれてたらいい。

十一月二日

・風邪で寝込む。今日が土曜でよかった。

＊＊

十一月十五日

・昨日買っておいたらしい映画の試写会のペアチケットを渡す。だけどヒロの顔は晴れなかった。

・明日の俺へ。大くんとの間に、何かあったのかもしれない。念のため映画館にヒロの様子を見に行くこと。映画開始時間：十四時、タイトル：明日も君を愛してる、場所：◯◯シアター

＊＊

十一月二十日

・ヒロに偽カップル解消しようと言われる。

・大くんは亡くなっていた。二年前、俺と同じバス事故に巻き込まれていたらしい。ショックで言葉が見つからない。

・大くんを忘れないために利用していたとヒロが言う。利用してくれていいのに。君のつらさを明日には忘れてしまう自分が悔しい。昨日までどうなふうに苦しんでいたのか俺は文字

でしかわからない。ヒロの寂しさに寄り添えない。それが一番つらい。

＊＊

十二月三日

・不審者が出るとコタに聞き、コタにヒロの家への地図を描いてもらってヒロを家まで送ることにする。

・手をつなぐ。前に手をつないだことを、ヒロが覚えていてくれた。なんで俺は君との思い出を積み重ねていけないんだろう。今日感じたヒロの手の小ささも温度も、明日にはまたすべてを忘れてる。ただただ虚しい。

・このノートを忘れて、学校に戻る。でも、ヒロとどこで別れたのか思い出せなくなる。不審者のこともあって、心臓が張り裂けるかと思った。ヒロは公園で発見。どうしてだ。記憶が抜ける。怖い。今日みたいにヒロのことを忘れて、ヒロを危険な目に遭わせることがあったら俺はどうしたらいい。

もしかしたら、ヒロから離れたほうがいいのかもしれない。

＊＊

十二月十三日

・朝イチで病院に罹ったら、記憶障害が悪化していると言われる。自覚症状はあったが、かなり、ショック。

・ヒロにナツのことを聞かれる。本当のことを伝えたら、きっと傷つける。昨日までの記憶がなくても、ヒロが好きだ。でもそれを伝えるには、あまりにも実体がない。

・ヒロと水族館に一緒に行く約束をする。そこでもう会えないことを伝えることにする。待ち合わせ場所：最寄りの駅前、時間：十時。

十二月十四日

・ヒロと水族館に行く。ヒロの目、キラキラしてた。すごく楽しかった。

・ヒロはペンギンのヒナがお気に入りだったらしい。ぬいぐるみをあげたら、明希ちゃんⅡとしてかわいがってくれるみたい。

・もう会えないことを言おうとしたら、すべて話してほしいと言われる。俺のことを大切だと言ってくれた。明日ヒロに全部話す。待ち合わせ場所：最寄りの駅前、時間：十三時

・家への帰り道を忘れていた。コタに迎えに来てもらう。情けない。

十二月十五日

今朝、このノートを読んだ形跡はあったのに、家を出たあと、いつの間にか忘れてしまったらしい

約束を忘れ、ヒロのことがわからなくて、ヒロをすごく傷つけた

中学の時のヒロとのことも思い出せない

俺の記憶はもう一日も持たない　ヒロとの大切な約束も思い出も忘れてしまう

一秒もヒロのことを覚えていられなくなる日がいつか来るのだろうか

そんな奴に、ヒロの隣にいる資格なんてなかった

忘れたくない。

ずっと君の隣にいたい。

なんで、どうして俺なんだよ

ヒロ、

ヒロ、

好きだ、好きだ、すきだ

ヒロを忘れたくない、ヒロ

——たった一冊で私たちの毎日をつなげていたノートは、癖がないきれいな字で埋まっていた。

「……っ、うっ、うぅ……」

涙でぼやけて、字が読めない。

泣くな。泣くな。そう自分を叱責しても、涙は止まることを知らない。

最後のページには涙が落ちた跡がつき、紙を握りしめたのかぐしゃぐしゃになっている。そっとそこに触れてみれば、彼の苦しみが伝わってくるようで。

「ふ、う……っ」

今ならわかる。明希ちゃんは、どうしようもない明日への諦めの中でも、私にそんな悲しみは見せないよう、いつだって笑っていた。でもその笑顔の裏で、眼差しは時折泣いていた。……いや、時折じゃない。明希ちゃんの眼差しは、涙もろかった。

昨日、追いかけてきてくれた明希ちゃんの手を思いきり振り払ってしまった感触が、まだ生々しく残っている。誤解して、自分の負の感情をぶつけてしまった。明確に傷つける意志を持って、ひどいことを言ってしまった。

あの時、明希ちゃんは言ったのだ。『どうしてかわからないけど、君を傷つけたくないと思った』と。その言葉の意味がわからず、あまりに無責任だと感じてしまったけど、その意味がようやくわかった。明希ちゃんは、私を忘れても追いかけてきてくれたのだ。それなのに私は——。

もう、昨日のことを謝れない。昨日の明希ちゃんは傷ついたまま、昨日に閉じ込められてしまった。

虎太郎さんが、涙が止まらず嗚咽を漏らし続ける私の背中を、ぎこちない手つきでさすってくれる。そして、はらはらと声を落とした。

「最初、明希に明日も会いたい子がいると聞かされた時は驚いた。事故に遭ってからの明希は、そういうふうに何かを求めることを、たぶん無意識のうちに忘れてしまっていたから。明希が明日のことを話す姿がうれしかった」

「虎太郎さん……」

「高垣と過ごす日々を重ねるたび、ノートの内容を覚えるために目覚ましをセットする時間が早くなってたって。それだけ高垣との日々を壊さないように必死だったんだと思う。明希にとっては、全身全霊をかけた恋だった」

虎太郎さんの言葉にまた感情が決壊して、嗚咽がもれる口を手で押さえた。

「ふ……あ、き、ちゃん……」

……あなたは失われていく記憶をつなげて、毎日愛してくれていたんだね。

幸せな日々が、明希ちゃんの優しさと愛に守られていたなんて。

何度も惜しみない愛の言葉をくれたのは、明希ちゃんにとって一日一日がその日限りだったからなんだ。

と、その時。突然、虎太郎さんのスマホの着信音が公園に響き渡った。ポケットからスマホを取り出すと、ディスプレイを見つめたまま呟く。

「明希の母さんだ」

その声にわずかな緊張感が走ったのを、私は聞き逃さなかった。

私の背中をさすってくれていた手を止め、神妙な面持ちで虎太郎さんが電話に出る。

「もしもし」

一方的に話を聞いていた虎太郎さんが、突然顔色を変えた。そしてスマホを耳につけたまま、見開いた目で私のほうを見た。こんなにも動揺した虎太郎さんを見たのは、初めてだった。

「明希が、家を出たきり帰ってこないって」

ヒロが俺の、明日の希望だ

『〝明〟日の〝希〟望って書いて、明希って言うんだね。すごく、すごく、あなたにぴったりだ』

『なんかすごく今、自分の名前が愛おしくなった』

――未来を捨てようとしていた私に明日の希望を教えてくれたその人には、どれだけ願っても明日がなかった。

雪がぽつりぽつりと、降っては止み、降っては止みを繰り返している。顔に落ちてきた雪が頬の温度に溶け、顔を濡らしていくのも厭わず、私は街中を駆け回った。

出かけた明希ちゃんが戻ってこないという親御さんからの連絡を受けてすぐ、虎太郎さんと私は、明希ちゃんを捜しに走った。明希ちゃんの家より北側を虎太郎さん、南側を私というふうに手分けして捜索する。

でも、一時間走り回っても、明希ちゃんの姿はどこにも見当たらない。時間の経過とともに不安な気持ちが大きくなっていく。

駅前にやってきたところで、不意にどこかから救急車の音が聞こえてきて、心臓が竦んだ。もしも交通事故に遭ったりしていたら――。そんな縁起でもない不安が、私を急かす。

夕方ということもあって、やはり人の行き交いが盛んだ。ごった返す群衆の中、たったひとりの存在を見逃さないよう目をこらしながら、人波をかき分けて進む。だけどやはり、この目に目的の彼が留まることはない。

一縷の望みを託して駅を探すも、やはりいない。またも進展を得られなかったことに打ちひしがれ、不安に押し潰されそうになりながら駅を出る。

人が集まりそうな場所はもうひととおり捜した。あとは見当がつかないため、しらみつぶしに当たっていくしかない。

駅裏の路地に行ってみようと駆け出したその時。私はすぐその足を止めた。

不意に、〝魔法使いくん〟に会っていた河原が頭をよぎった。なぜかわからないけれど、正解を見つけたかのようなそんな確信が心に宿る。そして導かれるようにゆっくり歩き出すと、その速度はどんどんあがっていった。

この土手を訪れるのは、じつに二年ぶりだった。けれど生い茂る緑の絨毯も、川を見下ろす大樹も、変わらずそこで息をしている。

――そして土手の下、緑と水色の狭間に、その後ろ姿はあった。

変化のない自然の中で、唯一姿を変えた彼の後ろ姿が淡くぼやけて、数年前の光景とリンクした。

「明希ちゃん……！」

私の声に、彼が柔らかい髪を風に揺らしながらこちらを振り返る。そして私を視界に認めた途端、その目の端の力が緩み、下まぶたにわずかに力がこもったのがわかった。草原に佇む彼はまるで、今にも彼を包む自然の色の中に溶けてしまいそうだと思った。

「ヒロ？」

明希ちゃんのほうへ足を進めながら、頭の中に溢れてくるたくさんの言葉を排除して、ただ一言を選ぶ。

「うん、ヒロ。ノート、読んだよ」

その一言は、適確にすべてを伝えたようだった。

「……そっか。ごめん、隠してて」

観念したような、悔いるような、そんな色の滲んだ明希ちゃんの声に、鼻の奥がツンとする。

靴下から覗く足首を、思い思いに伸びきった草の先が触っていく。

「そんなの、いいの。それよりどうしてこんなところに?」

——もしかして何か思い出した?——

そうであってほしいと心のどこかで願って尋ねようとした私の言葉が遮られる。

「ごめん、ヒロ」

明希ちゃんが、もう一度謝った。

そして彼は、そっと笑顔を浮かべた。こんなにつらくてやりきれない笑顔を、私は初めて見た。まるで何か失敗してしまって、叱られるのを覚悟した子どものような笑顔だった。

「迷子になっちゃったみたい」


虎太郎さんに、明希ちゃんを見つけたとの旨の連絡を入れ、私は河原の草むらに座る明希ちゃんの隣に腰を下ろした。明希ちゃんのことを心配している人たちのためにも早く帰すことが正しいとは頭ではわかっていたけれど、今はただ、無理に時間を進めようとせずに明希ちゃんの隣にいたいと思った。

明希ちゃんはまるで、モデルと両親のことを打ち明けたあの時のようにうつむきがちに、今朝のことについて、ぽつりぽつりと声を落としていった。

「今朝、目が覚めたら、枕元に置いてある一枚の紙を見つけた。そこには今日の日付と、『俺は、記憶を一日しか保持できない』ってメッセージが書いてあった」

「うん」

「さっきまで二〇一七年だったはずなのに二〇一九年になってるなんて、初めは全然信じられないし、もし本当だとしたらこんなのもう生きてる意味ないって思った。悲しいとかつらいとかいう感情はなかったんだよね。元から淡白で何かに執着するタイプじゃないし。だから不思議だった。昨日までの俺が備忘録なんて書いて、何かにすがろうとしてたことが」

また、雪が降り出した。水分を含んでいない小粒の雪は、形を保ったまままころころと地面に転がる。

「だけど、そのノートを読んだら、昨日までの俺のこと全部理解できた。会ったこともない君のことを、気づいたら好きになってた。もうずっと前からそうだったみたいに」

明希ちゃんの伏せたまつ毛が湿気を含んでいる。雪のせいなのか、明希ちゃんの瞳の水分なのかはわからない。

私は、彼が紡ぐ一文字一文字を、そしてわずかな息づかいすらも聞き逃さないよう、必死に耳を澄ませた。

「不思議だよね。毎日毎日記憶がリセットされているはずなのに、俺たぶん、毎日ヒロに恋してた。そういう気持ちが、文面から伝わってくるんだ。君への想いだけは、頭では忘れても心のどこかで消えずに積もっていってる気がする」

そこまで言って、明希ちゃんは静かに笑みを消した。伏せられた眼差しが、その行方は変わらないのに、どこか遠くを見つめた。

「でも、これだけ想っていても、今朝ノートを読んだのに、君の名字を思い出せない。少し前までは覚えてたっぽい〝魔法使いくん〟として君に会っていた時のことも、わからない。……俺の記憶はもう、一日も保たないんだ」

できるだけ悲しみを含ませないよう、明希ちゃんの声は必死に鎧をまとおうとしているようだった。

「あき、ちゃん」

「こうして普通に息をしている次の瞬間にはもう、一秒も君のことを覚えていられなくなるかもしれない。君を自分でも知らない間に傷つけちゃうかもしれない。そんなふうになっていく自分が怖い」

明希ちゃんの声で告げられていく彼自身の心情を聞くと、虎太郎さんから真実を聞いた時より一層、どうにもならない現実の重さに胸が押しつぶされそうなほどに締めつけられる。

明希ちゃんが、小さく息を吐く。普通と少し違う、そっと空気に溶かすような息づかいに私がハッとしたのと同時に、明希ちゃんがこちらを見る。その瞳に彼の覚悟を見て、私は次に続く言葉を予感してしまった。

「だから、こうやって会うのは今日で最後にしよう」

空気を震わせた明希ちゃんの声が、波紋となって私の心に響く。

頬に刺さる北風とはひどく乖離した熱いものが、腹の底から目の縁にまで込み上げてくる。

「……ごめん。君がくれた思い出を何ひとつ持っていなくて」

……違う。明希ちゃんが謝ることなんてひとつもないのに。

「でもすごく好きだったよ、ヒロ。今までありがとう。……それじゃ」

私の隣でひとりで話を完結させて立ち上がろうとする。明希ちゃんが自分の手で、心を手放そうとしている——。

「——やだ」

考えるよりも早く手が伸び、上半身を乗り出すように明希ちゃんの腕を掴んでいた。

立ち上がろうとして不安定な体勢だった明希ちゃんが後ろによろけ、ふたりもろとも草むらに倒れ込む。好き放題に伸びた草が、彼の背中を柔らかく抱き留めた。

仰向けに倒れた明希ちゃんに覆いかぶさったまま、私は間髪入れず感情露わに声を放った。

「そんなの許さない！」

「ヒロ？」

「……明希ちゃんを離したくない……」

――あなたひとりを今日に置き去りにしたくない。

奥歯を噛みしめ、行き場のない悔しさをこぼす。

すると、突然のアクシデントに驚いていた明希ちゃんが口をつぐんだ。今、私を突き飛ばすことなんて、明希ちゃんにしたら容易いことだ。それでも明希ちゃんは、私に押し倒されたまま、抵抗の意思は一切見せずに私をまっすぐに見上げていた。

ごまかすことなく私の言葉を受け止めようとしてくれている。だから、ようやく気づけた本心を差し出すことも怖くない。

「好きよ、明希ちゃん。あなたのことが好き」

私だけを映す明希ちゃんの瞳の水面が、息をのむようにわずかに揺れた。

「明希ちゃんが私のことを一秒も記憶できなくなったって、あなたを好きな気持ちは絶対に変わらない。私の想いまで消さないで」

どうしたら、私の心に溢れる気持ち全部あなたに伝わるのだろう。

私は悔しさと胸を締めつける痛みをぶつけるように、葉の中に放り出されていた明希ちゃんの指に自分の指を絡める。

「ひとりで闘おうとしないで……」

神様はなんて残酷なのだ。この世で一番幸せにならなきゃいけないほど優しい彼にこんな運命を強いるなんて。

「──ありがとう、ヒロ」

雪に溶け込むような明希ちゃんの声が、鼓膜に熱を伝える。

そして片手を伸ばし、その大きな手を私の頬にそっとあてがうと、表情をやわらげてささやいた。

「今日の君のことを忘れちゃう前にキスがしたい」

とびきり甘い口調なのに、水分をはらんだその声に、泣きそうになる。それはお互い、終わりを知っているから。

……明希ちゃんは、月明かりの下で交わしたキスのことを、覚えていないのだ。それなら──。

「うん。何度だってしよう」

何度だってファーストキスをしよう。

涙をこらえ笑顔で返事をすれば、頭を引き寄せられ、唇が重なった。ふたりして唇が熱いのは、たぶん込み上げる思いを必死に噛みしめていたせい。

そっと唇が離れると、一秒すら離れたくないというように額を合わせて、互いの熱を感じ合う。

「幸せすぎて死にそう」

水分量の少ない雪は、溶けにくく積もりやすい。私たちを包む緑の絨毯は、固形の雪によって、頭のてっぺんを白く染めていた。

「好きだよ、ヒロ」

まるで一文字一文字、私の心に、そして自分の心に刻み込むようにそう続ける明希ちゃん。

心臓が揺さぶられて苦しい。こんなにも明希ちゃんのことを好きになっていたなんて。

「私も好き。大好き」

次から次へと溢れる想いを口にすれば、不意に真下の明希ちゃんの顔が歪んだ。音もないのに、感情が決壊する瞬間がわかった。

「……あー……振りきったはずなのに、君と生きていたくなる。一瞬だって忘れたくない。明日を迎えたくない」

笑っているのに、今にも泣き出しそうなほどくしゃりと歪んでいる明希ちゃんの顔。こんなにも感情を露わにする彼を、初めて見た。これまで必死に押さえつけてきたのであろう張り裂けそうな心の苦しみと叫びが、痛いほどに伝わってくる。

ただ普通に隣にいる。同じ思い出を重ねる。そんな当たり前のことが、こんなにも難しい。

「明希ちゃん」

「君と出会って、たぶん俺、諦めが悪くなったと思う」

涙の膜で覆われた瞳がゆらゆら海のように揺れる。その瞳から音もなく落ちていく透明な雫は、どんな宝石よりも高貴で尊く見えた。あまりにもきれいな彼を、宝箱にしまってしまいたいと、そう願わずにはいられなかった。

明希ちゃんの手が伸びてきて、私の体を引き寄せた。まるで消えゆく存在を離すまいとするように強くかき抱かれ、私は身を委ねる。明希ちゃんの冷たい体温が、彼という存在を強く刻み込んでくる。

「でも、君が明日を生きていてくれることが、何も持てない俺の救いだ。ありがとう、生きていてくれて」

――不意に。

『君は知らないだろうけど、君が俺に生きる理由をくれてる』

耳の奥で、いつかの明希ちゃんの言葉が再生された。

「ヒロが俺の、明日の希望だ」

「ふ、う」

噛みしめるように、あまりに大切そうに言ってくるから。ついにこらえていた涙が溢れた。

絶望に打ちひしがれていたあのころ、自分がそんなふうに言ってもらえる日が来るなんて思ってもみなかった。どうしてあなたはこんなにも、私という存在を肯定してくれるのだろう。

「……明希ちゃんが好きすぎて苦しい」

「あ。今の、なんかすごくきゅんとした」

「ばか」

ふっと空気が緩んで、笑い合う。

「さ、そろそろ帰ろうか。コタも心配してるだろうし」

「うん、帰ろう。一緒に」

私が背を向けていた空は、いつの間にか夕方色に染まり始めていた。

帰り道がわからない明希ちゃんをさりげなく誘導するように、少し先を歩く。

「そうだ、明希ちゃん。今日の晩ご飯、家に食べに来ない？　今日、お母さんが夜勤だから誰もいないんだけど、よかったら希紗ちゃんと一緒に……」

――ドサッ。

背後から突然聞こえてきた鈍い衝撃音に、私の足は引き留められるように止まっていた。

「え？」

反射的に振り返った途端、そこに広がる光景を映した目が、みるみるうちに見開かれていくのが自分でもわかった。

「明希、ちゃん……？」

白い草むらの中、明希ちゃんが倒れていた。

頭が真っ白になり、数秒たってハッと糸が切れたように、倒れた明希ちゃんに駆け寄る。

「明希ちゃん……？　どうしたの、明希ちゃん」

自分の口からこぼれているはずの声は、信じられないくらい震えている。

抱え起こした拍子に露わになった明希ちゃんの顔は蒼白で、瞳は閉じられたままぴくりとも動かない。まるで生気のない人形のようだ。

雪が、明希ちゃんの長いまつ毛に積もっていく。

頭が状況を把握するのと比例するように、鼓動がすごい勢いで加速していく。意識を引き戻すように、明希ちゃんの肩を必死に揺すった。

「ねぇ、明希ちゃん！　明希ちゃん、明希ちゃん……っ！」

やだ、やだ、明希ちゃん。目を覚まして……。今すぐ。お願い。

悲痛な叫び声が、重い静寂の中に響く。と、その時。

「高垣……？　……っ、明希……！」

突然こちらに向かってきた声に顔を上げれば、虎太郎さんが必死の表情で、土手の上から駆け降りてきた。

「明希ちゃんが、明希ちゃんが倒れて……っ」

助けを求めるように、息を吸うのも忘れて涙声を張り上げた。

虎太郎さんは、駆けてきた勢いそのままに明希ちゃんの元に膝をつき、容体を確認する。

「わかった。とりあえず救急車を呼ぶ。大丈夫。心配しないで」

さっきまで動揺していた虎太郎さんは、必死に落ちつきを取り戻そうとしている。もう、その声に頼るほかなかった。

「はい……っ」

救急車が到着するまで、私は明希ちゃんの体が少しでも冷えないように抱きしめていた。そうしなければ、明希ちゃんの体が冬の風に溶けてしまいそうだった。

『だからお願い、もう私のことなんて忘れると言って……』


明希ちゃんは、救急車で近くの総合病院に運ばれた。

私たちの帰りが遅いのを心配して、様子を見に来てくれたという虎太郎さんには、とても助けられた。ショックで何もできずにいる私に声をかけ、明希ちゃんの付き添いとして、今も明希ちゃんの家族と医師の話を聞いている。家族に連絡をしてくれたのも、虎太郎さんだった。

『そんな簡単に傷つかないよ、俺は。それに君を忘れたくないし、絶対忘れない』

私はひとり、広い待合室に等間隔に並べられた長イスの端に座って、診察の結果を待ちながら、ある時のやりとりを思い出していた。あれは大のことを明かした時のこと。

忙しそうに看護師が目の前を走っていく。みんな、一瞬たりともこちらを気にする様子はない。待つことしかできない時間は、より一層時の流れが遅い気がする。

背後にある一面のガラス窓の向こうは、漆黒の暗闇が広がっている。冬は、夕暮れから、夜を迎えるまでがあっという間だ。

明希ちゃんがどうか、無事でありますように——。手の甲に爪が食い入るほど強い力で手を合わせて願う。

——ひとりでどれくらい待っていただろう。病院の壁にかけられた時計が十九時を指したころ、「失礼します」という声とともに、数メートル離れた診察室から虎太郎さんがひとり出てきた。

「明希ちゃんは……っ」

そのわずかな音を拾い取った私は即座に腰を上げて食い気味に問う。すると、虎太郎さんが目尻の力を緩め、表情を微かに和らげた。虎太郎さん自身、病室を出てようやく息がつけたかのように。そして私の不安を拭おうとするかのように。

「明希は大丈夫。まだ目を覚まさないけど、心配はいらないって」

「深刻な状態じゃないんですね……？」

「うん」

「よかった……」

命に関わるような状況ではなかったことに、心が一気に緊張から解放され、膝から崩れるように長イスに腰を落とす。

「本人も気づかないうちにストレスを溜めてしまったんだろうって」

虎太郎さんが、こちらに歩みを進めながら報告してくれる。

「念のため精密検査をするから、しばらく入院することになった。だから高垣はもう帰りな」

「でも」

明希ちゃんが目を覚ますまで、近くにいたい気持ちが大きかった。目を覚ました姿を見て、心から安心したい。

けれど、虎太郎さんは柔らかい表情のまま、首を横に振った。

「明希のことは心配しないで。何かあったらすぐ連絡するから。高垣が体を壊したりなんかしたら、そのほうが明希は傷つく」

そう言われては、引き下がるより他なかった。

「はい」

小さく頷き、病室のほうに視線を向ける。わずかな隙間から一筋の光が漏れ出ていた。明希ちゃんの家族は、おそらくまだ主治医の話を聞いている。明希ちゃんはもう病室に移ったのだろうか。

見えない明希ちゃんの行方を心で追って、私は彼の無事を祈った。

翌日も明希ちゃんは目を覚まさなかった。

そして翌々日の朝。目が覚めてすぐスマホを確認するけれど、虎太郎さんからの連絡は依然としてない。空虚な気持ちでぼーっとスマホを見つめるまぶたが重い。寝つけていないことに加え、昨日一昨日と泣き腫らしたせいだ。

寝起きはいつもスッキリしているのに、頭が動くことを拒否している。

私は枕に頭を乗せたまま、頭だけを動かして勉強机に置いてあるノートに視線を向けた。一昨日も昨日も虎太郎さんが学校に来ていなくて渡せなかった、明希ちゃんの備忘録。虎太郎さんに見せてもらったあの日から、私がずっと持っている。

今日、もし虎太郎さんが登校していたら返そう。そうしたらきっと、明希ちゃんが目を覚ました時に渡してくれるはずだ。


いつもより早い時間に登校すると、私はノートを胸に抱き、真っ先に三年生の教室が並ぶ三階に上がった。声をかけてくる男子の先輩たちをスルーし、あらかじめ教えてもらっていた虎太郎さんのクラスに向かう。

そして廊下のつきあたりに臨する目的のクラスにつくと、入り口から背伸びをして教室の中をうかがう。まだ人がまばらな教室に、間違いなく目を引くだろう銀髪の男の人はいなかった。

今日も来ていないのだろうか。それとも早く来すぎてしまっただろうか。

持ち上げた踵を床につけ、ノートを抱きしめ直す。

授業間の休み時間にでも、もう一度来てみよう。そう決めて、自分のクラスに引き返そうとした、その時。

「あんた、高垣未紘だよね。ちょっと来てくれる？」

妙に刺々しい声に引っ張られるように振り返れば、教室から出てきたと思しき女の人が、目を眇めて私を見つめていた。

その人には見覚えがあった。私が明希ちゃんの手を振り払ってしまった日、明希ちゃんと話していた女子のひとりだ。

彼女が私に向ける眼差しの類いには、身に覚えがある。こういう目を向けられることは少なくなかった。これは、妬みと恨みだ。

呼び出しはいつもならスルーしていたけれど、明希ちゃんが関係しているだろうと思うと、拒否することはできなかった。

彼女に促されるままあとをついていくと、ひとけのない校舎裏までやってきた。そして前を歩いていた彼女が、唐突に立ち止まる。

「あんた、明希が記憶障害だってこと、知ってたの？」

振り返りざま、肩で切り揃えられたきれいな髪を揺らしながら彼女が一言放つ。開口一番放たれた遠慮のない言葉に、思わず呆然とする。

「……どうして、それを」

「最近見かけないと思ってたら、この前偶然会って、その時の明希の様子がおかしかったから、明希のお母さんに問いつめた」

ハキハキと詰まることを知らない物言いには、口を挟ませない圧がある。

「私、三年の小林美央奈(こばやしみおな)。明希の元カノ。ねえ。あんた、明希のなんなの?」

彼女は腕を組み、憮然とした態度で私を見定めるような視線を向けてくる。

――元、彼女――。

あんなにかっこいい人に、彼女がいなかったとは思わない。だけど実際に目の当たりにすると、やはり堪える。

明希ちゃんが付き合っていた人。私が知らない明希ちゃんを知っている人。

容赦なく突きつけられた事実が、ずしっと重たいしこりになったかのような感覚を覚える。

そうして何も答えずにいると、小林先輩が返事をしない私に苛立ったような声をあげた。

「あんたと明希がどういう関係だかわからないけど、私は明希が目を覚ましたらやり直すつもりなの。それなのに、この前明希はあんたを追いかけちゃって……。率直に言って、あんたが邪魔。あんまり関わらないでくれる？」

あまりに一方的な言い分。……そこに、明希ちゃんの意思はあるのだろうか。

「でも、別れてるんですよね？」

怖気づくことなく、同じくらいの背丈の彼女にそう言えば、小林先輩は何ばかなことをと言わんばかりにハッと嘲笑した。

「明希、記憶がないんだよ？　中学のころ、明希が私を振ったことだって忘れてる。明希に対しては、いくらでも記憶が書き換えできるってこと」

ぺらぺらと繰り出されていく言葉を聞きながら、胃の中身がせり上がってくるような不快感を覚えた。

「そんなこと……っ」

食い下がれば、小林先輩はかわいらしいと褒め称えられているであろう整った顔をさらに歪め、ぴしゃりと私の声を断つ。

「他人にとやかく言われる筋合いはない。私にはれっきとした付き合ってた過去があるんだから。どうせ、あんたが明希につきまとってるんでしょ？　明希は、あんたみたいなまわりから敬遠されるような子が独り占めしていい人じゃないの」

痛いところを的確に突かれ、私は思わず拳を握りしめた。……たしかに、私と明希ちゃんの間に、何か明確な関係性があるわけじゃない。

と、不意に小林先輩の鋭い視線が、私の腕の中のノートをとらえた。

「ていうか、そのノート、明希がこの前持ってたものじゃない。なんであんたが持ってるのよ」

向けられる視線から備忘録を守るように、体を強張らせる。

「これはあなたには関係ない」

「無愛想な上に生意気」

ひどく冷たい声でそう呟いたかと思えば、突然ノートをひったくられた。

「……っ、返して……！」

ひゅっと心臓が切りつけられたかのような感覚に陥る。だけど小林先輩は、私の腕を避けながら、パラパラッと軽くノートをめくる。

「やっぱり明希の字だ。ふたりでやりとりしてたノートかなんか？　こういうの、本当うざい」

嫌悪するようにひとりごち、ふと小林先輩が胸ポケットから何かを取り出した。

それを見た途端、背筋が凍りつく。

——小林先輩が手に持っているのは、ライターだ。

「それ……どうする気……」

「邪魔なものを処分するだけ」

「……っ」

一瞬でこれから起こるであろう事態を理解したけれど、遅かった。シュボッと勢いのいい音を立ててライターの火が灯ったかと思うと、残酷にも目の前でノートの端に着火した。

小林先輩の手から取り戻そうと腕を伸ばした寸前で、火のついたノートは数メートル先のコンクリートに放り投げられる。瞬く間にノートを浸食していく炎。

「……そんな……」

無慈悲な光景を前に、絶句して立ち尽くす。だけどすぐに我に返り、まだ無事な部分があるうちにとノートの元へ駆け寄ろうとした私の前に、小林先輩が立ちはだかった。

小林先輩の背後では、あれだけ文字の詰まったノートが焼き尽くされ、黒い物質になっていた。明希ちゃんが毎日、私のために書き綴っていてくれた、大切な備忘録が。

静寂を破ったのは、小林先輩だった。

「私、明希のことが好きなの。もう一度言う。あんたみたいな変人が、私たちの邪魔をしないで」

――その時、心に湧き上がる抑えようのない怒りが、プツンと切れて爆発した。

「……私がなんて言われようと構わない」

すっかり跡形もなくなってしまったノートを見つめたまま、そんな声が自分の口から漏れていた。

そしてぐっと拳を握りしめ、小林先輩を強い眼差しで睨みつける。

「だけど明希ちゃんの気持ちを蔑ろにすることだけは、絶対に許さない……！」

こんなにも強く大きな声が出るなんて、思ってもみなかった。今までに抱いたことのないほどの怒りが業火となって、私の心を焼き尽くしていく。

明希ちゃんの備忘録が。記憶を失ってきた明希ちゃんの苦しみが。こんなにも簡単に踏みにじられてしまうものであっていいはずがない。

それまで静かだった私が突然怒りを露わにしたことに驚いたのか、一瞬小林先輩が怯む。

「なっ、なんなの、あんた」

「明希ちゃんを好きな気持ちはあなたに負けない」

「……生意気なのよ……！」

激昂した小林先輩が突然手を振り上げた。それをぐっと睨みつけ、頬に襲いくるであろう痛みを予感した、その時。

——バシッ。乾いた音とともに、私は、振り上げられた腕を掴む誰かの手を認めた。

「あたしの親友に何してんだよ、センパイ」

……この声は。ハッとして振り返れば、やはり、彼女が立っていた。

「加代子ちゃん……」

白に近い金髪が、太陽の光を浴びて透けている。

背後に立つ彼女は、顔の向きはそのままに視線で私を見下ろした。

「ケガはねぇか？　未紘」

「う、ん。私は大丈夫」

まさか加代子ちゃんが来てくれるなんて。

だけど驚いていたのは私だけではなかった。突然の加代子ちゃんの登場に、小林先輩の声にも動揺の色が滲む。

「何、あんたたち……。グルだったの⁉」

「いや、こいつの声が大きかったから気づけた。あんなデカい声出るんだな、未紘。見直した」

表情をふっと緩め、加代子ちゃんが私に優しく微笑みかけてくる。思いがけない言葉に目をみはっていると、加代子ちゃんが再び目を厳しくして小林先輩に向かって凄んだ。

「なぁ、センパイ。次にあたしの親友に手ぇ出したら、容赦しねぇからな」

するとそれまで呆気にとられていた小林先輩が、ふっと余裕げな笑顔を浮かべた。

「ふふ、でもいいや。私には、明希と付き合ってた事実がある。やれるもんならやってみなよ」

これ以上用はないと踏んだのか、勝気な笑みを残して小林先輩が立ち去っていく。

その姿が遠ざかっていくと、私は糸が切れたようにふらふらと歩いてノートが焼け焦げたあたりのコンクリートに膝をついた。そして黒くなったノートの欠片を拾い上げる。

「何があったんだよ、ここで。たまたま耳にしちゃったけど、弘中先輩が未紘のことを覚えてないって、どういうことだよ」

背後から聞こえてくる、戸惑ったような加代子ちゃんの声。少しの逡巡ののち、加代子ちゃんの問いかけに応えるように、背中を向けたままそっと口を開いた。

「……明希ちゃん、事故の後遺症で、一日分の出来事しか記憶できなくなっていたんだって。それなのに毎日ノートに記録して毎日読み返して、記憶がない素振りなんて一瞬も見せずに、会ってくれてた」

でも、私たちをつなげてくれていたその備忘録が、今はもう……。

ごめんね、明希ちゃん。守れなくて。

まつ毛を伏せれば、私の涙よりも先に、加代子ちゃんの声が落ちてきた。

「そう、だったのか……。毎日一緒にいたいから消えていく記憶をつなぐなんて、そんなのもうプロポーズみたいなもんじゃんな」

「……っ」

改めてそう言われると、明希ちゃんの思いにぎゅっと胸が切なく締めつけられる。

振り返り顔を上げれば、加代子ちゃんが膝に手をつき、穏やかに微笑んでいた。

「未紘は、弘中先輩のこと好きなんだろ？」

私は迷うことなく、力強く頷いた。

「もちろん。片想いだって上等」

「はは、かっけーよ。弘中先輩も未紘も」

「かっこいい？」

「ああ。かっこいい。大丈夫だな、今の未紘なら」

「……ありがとう、加代子ちゃん」

かっこいいだなんて初めて言われて、なんだか自分が少しだけ強くなった気がした。

翌日の朝。窓から差し込む朝陽の気配に目を覚ました私は、布団の中でぼんやりと天井を見つめたまま、枕元に置いたスマホを、そちらには目もくれず手に取る。そして時間を確認しようとして、二件のメッセージの着信に気づいた。通知として待ち受けに並んだ文面に視線を走らせた私は、その途端バッと目を見開いた。スマホに視線を釘づけにしたまま布団をはねのけ、上体を起こす。

それは、昨日の十九時ごろ届いていた虎太郎さんからのメッセージ。

『明希が目を覚まし、退院することになった』

元々スマホをよく使うほうではないことに加え、マナーモードにしていたから、着信に気づかなかった。

それからたった今届いたばかりのメッセージは、さらに私を驚かせた。

『明希が昨日のことを覚えているらしい。記憶障害がよくなっているのかもしれない。今日から学校に行くと言っている』

そしてその下には、ひっそりとこうも書かれていた。

『ただ、失った記憶の回復はしていない。こんなこと言いたくないけどたぶん、高垣のことも忘れていると思う……。つらいと思うから、来なくてもいい。その気持ちだけで十分だ』

——答えは、ひとつだった。


「他にわからないことはあるか？」

「今のところ大丈夫かな。ほんと、コタと美央奈には助けられた」

ドアを一枚隔てた向こうから洩れ聞こえてくる虎太郎さんと明希ちゃんの会話に、心が震える。

ああ、本当に明希ちゃんの声だ。数日ぶりなのに、もう何日もその声に会えていなかった気がする。

美術室の前で、私は最後の心の準備のため、深呼吸をした。

明希ちゃんの備忘録はもうない。でも、現実から目を背けることはできない。したくない。

「本当はもうひとり……」

虎太郎さんのそんな声が聞こえてきたのとほぼ同時に、私は美術室のドアを開けた。

見慣れた殺風景な景色の中、窓枠に軽く腰をかけて立つ彼の姿を見つけた。窓を背にしているせいで逆光になって、その表情はよく見て取れない。だけど、彼のふたつのビードロみたいな瞳が、少し驚いたように私を映したことだけはわかった。

「高垣……っ」

動転したように声を上げる虎太郎さん。だけど私はその声に足を止めることなく、彼の前に立った。

よそ行きの笑みを軽く唇に乗せ、彼が口を開く。

「えっと、君はコタの知り合い？」

——彼の中から私が消えた。

その瞳に、今まで私に向けられていた色はない。——それでも。

私は頬を緩め、笑顔を浮かべた。

「こんにちは。私は一年の高垣未紘です。ずっと仲良くしてもらっていました」

すると、一度の瞬きののち、こちらに向けてくれた笑みに親しみがこもる。

「そうだったんだ。ごめん。俺、全然覚えてなくて。未紘、か。覚えた」

「……っ」

私たちのやりとりに、虎太郎さんが絶句する気配。

想いが通じ合っていたことは、明希ちゃんには打ち明けないことに決めていた。もしもそれを言ってしまったら、優しい彼は無理に私を好きになろうとしてくれるような気がしたから。彼の気持ちを強いるようなことはしたくない。

「明日もここに来ていいですか？」

「もちろん。授業進度が違うから、俺ずっとここでひとりなんだよね。だから、いつでも大歓迎」

そして彼は腰を折って私の瞳を覗き込み、眉を下げて控えめに微笑む。

「俺が忘れちゃってることとか、教えてほしい」

人として大事なものが欠けた私の心の隙間を、あなたの優しさが埋めてくれた。私の心の半分は、明希ちゃんだった。

私は、少しでも気を抜けば溢れそうになる愛おしさをこらえ、目を見つめて頷いた。

そのきれいな瞳に映る私は、ちゃんとうまく笑えているだろうか。

「はい。弘中さん」

「ありがと、――未紘」

『あ、ヒロが笑った。めちゃくちゃかわいいな』

『恥ずかしいからやめて、明希ちゃん』

あのころと形は変わってしまったけど、もう一度、最初から。明希ちゃんのこと、

今度は私に頑張らせて。

最終章
何度巡り会っても

俺にとっても君はヒーローだよ

帰宅すると、脇目も振らず自室にこもってすぐに歌の練習を開始した。部屋の中央に立ってギターを鳴らし、音色に合わせて声を出す。

「……ぁ、あ……ぁあ」

大の家を訪れたあの日から本格的に毎日練習をしているけど、いっこうに声が出ない。失敗した時の記憶がリフレインして、無意識のうちに恐怖心が喉の開きをセーブしてしまっているようだ。

「……あ、ぅ、く……っ」

悔しさと不甲斐なさに、上体を倒して自分の膝を何度も叩く。

行き場のない焦燥感に覆い尽くされそうになる。——けれど寸前でハッと我に返り、ぱんぱんっと両頬を叩いて挫けそうな弱い自分を叱責する。このままじゃダメなのだ。

『世界一の歌姫にしてやる』

『ヒロの歌声、すごくきれいなんだろうな』

心の中で朽ちることのない輝きを放つ言葉が、背中を押してくれているから。

大切なふたりにこんなふうに思ってもらえるこの歌声を、閉じこめたままでどうする。

私はきゅっと唇を引き結び、それから再び口を開いた。

聞いた人が揃って眉をしかめそうなほどかすれた不協和音を響かせながら、歌う。

どんなにかっこ悪くても、自分ですら耳を塞ぎたくなる現実から逃げずに、私は声を上げ続けた。

『いつか歌えるようになったその時は、一番に聴かせて』

明希ちゃんと、そう約束だってした。その約束を果たせるのは、私だけなのだ。

自分のためじゃない、誰かのためという理由は心を強くすることを知った。

「ふふ、明希ちゃんったら」

――翌日の昼休み。昼食の重箱を抱きしめた私は、美術室に入ろうとドアに手をかけたところで、その動きを止めた。

中から聞こえてくる〝明希ちゃん〟という呼び名。そう呼ぶのは私だけだったのに、お互いを見つける合言葉だったのに、今その呼び名は小林先輩の艶のある声で奏でられている。

何か大切なものが壊されてしまったような気がして呆然と立ち尽くしていると、ドアの向こうから明希ちゃんの声が聞こえてきた。

「何、その〝明希ちゃん〟って」

「かわいくない？　これからそう呼ぶね」

「呼ばれたことないから、なんか照れるわ、それ」

重心が後ろに引っ張られ一歩あとずされば、板張りの床がギシリと軋む。静けさが蔓延した廊下に、その音はひどく虚しく響いた。

ドア一枚を隔てて楽しそうに繰り広げられる会話を聞きながらも、私にはどうすることもできない。

彼にとって初対面になっている私は〝明希ちゃん〟なんて呼べなかった。

明希ちゃんが、なんだかとてつもなく遠くなってしまったようで。……ああ、すごくモヤモヤする。

小林先輩がいない時に改めて出直そうと、一緒に食べるために持ってきた重箱を抱えて来た道を戻る。頑張ろうと決めたのに、やっぱり私は肝心なところで、傷つくことを恐れて臆病になってしまう。

どんよりとした思いとは裏腹にいつの間にか腹ぺこになっていた私は、教室に戻る時間も惜しくて、渡り廊下を外れた。そして校庭に出て、校舎側の隅にひっそり設置されたベンチに腰かける。

今にも雪が降りそうな灰色の曇天の空の下、寒いからか、校庭に生徒の姿はない。今年はあと何回、雪が降るのだろう。

「いただきます」

ひとりでそう口にし、私は重箱を開けた。吐き出された白い息が、冷たい空気にのまれていく。

気づけばもうすぐ冬休み。長期休暇に入ってしまったら、さらに明希ちゃんに会えなくなってしまう。

心にぽっかりと穴が開くような寂寥感を覚えながら、余計なことは考えないように、重箱に詰め込んだおかずを休む暇なくパクパクと口に運ぶ。と、その時。

「見つけた」

背後から聞こえてきた思いがけない声に、一瞬にしてきゅっと胸の奥が締めつけられる感覚を覚えた。

「あ——弘中さん」

振り返れば、ポケットに手を入れ、涼やかな笑みを唇に乗せた明希ちゃんがそこに立っていた。

「やぁ。昨日ぶり」

彼が私だけを見てる。それだけで。

……ああ、なんで。なんでこんなにも胸がいっぱいになってしまうの。

明希ちゃんが、昨日の私のことを覚えている。そんな当たり前なことが、奇跡のようだ。

「どうして、ここに？」

つっかえそうになりながらようやく平静なトーンで声を紡げば、それとは対照的に甘い声が返ってくる。

「旧校舎の美術室から君が見えたんだ。明日来るって言うから、俺、待ってたんだけど」

「……っ」

私の動揺もよそに、明希ちゃんが当たり前のように隣に腰をかける。

「っていうか、それ君の弁当？　だいぶでかくない？」

「よく食べるとは言われます」

自分では普通だと思っているけれど。

「うん、間違いなくよく食べるって域じゃないよね、それ」

なぜか、笑顔で鮮やかに突っ込まれてしまった。

「全部手作り？」

「はい」

「へー、俺も食べたいな」

「えっ……」

「君の手料理、だいぶ興味ある」

明希ちゃんが膝に頬杖をつき、いたずらげな笑みを唇に浮かべて、下から上目づかいで見つめてきた。

……こういうところ、やっぱりずるい。なんていうか、ぷ、ぷれいぼーいだ。明希ちゃんにこんなふうに言われて、断れる女子なんているのだろうか。

「……どうぞ」

「お、ラッキー。じゃ、遠慮なくいただきます」

節が出っ張っていない細長い指がひょいとつまんだのは、やっぱり卵焼き。

「ん！　うまっ」

卵焼きを口に運んだ途端、その表情があどけなくぱっと輝いた。どんな「おいしい」よりも雄弁に、味の感想を伝えてくる。

「よかった。弘中さんの大好物ですもんね」

「そっか。君は俺の大好物まで知ってるんだ」

不意に、明希ちゃんの声のトーンが落ち、伏せた瞳にはわずかに切ない色が滲む。

あ……と、その言葉の痛みに気づいたその時、私が口を開くより先に明希ちゃんが切り出した。

「君にとって、俺ってどんな存在だった？」

――私にとっての明希ちゃんは――。〝魔法使いくん〟の時から、たぶん一貫して、変わらない。

「ヒーローです」

即答だった。

「ヒーロー？」

意外な答えだったのか、明希ちゃんがこちらを見て目をみはる。

「……いつも私を助けてくれて、自分でも気づかないうちに欲していた言葉をくれる弘中さんに救われていたんです」

明希ちゃんがくれた温もりを思い出し、一言一言を噛みしめるようにそう告げれば。不意に手が伸びてきて、頬に添えられた手のうち親指が、私の頬をぐいっと拭った。

「え？」

突然のことに目を瞬かせると、明希ちゃんが私の顔を覗き込むように鼻先を近づけ、「泣いてたから」とだけ言った。その言葉にハッとして自分自身に意識を向ければ、いつの間にか頬に涙が一筋伝っていた。音もなくこぼれ落ちていた涙は、まだ熱を持っている。

「あ……ごめんなさい」

泣き顔を見せてしまったことを悟り、慌てて顔を背けて目元を拭っていると、暗闇の向こうから明希ちゃんの抑えた声が聞こえてきた。

「俺こそごめん。今の俺は、たぶん君が会いたい俺じゃないよね」

……それはまるで、鋭い氷の刃のように胸に突き刺さった。後頭部を殴られたような衝撃に、一瞬呼吸が詰まる。

「っ……、それは違います」

あまりに悲しくて切ない明希ちゃんの感情を、一秒でも早く彼の中から追い払いたくて、私はきっぱりと否定していた。

「え？」

違う、違うよ明希ちゃん。そんな悲しいことを考えないで。それじゃあまるで、記憶障害が治らないままのほうがよかったみたいじゃないか。

「私は、弘中さんが大切なんです。もちろん今だって。前も今も、弘中さんが弘中さんであることになんの変わりもない」

明希ちゃんが何もかも忘れていても、私は明希ちゃんが好きだ。今も叫び出してしまいそうになるくらい、こんなにも。それは、明希ちゃんが明希ちゃんだから。

「だから、今の弘中さんと思い出を作っていきたいです。今の、これからの弘中さんとじゃなければ作れない思い出を」

どうしたら、この思い全部、こぼすことなく届けられるのだろう。伝えきれていないんじゃないかって、すごくもどかしい。

「未紘……」

目をみはり私を見つめていた明希ちゃんはやがて、そっとまつ毛を伏せ、自嘲気味な笑みを浮かべた。

「ごめん。俺、卑屈になってたかも。みんな、記憶が抜けてる間の俺を見てるんじゃないかって。今の俺は、実は誰にも必要とされてないんじゃないかって」

「……っ」

……考えたこともなかった。いきなり数年間の記憶がなくなっていて、でもそれは自分だけで。当たり前だけど、まわりはその分の時間を生きているからこそ、知らないところで自分を含めた関係性が作られている。過去の自分を知らないって、どれだけ不安なことだろう。

自分が自分じゃないような、過去の自分からさえ置き去りにされているような。そんな不安と、明希ちゃんはたぶん何度もぶつかってきたのだ。

今度こそ明希ちゃんは幸せになれるんだって、そう思っていたのに、どうして明希ちゃんばかりがつらい思いをしなければいけないのだろう。

力になりたい。人一倍温かいあなたには、穏やかに、楽しいって思える日々を送ってもらいたい。

「弘中さんと同じ歩調で歩いていたいです。あなたが不安になった時、私が目印になれるように」

拳を握りしめ思いをぶつければ、明希ちゃんの目元の力が優しくふっと抜けた。

「ありがと。だから、もう泣かないで、未紘」

そっと撫でるような声で言われて、また涙がこぼれていたことに気づく。涙腺が壊れてしまったみたいだ。

「あ、ごめん、なさい」

「んーん。俺にとっても君はヒーローだよ」

「……っ」

「あ、でもこんなにかわいいヒーローいないか」

私の背中をさすりながら、おどけたふうに明希ちゃんが笑う。

好きな人から不意をつくように言われたその言葉の威力に、動揺するなというほうが無理だった。顔に熱が上ってしまい、うつむいてその熱を冷まそうとしていると、突然、顔の横に垂れていた髪の気配が視界から消えた。顔を上げれば、クリアになった視界に明希ちゃんの色素の薄い目が映り込み、彼の指が私の髪をすくって、耳にかけたのだと気づく。

「たくさん教えて？　俺が忘れてる間のこと。俺自身のことだから、全部受け止める」

私の目を見据えて紡がれる明希ちゃんのその言葉が力強くて、私はまた涙が出そうになってしまった。記憶がない間のこともすべてまとめて自分だと、明希ちゃんがつないでいた日々はなかったことにならないと、そう言われた気がした。

あなたは、やっぱりいつだって強い。私には到底追いつけないくらい。

「はい」

縁まで込み上げて、今にも溢れ出しそうな感情をこらえていると、不意に明希ちゃんが立ち上がった。

「さ、そろそろ戻るね。このあと、担任が来るらしくて」

「え？」

明希ちゃんの言葉に、ふと気づく。そういえばお昼は食べたのだろうか。もしかして、時間がない中、声をかけに来てくれたのだろうか。――たぶん、あなたのことだから、自分のことはあと回しで。

一瞬でぐるぐる巡る思考が、突然肩の上に落ちてきた温もりによって遮断された。

「これ、着てて」

「え？」

首元から甘い香りに包まれる。肩にかけられたそれは、明希ちゃんが着ていた、まだ熱の残るアイボリーのセーターだった。

「お弁当、ここで食べていくんでしょ？」

「でもそれじゃ、弘中さんが……」

「俺はいいから。先輩命令だよ、未紘」

甘く言われて、不覚にもキュンと胸が高鳴る。いつだって明希ちゃんが上手だ。

「……はい」

「うん、いい子。じゃーね」

頭上の彼は、戦闘不能になった私にひらりと手を振り、歩いていってしまう。

背中を見つめていると急激に名残惜しさが込み上げてきて、気づけばそんな思いに背を押されるように足が動いていた。

「――弘中さんっ」

明希ちゃんに駆け寄り、引き留めるようにシャツの裾を掴む。

「ん？」

明希ちゃんがこちらを振り返り、見下ろした視線と私の視線がぶつかり合う。次の瞬間、考えるより先に声が出た。

「今週の日曜日、空いてませんか？　弘中さんと一緒に出かけたいです」

「お、いーね。出かけよ」

　あまりにあっさり快諾されて、自分から誘っておきながらほぼ勢いだった私は、思わずぽかんとしてしまう。

「本当ですか……？」

「ん、ほんと。楽しみにしてる」

　優しく微笑んで、ぽんと私の頭に手を置き、今度こそ歩いていってしまう明希ちゃん。鼓動の激しい高鳴りを聴きながら、私はその後ろ姿を見つめた。

　好きだと、もう一度そう思ってほしいと、身のほど知らずにも願ってしまった。

　他人には何も求めなかった。それなのにいつからこんなにも欲張りになってしまったのだろう。

君って涙もろいよね

そして日曜日。アラームが鳴るよりも早く起床した私は、自室で髪をとかしていた。明希ちゃんと休日に会う時は、必ずといっていいほど早起きしてしまう。たぶんそれは、無意識のうちに心が緊張と昂ぶりを覚えているせいだ。

だけど今日は、いつもとはまた違う緊張感を抱いていた。

髪を整え、昨夜決めておいた服に着替えたあと、ギターが入った大きなバッグを背負う。

──今日、明希ちゃんに歌を聴いてもらうと決めていた。緊張するけれど、失敗するかもしれないけれど、それでも。

改めて決意を固め、私は懐かしい重みを背に家を出た。


「ららら──」

待ち合わせ場所に向かって歩きながら、軽く発声の調子を確認する。

……大丈夫、ちゃんと出る。どこかまだ不安を拭いきれないでいる自分に、心の中でそう言い聞かせた。

万全ではないけれど、一日何時間もの練習を重ねてきた。歌に対する恐怖心は、今はもうほとんどない。

明希ちゃんと出会う前の私にこの状況を伝えても、たぶん信じないだろう。もう二度と歌うことなんてないと思っていたから。

明希ちゃんがこんなにも私を変えてしまったのだ。


待ち合わせは、いつもの駅前。日曜ということもあって混みそうだから、改札口から少し離れた場所にある水族館の大きな看板を目印に指定した。

約束の十五分前、そこにはまだ明希ちゃんの姿はなかった。目論見どおり、駅前とは打って変わり、少し奥まっているせいかひっそりとしている。その場所で、私は駅の壁に設置された水族館の看板を背に、明希ちゃんを待つ。

五分ほどたったころ、カジュアルな服装に身を包み、黒いキャップをかぶった彼が姿を現した。

「弘中さん！」

呼びかける声に引き寄せられるように、あたりを見回していた明希ちゃんが私を見つけた。

「おはよ、未紘。ごめん、遅くなっちゃって」

「私もついたばかりです」

「大きな看板がなかなか見つからなかった」

そう言いながら私の背後の看板を見上げる。

「それにしてもでかいな、この看板。これ、水族館？」

「はい」

ほらこの前行った、と、そう言おうとした時。

「へー、水族館なんてこの辺にあったんだ」

――あ……。

「楽しそう」

目を細め、看板に大きくプリントされた白イルカを見つめる明希ちゃん。

一瞬、あの日の記憶が走馬灯のようにリフレインして、

「すごく楽しいですよ」

だけど一ミリの違和感も悟られないように笑顔を取り繕った。

「じゃあそこに行こうかな」

イルカを見上げたまま明希ちゃんがぽつりと呟く、私はそれに、何気なく反応してしまった。

「誰かと出かける約束してるんですか？」

「うん、まあね。お世話になってる子に、お礼は何がいいって聞いたら、どこかに出かけたいって言われてて」

「小林先輩、ですか？　元彼女さんの」

明希ちゃんはたぶん意図的にぼかしたのだろうけど、わかってしまった。私の言葉に、こちらを見下ろした明希ちゃんが少しだけ困ったように眉を下げて苦笑する。

「あ、知ってたか。おぼろげに付き合ってた記憶はあるんだけど、付き合うきっかけとか別れた時のこととか覚えてなくて、それも申し訳ないなって感じだから」

「――それなら、水族館じゃないほうがいいです」

気づけば、不自然なほど強張った声が口をついてこぼれていた。

「え？」

「遊園地も隣駅にあるので、そっちのほうが」

思惑を隠すようにとっさにつけ加えると、明希ちゃんが微笑む。

「君のおすすめなら、そっちにしようかな」

信頼を寄せてくれているからこその曇りない笑顔に、罪悪感が芽生えてズキンと胸が痛む。私、嘘ついたのに……笑いかけないで。

ふたりで、あの水族館に行ってほしくなかった。明希ちゃんが水族館を思い返す時、隣にいるのが私ではなくて小林先輩になってしまうのが、嫌だと思ってしまった。欲張りで身勝手でどうしようもない。

「そういや今日はどこ連れてってくれんの？」

何も知らない明希ちゃんのいつもの声が降ってきて、私はつきまとってくる自己嫌悪を振り払った。明希ちゃんの前では笑っていないと、心配させてしまう。

「今日行くのは、私と弘中さんが出会った場所です」

「おー、なんかうれしい。それじゃ連れてってください、未紘さん」

「はい」

歩幅を合わせ、私たちは歩き出した。


「つきました」

歩き出して二十分後、私たちはあの河原に到着した。

「いいところだね」

「はい」

「ここで俺は君に会ってたんだ。やっぱ覚えてなかったなー、全部」

できるだけ軽くしたというトーンで、明希ちゃんが河原の景色を見つめる。その言葉の端々に本心が潜んでいるように思えた。

河原を見つめる明希ちゃんの凪いだ横顔は、光に透けそうなほど白く、河原の景色と同化してしまうのではないかと思うくらい儚く感じられる。引き留めていなければ今にも消えてしまいそうで、私は懸命に話題を探した。

するると、そんな私より先に、顎先を軽く持ち上げた明希ちゃんが、空に向かって声を放った。

「ね、未紘。聞いてくれる?」

「はい?」

「俺、卒業したら、モデルの仕事をしようと思ってる」

「モデル……?」

それは思いもよらない告白だった。

「俺から聞いてたかもだけど、昔モデルやってたことがあって、その時の事務所と再契約することになりそう」

声は、白いモヤとなって消えていく。それなのに心にはしっかり刻み込まれていく。思いつきではない、心に決めていたことを感じさせる、ぶれない響き。

「俺、中学のころすっごく嫌いだったんだよね、モデルの仕事。亡くなった父親の〝秋〟って名前と同じで、父親がやってた真似事をさせられて。こんなのもう、俺自身否定されてるってことじゃんって思ってた。だけどどうしてかわからないけど、今は挑戦してみたいって思ってる。記憶がないころに、何か心変わりするようなことがあったのかもしれない」

「……っ」

思わず息をのむ。自惚れかもしれない。一方的な勘違いかもしれない。だけどもし、四年前の私とのやりとりが、明希ちゃんも気づかぬうちに彼の背中を押していたとしたら――。

不意にこちらを振り返った明希ちゃんが、眉を下げて柔らかく苦笑した。

「君って涙もろいよね」

彼がこちらに歩み寄り、大きな手で包み込むように私の頬を拭う。気づけばまた、大粒の涙が熱い瞳からこぼれ落ちていた。

……違うよ。あなたのせいでこんなにも涙もろくなったんだよ。何かが足りないアンドロイドみたいに全然泣けなかったのに、あなたが私を人にしてくれたの。

「うまくいくか不安だけど、頑張ってみるから俺のこと見てて」

「応援してます」

「ありがと。君に応援されてると心強い」

――今だと思った。明希ちゃんが未来へ進もうとしているのだから、私も。

涙を自分の袖で拭い、クリアになった瞳で明希ちゃんを見上げる。

「私も、弘中さんに伝えたいことがあって」

「ん？」

「私、歌うことが好きだったんです。だけどトラウマができて、それ以来歌うことから遠ざかっていました。今もまだ完璧には歌えません。だけど今、弘中さんに聴いてほしいんです」

そこまで言いきって、自分の鼓動がバクバクと暴れていることに気づく。そんな私に、明希ちゃんは瞳をそっと細めて微笑んだ。

「未紘の歌声すごくきれいなんだろうな」

「……っ」

思いがけない、聞き覚えのある響きに胸が詰まる。

——あの日と同じだ。否定するでもなく、急かすわけでもなく、寄り添ってくれる。やっぱり明希ちゃんは明希ちゃんだ。

また涙が込み上げてきそうになって、だけどそれをぐっとこらえ、私はバッグを肩から降ろし、ギターを取り出した。

明希ちゃんは川を背に、ただそっと見守ってくれている。

このあたりはいつも、微かな川の流れが聞こえてくるほど静かだ。だけど今日は、あたりを包む空気が、耳を澄ませて私の歌を待ってくれているような気がした。

「じゃあ、歌います」
そう宣言すると、大きく息を吸い、そして喉を開いた。――自分の口から紡がれた歌声が、ギターの音に遅れることなく乗った。

『ねえ、聞こえてるかい
君の熱にはしゃぐ僕の鼓動が

ああ　不思議だ
こんなにも僕の世界は君色に色づいてしまった
君のせいだって言ったら　君はどんな顔するかな
君の瞳に映る世界にも僕の色が滲んでいたらいいな　なんて

君にはハッピーエンドが似合うから
僕が君にハッピーエンドを連れてくるよ
僕ひとりじゃきっと抱えきれないから
とびきりの幸福を君に一緒に迎えてほしいんだ』

かつてないほどに緊張していた。

息継ぎがうまくできない。だけど、声は何かから解放されたかのように、しっかり音符になっていた。

頭の中は真っ白で、記憶が飛ぶ。だけど、どこからともなく聞こえてきた拍手の音に、ハッと我に返った。

「鳥肌立った。すごいじゃん、未紘」

見れば、明希ちゃんが感激したように目を輝かせていた。

「……っ、ちゃんと歌えてましたか？」

「歌えてた。すごくきれいな歌声だった」

歌いきった私を労うような明希ちゃんの穏やかな声が、じんわりと胸に染みていく。

……やっと。やっと明希ちゃんの前で歌えた。こんなにも満たされるなんて。

「曲も好きだな、俺」

「私も、私も好きなんです」

まだ回りきらない呂律で、明希ちゃんの言葉に賛同する。だって、一緒にCDショップに行った時にイヤホンを半分こして聴いた、思い出の曲だったから。

明希ちゃん、歌えたよ。あの日の約束、果たせたよ。

私はこの日、ずっと踏み出せずにいた一歩をようやく踏み出した。

やっと君に出会えた気がする

「冬休みも気を抜かず、文武両道に励み……」

「ったく、相変わらずくそなげぇな、校長の挨拶」

校長が壇上に上がり、話し始めて十分ほどたったころ、隣で加代子ちゃんが心底つまらなそうに大あくびをかました。

冬休み前最後の登校日。朝のＳＨＲの時間に、全校生徒が冷え込んだ体育館に集められ、全体集会が開かれている。

話が長いことで有名な校長の話がようやく終わり、全体集会がお開きになった。校長の話のためだけに寒い中わざわざ集められるのは、こっちからしてみればいい迷惑だ。

出入り口近くに並んでいた後ろの生徒から、ゾロゾロと体育館を出ていく。人数が多いことに加え、みんな近くの友人と会話を交わしながら歩いているから、異様に進みが遅い。その会話のネタのほとんどが、話が長い校長に対する愚痴だろう。

ゆっくり進む列の最後尾に近いあたりに並んでいると、横から加代子ちゃんが私の肩に手をかけてきた。

「なー、未紘。冬休み遊ぼうぜ」

「うん」

平静を装いつつも、心の中では跳ね上がっている私がいた。だって、友達からさらっと遊ぶお誘いを受けてしまった。

「お！　やった〜。何する？」

「ゆ、雪合戦とか？」

「へ？」

「強い雪玉作りなら、自信がある」

「ぷはは。ほんと未紘って天然記念物なんじゃないかって思う時ある」

なぜかまた笑われてしまった。友達と遊んだことがないから、普通というものがわからない。なんて言えば正解だったのだろう。

と、その時。

「——明希ちゃん」

突然どこかから聞こえてきたそのフレーズに、反射的に耳が反応した。慌てて視線を彷徨(さまよ)わせれば、前方の人だかりの中に、明希ちゃんの後ろ姿を見つけた。

そしてそんな明希ちゃんに寄り添うように歩く、さっきの声の主。——もちろん、小林先輩だ。

記憶障害のこともあり、今までは人との接触を避けるためこうした集会には参加していなかったから、まさか明希ちゃんがいるとは思わなかった。

小林先輩が何か面白い話題でも口にしたのか、体を軽く曲げて彼女の話に耳を傾けていた明希ちゃんが目を細めてくすっと笑ったのが、離れた後方からも見てとれた。

……見ていてもつらくなるだけなのに、なぜか目がそらせない。

……こんな時、思い知らされてしまう。明希ちゃんと私の間には、共通点も、目に見える関係もないのだということを。

こんなにも、遠い。

「おーい、未紘？」

落としていた視線の先に、不意に私の顔を覗き込む加代子ちゃんの顔が写り込んできた。

……いけない。意識が完全に明希ちゃんに向いてた。

「ごめん。何？」

「冬休みだけどさ、あたしん家でタコパとかどうよ」

「タコパ？」

「タコ焼きパーティー。タコ焼き器で、タコ焼き作るんだよ」

「いいと思う」

「おっし、じゃ決まりな。未紘が食べるんじゃ、相当具材買わねぇとだな」

「うん」

うまく笑えているだろうか。タコ焼きパーティーは楽しみなのに、私の胸に生まれた黒い感情は、あっという間に私の心を覆い尽くし、すべての感情を支配してしまっていた。


それからいつものように授業が行われ、六時間目のＨＲの時間に担任から通知表が渡された。これにて、二学期は終了だ。

ＨＲが終わり、しばしのお別れを惜しむ声でといつも以上に騒がしい教室で帰る準備をしていた、その時。

「未紘！　大変だ！」

突然、トイレに行ったはずの加代子ちゃんが、そう声をあげて教室に駆け込んできた。そして、切羽つまった表情で私の机に押しかける。

「中庭で告白大会してるっ！」

「告白大会？」

長期休暇の前、放課後に必ずあるのが告白大会。ここで両想いになったふたりは幸せになれるというジンクスがある。

でもそれがいったいどうしたのだろうと状況を掴めずにいると、加代子ちゃんがぐいっと顔を寄せてさらに詰め寄った。

「弘中先輩と小林美央奈が、告白大会に！」

「え……？」

突然の衝撃に思わず目をみはった、その時。

「明希くんと美央奈ちゃんが復縁だって！」

「えー！　やっぱり元カノに落ちつくの⁉」

「せっかくアンドロイドと別れたと思ったのに、超ショックなんだけどーっ！」

廊下を歩いていく女子たちの声が聞こえて、にわかに背筋が凍りつく。

思わずガタンと音を立てて立ち上がり、そしてそのまま教室を駆け出していた。

「未紘……！」

私を呼び止めようとした加代子ちゃんの声が背中を打つ。だけど反応することはできなかった。

人であふれる廊下を、脇目も振らずに全速力で駆け抜ける。

嫌な黒い感情が、私を掴んで離してくれない。

中庭につくと、すでに野次馬の生徒たちが集まっていた。その中心に、小林先輩の姿を見つける。

「明希ちゃん、いつもありがとう」

小林先輩が恥ずかしそうに一言そう言えば、途端にまわりから囃し立てるような声があがる。

嘘であってほしいのに、人だかりの向こうにいるのは――見慣れたアッシュベージュ色の髪の後ろ姿。

何も聞こえない。目の前が真っ暗だ。すべての感覚が無になる。それはまるで、現実世界すべてが、私の存在を拒んで追い出そうとしているようで。

『難しいことも何もかも取っ払ったとして、純粋に君のことを好きって感情が一番大きいんだろうなって』

記憶の中の明希ちゃんが目を細めて微笑んで、――消えた。

「明希、ちゃん……」

思わず懐かしい呼び名が口からこぼれた、その時。こちらに背を向けて立っていた明希ちゃんが、どこかで名前を呼ばれたことに気づいたかのように、ふとこちらを振り返った。

――そして。

押し寄せる生徒でごった返す中、磁石で引き寄せられるように、バチンと視線がぶつかってしまった。

「……っ」

彼の瞳に映った瞬間、思わず息をのみ、私は反射的に身を翻してその場を駆け去った。

人の波をかいくぐるように走って辿りついたのは、旧校舎の空き教室。人がいない場所へと思ったら、旧校舎しか思い浮かばず、けれど美術室に入るわけにはいかなかった。

空気がくすんだ教室の中に入り、それでもまだ遠くへ遠くへというように、おぼつかない足取りで奥へ進む――と、窓の前で足が止まる。

これから先には行けない。これ以上はもう逃げられない。……だって、これが現実なのだから。

頭がじわじわと状況を理解していけば、込み上げた思いが溢れた。

「う、ああ……」

涙が止まらなくて、両手で顔を覆う。

絶望感に打ちひしがれ、もうズタズタだった。明希ちゃんの心が、誰かのものになってしまった。

もう話すことも、あの笑顔を向けてくれることもなくなってしまうの……？

――好きだよ、好きだよ。

こんなに好きなのに、想いを伝えることさえできなかった。諦めることなんて、できるはずもないほど膨らんでしまったこの想いは、いったいどうすればいいと言うのだろう。

そして必死に毎日をつないでくれた明希ちゃんの気持ちを思うと、心が焼かれたようにヒリヒリする。その思いをつなげることができなくて、ごめんなさい。

「うぅ……く……」

悔しくて不甲斐なくてつらくて悲しくて。次から次へと押し寄せる感情に胸が張り裂けそうになって、嗚咽を漏らしていた、その時。

――たぶん、泣きじゃくっていたから気づかなかった。教室に誰かが入ってきて、すぐ後ろまで迫ってきていたことに。

後ろから伸びてきた二本の手が、突然私の顔の横をかすめて、窓ガラスに鈍い音を立ててぶつかった。

「……っ」

「見つけた」

息をのんだ私に降りかかった、あの声。

「弘中、さん……」

私を囲うようにして背後に立つ明希ちゃんは、走ってきたのか、息を切らしている。

どうして彼がここにいるのか混乱したまま、窓ガラスに映るうつむき加減な彼を見つめた、その時。

「……明希ちゃん、って呼んで」

荒い息の間に発せられた予期せぬ言葉に、私は目をみはった。

「え？」

どうしてそんなことを言うのか、いくら考えても思考が追いついてこない。

今の彼にとって、その呼び名はなんの意味も持たないはず。それなのに。

そうするうちにも、明希ちゃんはさらに耳元へ口を寄せてくる。

「呼んで。呼ぶまでここから逃さない」

――本気だ。

その名を呼んでしまったら、自分の気持ちがさらけ出されてしまう気がした。

いつもの穏やかなトーンとはかけ離れた有無を言わせない強い声音で促された私は、
震える声を漏らした。

「……明希、ちゃん……」

──その瞬間。突然後ろから、覆うように力強く抱きしめられた。そして私の首元に顔を埋めた彼が、涙を堪えているかのような押し込めた声を吐き出す。

「……なんでかわからないけど、俺は君にずっとそう呼ばれたかった気がする」

「……っ」

──『なんでかわからないけど、君を傷つけたくないと思った』

記憶の中の明希ちゃんの言葉と重なったその瞬間、爆発するかの勢いで感情のダムが決壊した。

「ふ、うっ……」

……どうして。どうしてあなたは、何度忘れてもそのたびに私を見つけてくれるんだろう。ダメだよ、こんなのずるすぎるよ明希ちゃん。

「うう……ぁ、あ……」

「未紘」

顔を覆って泣きじゃくる私の体を離し、明希ちゃんがささやくように呼んだ。嗚咽を漏らしながらも振り返れば、揺れる視界の中、彼はまっすぐ私を見つめていた。

「さっきの美央奈の告白、断ってきた。俺には大切にしたい子がいるから」

いつもより少しだけかすれた声が、一言一言をそっと紡いでいく。

「……え……？」

ヘーゼル色の瞳に映っているのは、はらはらと涙をこぼす私だった。

「ねぇ、未紘。好きになってもいい？」

「……っ」

「やだって言われても引けないくらい、もうだいぶ好きなんだけど」

再び感情の波が押してきて、瞳から溢れる涙は勢いを増した。胸が震えて、息がうまくできない。こんな奇跡って、あるのだろうか。愛おしい人に、もう一度、好きになってもらえるなんて。

「好きになってください……。本当はずっと大好きだったよ、明希ちゃん……っ」

涙にまみれながらも想いをぶつけたその瞬間、奪うように腕の中に引き込まれた。

久々に感じる愛しい人の熱に、胸がいっぱいになって息が詰まりそうになる。

「ずっと？」

「うん、ずっと……」

「ずっと想ってくれてたのに、今まで我慢させてごめん」

「ううん……っ。明希ちゃんのことが好きだから、全然我慢なんてしてない」

「待っててくれて、ありがとう。やっと君に出会えた気がする」

涙声でそう言いながら、耳元で明希ちゃんがくしゃりと破顔したのがわかった。

「あー、なんでだろ。好きだって言ったら、君への気持ちがすごく溢れてきた。何も覚えてないけど、ずっと君のこと好きだった気がする」

思いがけない言葉は、ぎゅうと胸を締めつけ、さらに私の涙腺を緩めた。

「ふ、う……」

明希ちゃんは記憶がない分の一秒一秒を埋めるように強く抱きしめ、そして体を離すと、私の頬を両手で挟み込むように持ち上げ、潤んだ瞳に私を閉じ込めた。

「はは、また泣いてる。泣き虫な未紘の涙をすぐに拭えるように、ずっとそばにいて」

「うん」

まつ毛を絡ませ、額を重ねて笑い合う。視界いっぱいに映る彼の笑顔があどけなくてきれいで、私は心を満たす幸福感に打ち震えた。悲しみ以外にも涙は流れることを初めて知った。

「心から愛おしくてたまらない」

「私もだよ。あなたのことを愛してる」

こんなにもするりと、愛の言葉が口をついて出た。私は見つけたのだ、本当の愛を。

そして――近づく影に目を閉じれば、お互いの唇の熱が混じり合った。三度目のファーストキスは、涙の味が滲んでいた。こんなに幸せな瞬間、きっと他にない。

――泣きたくなるくらい愛おしいと思える恋だった。

あなたに、何度も出会えてよかった。

明希ちゃん。もう一度好きになってくれて、ありがとう――。

明希ちゃんは、このあとも、失った記憶を取り戻すことはなかった。

だけど、どの瞬間の明希ちゃんも、私の好きな人であることに変わりない。

あなたの明日が優しい希望に満ち溢れていますように。願わくば、その希望のひと欠片となりたい。

――欠けた私の心をあなたが埋めてくれたように、私たちの記憶は私がこれからも埋めていくよ。何度あなたが私を忘れたとしても、すぐにあなたを見つけられるように、これからもずっとそばにいるからね――。

ある時そう言ったら、ふたりでいれば無敵じゃんって明希ちゃんが隣で笑った。

エピローグ

——数年後。

たまたまついていた控え室のテレビから聞こえてきた声に、ペットボトルに入ったミネラルウォーターを口に含んでいた私は、振り返った。

テレビが映していたのは、MCとゲストによる対談型のバラエティ。MCを務めるのは、仕切りの上手い女性のベテランタレントだ。

「今日のゲストは、モデル出身ながらも、最近では俳優としてもマルチに活躍中の弘中明希くんです！」

「こんにちは」

「待ってましたよ～。それにしても、いや～、イケメン！」

「ありがとうございます」

——明希ちゃんだ。

パステル色の賑やかなセットの中に囲まれている相変わらずかっこいい彼の姿に、ペットボトルを手にしたまま懲りもせず見とれてしまう。録画はばっちりしてきたはずなのに。

テレビの向こうで完璧な笑みを作る彼を見ていたら、今朝の行ってらっしゃいのハグとキスを思い出した。今日は珍しく明希ちゃんの方が出掛けるのが遅かったのだけれど、頑張れの意味を込めてか、いつも以上にたっぷりハグとキスをくれた。お仕事ではいつも完璧な姿しか見せないけど、私の前では少しだけ、甘えてくる。

なんだかまだ、今朝の熱の余韻が、体の至るところに残っている気がする。

「最近忙しそうだけど、明希くんの元気の源ってなんですか？」

「元気の源か……。歌、ですかね」

「歌？」

「ええ。いつも俺の隣には歌がありました」

そう言って微笑む彼の右手薬指には、指輪がきらりと光っている。

彼の答えに思わず胸を高鳴らせたその時、入り口の方からスタッフさんに声をかけられた。

「開演間もなくです！　スタンバイお願いします！」

「はい」

私は控え室の入り口近くに置いていたギターを手に取った。ギターを掴んだその右手には、明希ちゃんとお揃いの指輪がはめられている。

ステージに近づくにつれ、鼓膜を揺らすコールの音量が大きくなっていく。

舞台袖で大きく深呼吸して会場に足を踏み入れ、暗闇の中、ステージの中央に立つ。そしてギターをひとかきした途端、スポットライトが当たって、割れんばかりの歓声とペンライトの海が私を包み込んだ。

私はまた、音楽の中心に立っている。ひとりでは成し得なかった未来を、大切な人たちに支えられてこの手に掴んだ。そんな感慨に、目頭と喉元へ熱い感情が込み上げてくる。

それらをぐっとこらえ、大きく息を吸い込み、そして。ドームの空気を、私の歌声で揺らした。

誰かと誰かの心を繋げるような、そんな歌を歌いたい。そんな思いで私は今日も歌うのだ。

——ねえ、明希ちゃん。一緒に迎える明日は、どんな幸せを奏でようか。

fin.

あとがき

はじめまして、そしてこんにちは！　SELENです。

この度は、『今日も明日も、俺はキミを好きになる。』をお手にとってくださり、本当にありがとうございます！


楽しんでいただけたでしょうか……！

結局最後まで、そしてこれからも、明希は記憶を取り戻しません。この先もふたりで過ごす中で記憶に食い違いが出てくるかもしれないけれど、そんなのはとても些細なことだと、そう思える強さを、未紘は明希のおかげで持ちました。

そのため、過去を大事にしつつ今の明希を大切にする、そんな新しいふたりの関係を表現したくて、あえて明希の〝ヒロ〟呼びは戻しませんでした。


未紘のようなクールで変わり者なヒロインを書くのは初めてでした。笑うことも泣くことも忘れていた未紘が人間らしさを取り戻していくという成長も、大きなテーマのひとつでありました。少しでも表現できていたらいいなと思います。

年上男子も初挑戦でしたが、明希は、年齢的にも精神的にもとても大人なキャラです。理想をたっぷり詰め込んだので、きゅんとしていただけるところがあったなら、なによりです……！
また、余談でありますが、虎太郎は、希紗と本編の十年後あたりにお付き合いを始める予定です。だいぶ年の差ですが、虎太郎は希紗を溺愛しそうです。

この作品は、生きている理由を見失った、そんな人の背中を少しでも押せるようにという思いも込めて書き上げました。まだ来ぬ明日に足が竦んだ時に、この作品のことを一瞬でも思い出していただけたらと、そう願っています。

最後になりましたが、書籍化に伴い、多くの方にご尽力いただきました。大変お世話になりました。本当にありがとうございました。
そして、読者のみなさま。こうして書籍化という貴重な機会をいただけたのも、みなさまのおかげです。ありがとうございました！　心より感謝を込めて。

二〇一九年十一月二十五日　ＳＥＬＥＮ

SELEN（せれん）

関東在住のA型。嵐とシンデレラが大好きで、趣味は音楽鑑賞。読んでよかったと少しでも思ってもらえるような小説を書くのが目標。『好きになれよ、俺のこと。』で第10回日本ケータイ小説大賞最優秀賞を受賞し、書籍化。近刊は『クールな同級生と、秘密の婚約!?』など。

比乃キオ（ひの きお）

新潟県出身の少女漫画家。2014年、別冊フレンドから『キミに降る雪』でデビュー。代表作は、単行本『この町がぼくらのセカイ』。趣味は美術鑑賞、美味しいもの巡り。

SELEN先生への
ファンレター宛先

〒104-0031　東京都中央区京橋1-3-1　八重洲口大栄ビル7F
スターツ出版（株）　書籍編集部気付　SELEN先生

この物語はフィクションです。
実在の人物、団体等とは一切関係がありません。

今日も明日も、俺はキミを好きになる。

2019年11月25日　初版第1刷発行

著　者　SELEN　ⒸSelen 2019

発行人　菊地修一
イラスト　比乃キオ
デザイン　齋藤知恵子
DTP　株式会社 光邦
編集　若海瞳　酒井久美子
発行所　スターツ出版株式会社
〒104-0031
東京都中央区京橋1-3-1 八重洲口大栄ビル7F
出版マーケティンググループTEL 03-6202-0386
(ご注文等に関するお問い合わせ)
https://starts-pub.jp/

印刷所　株式会社 光邦
Printed in Japan

ISBN 978-4-8137-0801-8 C0193

恋するキミのそばに。

♥野いちご文庫人気の既刊！♥

キミさえいれば、なにもいらない。

青山(あおやま)そらら・著

もう恋なんてしなくていい。そう思っていた。そんなある日、学年一人気者の彼方に告白されて……。見た目もチャラい彼のことを、雪菜は信じることができない。しかし、彼方の真っ直ぐな言葉に、雪菜は少しずつ心を開いていき——。ピュアすぎる恋に胸がキュンと切なくなる！

ISBN978-4-8137-0781-3　定価：本体600円＋税

俺にだけは、素直になれよ。

sara(サラ)・著

人づきあいが苦手で、学校でも孤高の存在を貫く美月。そんな彼女の前に現れた、初恋相手で幼なじみの大地。変わらぬ想いを伝える大地に対して、美月は本心とは裏腹のかわいくない態度を取るばかり。ある日、二人が同居生活を始めることになって…。ノンストップのドキドキラブストーリー♡

ISBN978-4-8137-0782-0　定価：本体590円＋税

どうか、君の笑顔にもう一度逢えますように。

ゆいっと・著

高２の心菜は、優しくてイケメンの彼氏・怜央と幸せな毎日を送っていた。ある日、１人の男子が現れ、心菜は現実世界では入院中で、人生をやり直したいほどの大きな後悔から、今は「やり直しの世界」にいると告げる。心菜の後悔、そして、怜央との関係は？　時空を超えた感動のラブストーリー。

ISBN978-4-8137-0765-3　定価：本体600円＋税

ずっと前から好きだった。

はづきこおり・著

学年一の地味子である高１の奈央の楽しみは、学年屈指のイケメン・礼央を目で追うことだった。ある日、礼央に告白されて驚く奈央。だけど、その告白は“罰ゲーム”だったと知り、奈央は礼央を見返すために動き出す…。すれ違う２人の、とびきり切ない恋物語。新装版だけの番外編も収録！

ISBN978-4-8137-0764-6　定価：本体600円＋税

書店店頭にご希望の本がない場合は、書店にてご注文いただけます。